贖（あがな）い主 上
顔なき暗殺者

ジョー・ネスボ
戸田裕之 訳

集英社文庫

贖（あがな）い主

顔なき暗殺者　上

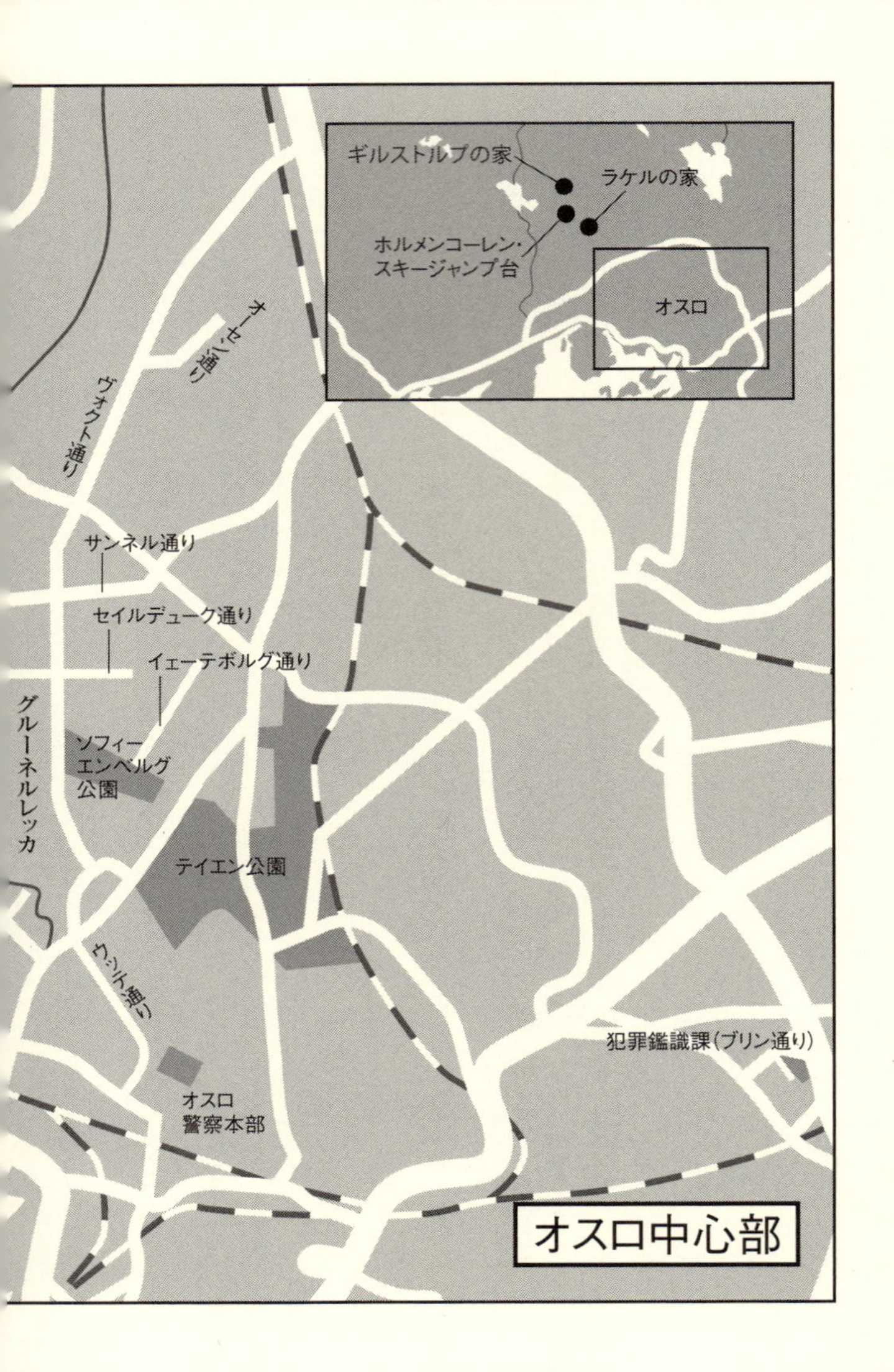
ギルストルプの家
ラケルの家
ホルメンコーレン・
スキージャンプ台
オスロ
オーセン通り
ヴォクト通り
サンネル通り
セイルデューク通り
イェーテボルグ通り
グルーネルレッカ
ソフィー
エンベルグ
公園
テイエン公園
ウッツト通り
オスロ
警察本部
犯罪鑑識課（ブリン通り）
オスロ中心部

N
法医学研究所
ソグンス通り
ウッレヴォール病院
ウッレヴォール通り
セルケダール通り
キルケ通り
アーケル川
ヴァルデマール・
トラネス通り
マイヨルストゥーエン
ソフィー通り
サンクタンス
ハウゲン公園
フログネル公園
ボークスタ通り
ピーレストレーデ通り
ハリー・ホーレの
アパート
ステーンス
ベルグ通り
救世軍本営
王宮
エーゲル
トルゲ
広場
ストール通り
ヨングス
トルゲ
広場
ヘンリク・イプセン通り
カール・ヨハン通り
オスロ・
コンサート・
ホール
オスロ中央駅
トルブー通り
アーケル・
ブリッゲ
シッペル通り
アーケルスフース
城址
ビョル
ヴィーカ

主な登場人物

ハリー・ホーレ……………………オスロ警察警部
ヤック・ハルヴォルセン…………オスロ警察刑事
ベアーテ・レン……………………オスロ警察鑑識課長
マグヌス・スカッレ………………オスロ警察刑事
ストーレ・アウネ…………………刑事部付きの心理学者
ビャルネ・メッレル………………オスロ警察の前刑事部長
グンナル・ハーゲン………………オスロ警察の新刑事部長
シヴェット・ファルカイド………警察特殊部隊〈デルタ〉隊長
ダーヴィド・エークホフ…………ノルウェー救世軍司令官
マルティーネ・エークホフ………救世軍兵士、ダーヴィドの娘
リカール・ニルセン………………救世軍士官
テア・ニルセン……………………救世軍兵士、リカールの妹
ヨーン・カールセン………………救世軍士官
ロベルト・カールセン……………救世軍兵士、ヨーンの弟
ソフィア・ミホリエッチ…………クロアチア難民の少女

ペール・ホルメン……………………薬物常用者
ビルゲル・ホルメン………………ペールの父
ペルニッレ・ホルメン……………ペールの母
アルベルト・ギルストルプ………ギルストルプ証券経営者
マッツ・ギルストルプ……………アルベルトの息子
ラグニル・ギルストルプ…………マッツの妻
トーレ・ビョルゲン………………レストラン〈ビスケット〉のウェイター
クリスト・スタンキッチ…………クロアチア人の殺し屋
クリストッフェル…………………薬物常用者
ラケル・ファウケ…………………ハリーのかつての恋人
オレグ………………………………ラケルの息子
マティアス・ルン＝ヘルゲセン……救急外来の医師

「エドムから来るのは誰か。
ボツラから赤い衣をまとって来るのは。
その装いは威光に輝き
勢い余って身を倒しているのは。」
「わたしは勝利を告げ
大いなる救いをもたらすもの。」
——イザヤ書63：1
日本聖書協会『聖書　新共同訳』

第一部　出現

1 星

一九九一年八月

彼女は十四歳、しっかりと目を閉じて集中すれば、屋根を隔てていても、その向こうの星を見ることができると信じていた。

まわりでは女性たちがみな息をしていた。規則正しい、深い、夜の息。一人は鼾(いびき)をかいていた。開け放された窓の下のマットレスを与えられている、サーラおばだった。

彼女は目をつむり、みんなと同じように息をしようとした。眠るのが難しかった。第一の理由は、周囲のすべてがあまりに新しく、あまりに異なっているからだった。ここ、エストゴールでは、窓の向こうの夜と森の音が違っていた。伝道本部での会合と夏のキャンプで知り合った人々は、どこか同じではなかった。彼女も同じではなかった。この夏、鏡で見る自分は、顔も身体も新しかった。男の子に見られたときに湧き上がる、妙に熱くて冷たい気持ちも同じではなかった。特定の一人に見られたときは、とりわけそうだった。ロベルト。彼も今年は違っていた。

彼女は目を開けて見つめた。神はさまざまに偉大なことをなす力を持っていらっしゃる。わたしが屋根を隔てて星を見ることさえ、それをお望みになりさえすれば可能にしてくださるはずだ。

色々なことがあった長い一日だった。乾いた夏の風がとうもろこし畑のあいだを吹き抜けてささやき、木々の葉は熱に浮かされたように踊って、その隙間から、そこを訪れた者たちの上に陽の光が投げかけられた。彼らは救世軍士官学校の士官候補生の話を聞いていた。彼がフェロー諸島で伝道に携わっていたときの話である。彼は見た目もよく、豊かな感受性をもって熱く語ったが、彼女は頭の上をうるさく飛び回るマルハナバチを追い払うのに気を取られていたし、ハチがいなくなったときには暑さのせいで眠くなっていた。士官候補生の話が終わると、全員が管区司令官のダーヴィド・エークホフを見た。実は五十歳を超えているにもかかわらず、若々しい目に笑みをたたえてそこにいる者たちを観察していた彼は、「ハレルーヤ」の叫びが上がるなか、右手を肩の上まで挙げて神の国を指さす、救世軍式の敬礼を返した。そのあと、貧者と下層の民への士官候補生の努力に祝福があるよう祈り、全員に「マタイによる福音書」を思い出させた。贖い主たるイエスは見知らぬ者として通りにいて、その姿は罪人かもしれず、あるいは食べるものも着るものもないかもしれない。最も弱い者を助けた正しい者は、裁きの日に永遠の命を得ることになるのだ、と。その演説は長くなりそうだったが、だれかが何かをささやくと、彼は笑みを浮かべ、次のプログラムは〝若者の時間〟で、今日はリカール・ニルセンの番だと告げた。

司令官に感謝するリカールの声が普段より荘重なように、彼女には聞こえた。いつもどおりに準備をし、話すべきことをいったん文字にしてそれを暗記していて、立ち上がるや、自分が戦い――神の国のためのイエスの戦い――に、いかに命を捧げるかを暗唱した。声は緊張していたが、単調で、眠気を誘った。はにかんだようなしかめ面は彼女に向けられたまま動かなかった。彼女は瞼が重かった。鼻の下に汗を滲ませながらリカールが口を動かし、耳に馴染んだ言葉が、確固とした口調で淀みなく紡ぎ出された。というわけで、背中に手が触れたときも、彼女は反応しなかった。触っているのが手ではなくて指になり、それが腰のくびれへと彷徨い下りていって、ついに薄いサマー・ドレスの下へ潜り込んだとき、彼女は初めて凍りついた。

振り返って、微笑しているロベルトの茶色の目を覗き込んだ。そして、自分の肌が彼の肌と同じぐらい色が濃くないのを残念に思った。そうであれば、赤くなっていても気づかれないだろうに。

「静かに」ヨーンがたしなめた。

ロベルトとヨーンは兄弟だった。ヨーンのほうが一つ年上だが、もっと幼いときにはほとんどだれもが双子だと思っていた。しかし、ロベルトはいまや十七歳で、二人は顔こそ変わらず似ているものの、色々な違いがよりはっきり表われるようになっていた。ロベルトは陽気で屈託がなく、人をからかうのが好きで、ギターが上手だったが、伝道所の礼拝に時間通りに現われるとは限らず、人をからかうのが――みんなが笑っているとわかると特に――行き過ぎることがあった。そういうとき、ヨーンがしばしば割って入った。ヨーンは良心的で誠実な少年で、大半の者が彼は士官学校へ行くだろうと考えていたし、口に出しこそしなかったものの、軍に入ったらガールフレンドを見つけるだろうと思っていた。後半部分に関しては、ロベルトはそうは思われなかった。ヨーンのほうが二センチほど背が高かったが、なぜかロベルトのほうが長身に見えた。ヨーンは十二のときから、あたかも世界じゅうの苦悩という重荷を背負ってでもいるかのように前屈み（まえかが）になりはじめたのだった。二人とも肌の色は濃く、顔だちも整っていて見た目もよかったが、ロベルトはヨーンにないものを持っていた。それは目のなかにある何か、黒くて茶目っ気のある何かで、彼女にとっては知りたいけれども、それ以上はまだ知りたくない何かだった。

リカールが話しているあいだ、彼女の目はそこに集っているたくさんの顔のあいだを往き（い）つ復り（もど）つしつづけた。いつの日か、救世軍の男の子と結婚し、二人でこの国の別の町、別の場所に赴任することになるかもしれない。でも、常にエストゴールに戻ってくるはずだ。救世軍はここを購入したばかりで、これからはここが夏の会場になるのだから。

人の集まりの端のほうで、金髪の少年が家へつづく階段に坐り（すわ）、膝の上の猫を撫でていた。彼がずっと自分を見ていたことに彼女が気づくと、少年はとたんに顔を背けた。彼はここで彼女がよく知らない者の一人だったが、名前がマッツ・ギルストルプで、以前ここを所有していた一族の孫で、自分より二歳年上で、ギルストルプ一族が金持ちであることは知っていた。実際、彼は魅力的だけれども、どこか人を寄せつけないところがあった。それにしても、ここで何をしているのか？　昨夜もここにいて、だれにも話しかけることなく、腹立たしげに眉を寄せて歩きまわっていた。何度か、わたしを見る彼の視線を感じた。今年はみんながわたしを見る。それも初めてのことだ。

そういう思いがいきなり破られたのは、ロベルトに手を取られたときだった。彼は彼女に何かを握らせて言った。「未来の大将の演説が終わったら、納屋へきてくれ。見せたいものがあるんだ」

そのあと、彼は立ち上がって歩き去った。彼女は手を開き、握らされたものを見た。危うく悲鳴を上げそうになり、もう一方の手で口を覆って、手のなかのものを草の上に落とした。マルハナバチだった。脚も羽もなかったが、まだ動いていた。

ようやくリカールの話が終わると、彼女はそこに坐ったまま、自分の父親と母親、ロベルトとヨーンの両親がコーヒーのテーブルへ移動していくのを見ていた。彼らはともにオスロのそれぞれの集会にやってくる救世軍の人々から〝力を持った一族〟と呼ばれていて、彼女は自分が注視されていることをわかっていた。

彼女は屋外トイレのほうへ歩いていき、角を曲がってだれにも見られる心配がなくなるや、納屋へ向かって走り出した。

「これが何か、知ってるか？」ロベルトが目に笑みを浮かべ、これまでの夏には持っていなかった深くて太い声で訊いた。

彼は干し草の上に寝そべり、いつもベルトに挿して持ち歩いている、折りたたみ式の小型ナイフで木の根を削っていた。

　やがて彼がそれをかざし、彼女はその正体を知った。絵で見たことはあった。また顔が赤くなり、彼にそれが見えないぐらい暗ければよかったのにと思った。

「知らない」彼女は嘘をつき、彼の隣りに腰を下ろした。

　彼が持ち前のからかうような顔で彼女を見た。彼女について、彼女自身でさえ知らない何かを知っているかのようだった。彼女はその目を見返し、上半身を倒して肘を突いた。

「これがどこへ行くと思う？」彼が訊き、あっという間もなく彼女のドレスをめくった。彼女は堅い木の根が内腿（うちもも）に当たるのを感じて脚を閉じたが、それはすでに下着に届いていた。

首筋に感じる彼の息が熱かった。

「やめて、ロベルト」彼女はささやいた。

「だけど、きみのために作ったんだ」掠（かす）れた声が返ってきた。

「やめて、こんなの嫌よ」

「拒否してるのか？　ぼくを？」

　息がつまり、返事をすることも、叫ぶこともできなかった。その瞬間、納屋の入口からヨーンの声が聞こえた。「ロベルト！　やめるんだ、ロベルト！」

　ロベルトが力を抜き、手を離すのがわかった。しっかりと閉じたままの腿のあいだに、木の根が取り残された。

「こっちへこい！」ヨーンが命じた。言うことをきかない犬を叱るような声だった。

ロベルトがにやりと笑って立ち上がり、彼女にウィンクしてから、太陽の下にいる兄のほうへ走っていった。

彼女は起き上がって干し草を払った。安堵と羞恥の両方があった。ほっとしたのはヨーンがこの馬鹿げたゲームを中止させてくれたからであり、恥ずかしかったのは彼がこれをゲーム以上のものだと考えているように思われたからだった。

そのあと、夕食の前の祈りのあいだに、彼女はロベルトの茶色の目をまっすぐに見上げた。そのとき、彼の口から一つの言葉が音もなく発せられた。何と言ったのかはわからなかったが、彼女はくすくす笑いを抑えられなかった。どうかしている！　そして、わたしは……どうなんだろう？　彼と同じだ。どうかしている。恋をしたのだろうか？　そう、恋だ。まさにそれに違いない。しかも、十二や十三のときとは違う恋だ。十四歳のいまのこれはもっと大きく、もっと大切で、もっと刺激的だ。

いま、彼女は横になり、屋根を隔てて空を見ようと目を凝らしながら、身体の内側から笑いが湧き上がってくるのを感じることができた。

サーラおばが鼻を鳴らし、窓の下から聞こえていた鼾が止んだ。何かが甲高い声で啼いた。梟だろうか？

トイレを我慢できそうになかった。

外へ出たくないけれども出るしかない。夜露に濡れた草の上を突っ切り、納屋の前を通らなくてはならない。そこは暗く、真夜中に行きたいところではまったくない。目をつむったが、どうにもならなかった。彼女は寝袋から這(は)い出ると、サンダルを突っかけ、忍び足で出入口へ向かった。

空にはいくつか星が瞬いていたが、一時間もすれば東の空が白みはじめるから、それとともに姿を消してしまうはずだった。ひんやりした夜気に肌を撫でられながら足取りを速め、正体のわからない夜の音に耳を澄ませた。昼のあいだは沈黙していた虫、餌を求めて徘徊(はいかい)する動物。遠くの林で狐(きつね)を見たとリカールが言っていた。それとも、昼にいたのと同じ動物かもしれない。声を変えているだけなのだ。虫たちも昼と夜とで様変わりし、言うところの脱皮をしたのだろうか。

屋外トイレは納屋の奥のこんもりと土が盛り上がったところに、ぽつんと離れて建っていた。近づくにつれて大きく見えるようになったそれは、奇妙に歪(ゆが)んだ小屋で、板は粗削りのまま鉋(かんな)もかけられずに反り返り、ひび割れて灰色に変色していた。ドアになくてはならない窓もなかった。それで一番困るのは、なかに先客がいるかどうかがわからないことだった。

だれかがすでになかにいるような気がした。

だれかいたら返事ができるよう、咳払いをした。木の枝の端にとまっていたカササギが飛び立っただけで、それ以外は何もかもが静かだった。

板石に立ち、ドアの取っ手の役目をしている木の塊をつかんで引っ張った。とたんに、暗い空間が口を開けた。

彼女は息を吐いた。便座の横に懐中電灯が置いてあったが、明かりをつける必要はなかった。便器の蓋を上げ、ドアを閉めて、掛け金をかけた。ネグリジェをまくり上げ、下着を下ろして、便座に坐った。それにつづく静寂のなかで、何か物音を聞いたような気がした。動物でもなく、カササギでもなく、脱皮しようとする虫でもない何かの物音。トイレの裏の背の高い草のなかを素速く動いている何か。やがて放尿が始まり、その音に邪魔されて、聞こえていた物音ははっきりと聞き取れなくなった。が、心臓はすでに早鐘を打ちはじめていた。

　用を足し終えると急いで下着を上げ、闇のなかに坐ったまま耳を澄ませた。しかし、聞こえるのは木のてっぺんのかすかなざわめきと、耳のなかでどくどくと脈打つ拍動だけだった。心臓の鼓動が収まるのを待ち、掛け金を外してドアを開けた。黒い人形（ひとがた）が、ドアをほとんど塞ぐようにしてそこに立っていた。石の階段の前でこっそり待っていたに違いない。次の瞬間、便座の上で脚を開かされ、彼が覆い被さるようにして立っていた。彼が後ろ手にドアを閉めた。

「あなたなの？」彼女は言った。

「ぼくだ」まるで彼のものとは思えない声が、掠れて震えていた。

　彼は彼女に馬乗りになった。闇のなかで目がぎらぎらしていた。彼女の下唇を嚙（か）み、ついにはその血を吸いながら、片手をネグリジェの下に潜り込ませて、下着を引きちぎった。首に当たるナイフの刃の鋭い感触に怯（おび）え、仰向けになったまま身動きできないでいると、彼はズボンを脱ぎもしないうちから、自分の股間を彼女に擦（こす）りつけつづけた。まるで交尾して逆上している犬のようだった。

「ちょっとでも声を出したら、ずたずたに切り刻んでやるからな」彼がささやいた。そして、彼女の口は声を漏らさなかった。なぜなら、彼女は十四歳で、固く目を閉じて集中すれば、屋根を隔てていても星を見ることができるという確信があったからだ。神はそういうことをさせる力をお持ちだ、神がそれをお望みになりさえすれば。

2　訪問

二〇〇三年十二月十四日（日曜日）

彼は列車の窓に映る自分の顔を検め、それが何であるのか、その秘密がどこにあるのかを突き止めようとした。しかし、特には何も見つからず、赤いネッカチーフ、表情のない顔と目、そして、クールセルとテルヌのあいだのトンネルのなかの、地下鉄の永遠の夜のように黒い髪があるばかりだった。膝の上に置かれた〈ル・モンド〉は雪を予想していたが、彼の頭上のパリの街は分厚い雲が低く垂れこめて、依然として寒く、人気がなかった。彼の鼻孔が広がって吸い込んだのは、かすかではあるけれどもはっきりとわかる臭い――湿ったセメント、人間の汗、熱く焼けた金属、オーデコロン、煙草、濡れたウール、嘔吐物といった、座席を洗っても、換気をしても消すことのできない臭いだった。

対向列車の作り出す圧力で窓が震え、あっという間に過ぎ去る淡い明かりのせいで一時的に闇が消えた。彼はコートの袖を引き上げ、腕に巻いた時計を見た。そのセイコーSQ50は、分割払いの一部として顧客から受け取ったものだった。すでにガラスの表面に引っ掻き傷がついていたし、そもそも本物かどうかもよくわからなかった。それは七時十五分を示していた。日曜の夜で、座席はせいぜい半分ぐらいしか埋まっていなかった。彼は周囲を見回した。人は地下鉄では必ず眠ることになっているようで、特に平日はそうらしかった。思考を停止し、目を閉じて、日々の通勤を地下鉄路線図上の赤や青の線のあいだの、何もない、夢も見ない休憩時間、仕事と自由をつなぐ一本の物言わぬ線にしてしまうのだ。丸一日そんなふうに目を閉じて坐り、往復を繰り返して、その日の終わりになって、死んでいることに車両清掃係が気づいた男の話を、彼は読んだことがあった。もしかすると、その男はまさにそれを目的として、すなわち、この淡黄色の棺桶（かんおけ）に入って生とあの世のあいだに青の接続線を引くつもりで、地下墓地（カタコンベ）へ降りていったのではあるまいか。そこならだれにも、何にも、その目的を阻まれる心配がないと知っていたのかもしれない。

　彼自身はというと、別の方向への接続線を形成しようとしていた。生へと戻るために。今夜はこの仕事があり、そのあと、オスロで仕事があった。最後の仕事だ。それがすめば、二度と地下墓地に足を踏み入れることはない。

　発車を知らせる耳障りな音が鳴り響き、ドアが閉まった。列車はテルヌを出て、ふたたび速度を上げた。

　彼は目をつむり、別の臭いを想像しようとした。小便器の底に置かれた固形消臭剤の臭い、排泄（はいせつ）されたばかりのまだ温かい小便の臭い。自由の匂い。だが、母——教師でもある——が言ったことは事実かもしれなかった。それによれば、人間の脳は目にしたものや耳にしたものはすべて細かいところまではっきり思い浮かべることができるが、臭いについてだけは、それが最も基本的なものであっても思い浮かべることができないのだった。

臭い。いくつもの場面が瞼の裏を駆け巡りはじめた。彼は十五歳、ヴコヴァルの病院の廊下に坐り、母が建築労働者の守護聖人である使徒トマスに、神が夫を助命してくださるよう繰り返し祈るつぶやきを聞いていた。川の方向からはセルビア人勢力の砲撃音が轟き、小児病棟で手術を受けている人たちが叫んでいた。小児病棟とは言っても、子供たちはもういなかった。包囲が始まってからは、町の女性が出産しなくなっていたのだ。彼は病院の下働きをしていて、騒音を、悲鳴や着弾の轟きを耳に入れない術を身につけていた。だが、臭いはそうはいかなかった。そのなかでも、ある一つの臭いは特にそうだった。四肢の切断手術をするとき、医師はまず骨に達するまで肉を切り裂かなくてはならず、そのとき、患者を失血死させないために、はんだごてのようなものを使って血管を焼いて塞がなくてはならなかった。肉と血の焼ける臭いは、ほかのどんな臭いとも違っていた。

医師が廊下に出てきて、彼と母親を手招きした。彼はベッドへ近づきながらも父親を見る勇気がなく、マットレスを握っている褐色の大きな手だけを凝視した。それはマットレスを二つに引き裂こうとしているかのように見えたが、町で一番力の強い手なのだから、実際に引き裂いても不思議はなかった。彼の父親は、煉瓦職人の作業が終わった建築現場へ行き、流し込まれたコンクリートから突き出した補強用鉄筋の上端を大きな両手でつかんで、慣れた動きで一息にそれを折り曲げ、編み合わせていく仕事をしていた。彼は父親が働いている現場を見たことがあった。その様子は両手で雑巾を絞っているかのようだった。その仕事をもっと簡単にするための機械はまだ発明されていなかった。

彼が固く目を閉じると、痛みと苦しみに苛まれながらも父親が叫んだ。「その子を連れ出してくれ！」

「ですが、彼が頼んで――」

「外へ出せ！」

医師の声が聞こえた。「出血は止まっている。急いで終わらせるんだ！」だれかが両脇を抱えて彼を持ち上げた。抵抗しようとしたが、彼はあまりに小さく、あまりに軽かった。臭いに気づいたのはそのときだった。肉と血が焼ける臭い。

最後に聞こえたのは医師の声だった。

「鋸を」

部屋を出され、背後でドアが音を立てて閉まった。彼は廊下に膝を突くと、母親がやめてしまったところから祈りを再開した。父をお助けください。身体が不自由になってもかまいません、どうかお助けください。神はそういうことをする力を持っておられるはずだ。もしそれをお望みになりさえすれば。

彼はだれかに見られている気がして目を開け、地下鉄の車内という現実に戻った。向かいの席に坐っているのは顎の張った女性で、力なく遠くを見つめていたが、彼と目が合うと視線を逸らした。腕時計の秒針が進んでいくなか、彼は自分の準備を繰り返した。脈を診た。

正常だった。頭がふらふらしたが、大したことはなかった。暑くもなかったし、寒くもなかった。怖くもなかったし、楽しくもなかった。満足でもなかったし、不満足でもなかった。

列車が減速しつつあった。シャルル・ド・ゴール＝エトワール駅。向かいの女性に最後の一(いち)瞥(べつ)を送った。彼女はずっと彼を観察しつづけていたが、もう一度会うことがあったとしても――たとえ今夜でも――彼だとは気づかないはずだった。

彼は立ち上がり、ドアの前で待った。ブレーキが低く鳴いた。小便器の底に置かれた固形消臭剤と尿。そして、自由。臭いと同じくらい想像できないもの。ドアが開いた。

ハリーはプラットフォームに降りると、地下の暖かい空気を吸い込みながら、紙に書かれた住所を見た。ドアの閉まる音が聞こえ、空気が動くのが背中に感じられた。列車がふたたび動き出したのだ。彼は出口のほうへ歩いた。エスカレーターの上の広告が、風邪を引かない方法を教えてくれていた。「ずいぶんとあるもんだな」彼は咳き込み、ウールのコートの深いポケットに手を突っ込んで、スキットルと喉飴(のどあめ)の容器の下から煙草を取り出した。くわえた煙草の先端を上下させながら出口のガラスドアを開けると、地下鉄の気持ちの悪い不自然な暑さをあとにして階段を駆け上がり、オスロの超自然的な十二月の闇と凍(い)てつく寒さのなかへ出た。とたんに身体が縮こまった。エーゲルトルゲ広場。この小さな野天の広場はオスロの中心(ハート)――一年のこの時期に、この街に心(ハート)があると言えればだが――の複数の歩行者用の通りが交差するところだった。クリスマスまで週末は二回しか残っていないから、この日曜も店は開いていて、広場では周囲に並ぶ控えめな三階建ての店の窓から流れ出る黄色い明かりのなか、大勢の人々が行き交っていた。その人々が手にしている買い物袋――プレゼントが入っているのだろう――を見て、ハリーはビャルネ・メッレルに何か買うのを忘れないよう心に留めた。メッレルは明日、警察本部を去ることになっていた。何年ものあいだハリーの上司であり、警察における彼の主たる守護者であったメッレルは、自分の仕事量を減らすという長年の計画をようやく実現しつつあり、来週からはいわゆる上級特別捜査官としてベルゲン警察へ移るのである。それは実際には、定年で退職するまで好きなようにできるということだった。気楽な立場だが、なぜベルゲンなのか？　雨の多いじめじめした山岳地帯だし、出身地でもないのに？　ハリーはずっとビャルネ・メッレルが好きだった。もっとも、ずっと感謝していたわけではなかったが。

全身を分厚いダウンの上下で包んだ男が、にやにや笑って、丸いピンクの頬から白く凍った息を吐きながら、月面を歩く宇宙飛行士のような足取りでゆっくりと通り過ぎていった。みんな背中を丸め、閉ざされた冬の顔をしていた。両肘に穴のあいた薄手の革のジャケットを着た青白い顔の女が宝石店の前に立ち、足踏みをしながら目を走らせて、早く客を見つけようとしていた。一人の物乞いは髪が伸び放題で髭（ひげ）も剃（そ）っていなかったが、若者向けの暖かそうで洒落（しゃれ）た服に身を包み、街灯に背中を預けて、カプチーノ店の茶色の紙コップを前に瞑想（めいそう）しているかのように俯（うつむ）いて坐っていた。去年から物乞いの数が増えているのをハリーは目の当たりにしていて、全員が同じに見えるような気がしていた。紙コップまでが、あたかも秘密の決まりごとであるかのように同じだった。もしかしてこの街を、この街の通りを密か(ひそ)に乗っ取りつつある異星人かもしれない。まあ、いい。好きにしてくれ。

　ハリーは宝石店に入った。

「これを直してもらえるかな?」彼はカウンターの向こうにいる若者に、祖父の形見の腕時計を差し出した。オンダルスネスで子供だったとき、母を埋葬した日にもらったものだった。びっくりして思わず手を引っ込めると、祖父は時計というのはだれかに託すものなのだと請け合い、おまえもそうすることを忘れるなと言った。「手後れになる前にな」と。

　オレグがソフィー通りのアパートへやってきて、引き出しに入れたままになっていた銀の時計を見つけるまで、ハリーはそれをすっかり忘れていた。そのときのオレグは、十歳であるにもかかわらず、かなり時代遅れのテトリスというコンピューター・ゲームへの情熱をハリーに負けないぐらいもっていて、ハリーのゲームボーイを探していたのだった。だが、楽しみにしていた画面上での闘いにいきなり興味を失い、時計をいじって針を動かそうとしはじめた。

「壊れてるんだ」ハリーは言った。

「そうなんだ」オレグが応えた。「でも、何だって修理できるんだよ」

　その言葉が事実であることをハリーは心底から願ったが、それを信じるには厳しい疑いを抱いて生きてきた時間が長すぎた。しかし、そうだとしても、オレグにヨッケ&ヴァレンテイーネルネと彼らのアルバム『何だって修理できる(アルト・カン・レパレーレス)』を紹介すべきかどうか、ハリーは何となく迷っていた。が、熟慮の末、オレグの母親のラケルがその意味するところを喜ばないだろうという結論に達した。以前アルコール依存症だった恋人が、いまや死んでしまった薬物中毒者が書いて歌ったアルコール依存症についての歌をよしとしていることになるからだ。

「修理できるか？」ハリーはカウンターの向こうにいる若者に訊いた。その質問に答えるために、若者が慣れた手つきで時計を開けた。

「修理する価値はありませんよ」

「価値がない？」

「中古の店へ行けばもっといい時計がたくさんあるし、修理するより安く手に入りますからね」

「それでもいいから、直してくれ」ハリーは言った。

「わかりました」すでに内部構造を検めはじめている若者が応えた。実際、ハリーの指示を結構喜んでいるように見えた。「火曜にはお渡しできます」

　店を出ると、アンプを通した一台のギターの音がかすかに聞こえた。そのギターを弾いている、ぼさぼさの髪が顔にかかり、指の部分が切り取られた手袋をした少年が、アンプを調整して音を大きくした。昔から行なわれているクリスマス前のコンサートの時期で、有名なアーティストたちが救世軍のためにエーゲルトルゲ広場で演奏することになっているのだった。早くも人々がバンドの前に集まりだしていて、彼らの前の広場中央に救世軍の黒い社会鍋（クリスマス・ケトル）――三本の支柱に吊された料理用の深鍋――が据えられていた。

「あなたなの?」

ハリーが振り向くと、薬物常用者の目をした女が立っていた。

「あなたよね? スヌーピーの代わりにきてくれたの? いますぐやらなくちゃ駄目なのよ、だって――」

「気の毒だが」ハリーはさえぎった。「あんたが用があるのはおれじゃなさそうだ」

女はハリーを見つめ、透かし見るように目を細くして首をかしげた。相手が嘘をついているかどうかを確かめようとしているようだった。「そんなことないわ、だって、どこかで見たことがあるもの」

「おれは警察官なんだ」

女が一瞬言葉を失い、ハリーは息を吸った。焼け焦げた神経単位(ニューロン)とばらばらになったシナプス、すなわちニューロンの結合部を迂回(うかい)しなくてはその意味が理解できなかったかのように反応が遅れ、そのあと、ハリーが待っていた憎しみが彼女の目で瞬いた。

「お巡(まわ)りなの?」

「取引したと思うんだがな。あんたたちはあの広場を、つまり、プラータを出ないようにするとな」ハリーは言い、彼女の背後のボーカリストを見た。

「ああ」女がハリーの正面に立った。「あんた、薬物対策課じゃないよね。テレビに出てたでしょう、オーストラリアで犯人を殺して――」

「おれは刑事事件の担当なんだ」ハリーは女の腕をつかんだ。「いいか、プラータにいれば、あんたの欲しいものは手に入る。あんたを署へ引っ張りたくないんだ」

「いやよ」女がハリーの手を振り払った。

ハリーは両手を挙げて見せた。「ここではどんな取引もしないと言ってくれ。そうすれば、おれはこのまま立ち去るから。いいな？」

女がぐいと顔を上げ、生気のない薄い唇が一瞬強ばった。この状況をどこか楽しんでいるかのように見えた。「わたしがあの広場へ行けない理由を教えてあげましょうか」

ハリーは待った。

「息子があそこにいるからよ」

ハリーは吐き気を感じた。

「こんなわたしを見られたくないの。おわかりかしら、お巡りさん？」

ハリーは挑戦的に見上げる彼女の顔を見つめながら言葉を形にしようとし、「メリー・クリスマス」と言って背中を向けた。

そして、踏み固められて茶色になった雪の上に煙草を捨てて歩き出した。この仕事をやめてしまいたかった。ハリーは向こうからやってくる人々を見ていなかった。彼らも後ろめたさを感じているかのようであり、ハリーを見ずに足元の青い氷だけを見つめていた。最も寛容な社会民主主義国であるにもかかわらず、その市民として恥ずかしいと感じているかのようだった。息子があそこにいるからよ。

ハリーはフレデンスボルグ通り、公共図書館の隣りの番地表示の前で足を止めた。持ち歩いている封筒に走り書きされている番地だった。背中を伸ばして建物を見上げた。ファサードは灰色と黒で、最近、新たに塗装し直されていた。落書き好きなら涎を垂らさずにはいないだろう。すでにクリスマスの飾りつけがなされているらしく、安心できる温かい家庭を思わせる淡い黄色の明かりを受けて、それがいくつかの窓からシルエットになって見えていた。本当に、安心できる温かい家庭かもしれないじゃないか、とハリーは無理矢理自分に言い聞かせた。なぜ〝無理矢理〟かというと、十二年も警察にいれば、仕事の性質上、人間が善であることを疑わずにはいられなくなるからだ。しかし、彼はその疑いを受け容れているわけではなかった。それが真実だと、だれかがはっきりわからせてくれるまでは。

呼び鈴の横にその名前を見つけ、目をつむって、適切な言葉を見つけようとした。無駄だった。いまも彼女の声が邪魔をした。

「こんなわたしを見られたくないの……」

ハリーは諦めた。不可能なことに対処する正しい方法などあるものだろうか？

冷え切った金属のボタンを親指で押すと、建物のなかのどこかで音がした。

ヨーン・カールセン大尉はボタンから指を離し、重いビニール袋を歩道に置いて、建物の正面をじっと見上げた。そのアパートは過去に軽砲の包囲攻撃を受けたかのようで、石膏が大きな塊になって剝がれ落ち、三階の窓は焼けて、板で塞がれていた。彼は最初、フレドリクセンの青い家の真ん前を通り過ぎてしまった。寒さがすべての建物の色を吸い込んでしまったかのようで、ハウスマンス通りの家々の正面についても、それは同じだった。不法占拠されている建物の壁に〝西　岸〟と落書きされているのを見て、初めて行きすぎたことに気づいたのだった。玄関のドアのガラスがVの字のような形にひび割れていた。勝　利のV。

ヨーンは身震いし、いま着ているウィンドブレーカーの下の救世軍の制服が分厚いウール百パーセントであることに感謝した。士官学校を終えて制服を新調しに行ったとき、身体に合う既製品がなかったので、生地を提供してもらって仕立てることにしたのだった。仕立屋はヨーンの顔に煙草の煙を容赦なく吐きかけながら、イエス・キリストは自分の贖い主なんかじゃないと藪から棒に宣言した。しかし、仕事はきちんとしてくれて、ヨーンは心から彼に礼を言った。採寸して服を仕立てることに慣れていないからだった。そして、それが猫背の理由だと言われていた。その日の午後、ハウスマンス通りを歩いてくるヨーンを見た者は、彼が背中を丸めているのは、喧しいエンジン音を轟かせてひっきりなしに車が行き交う舗装道路に氷柱や凍ったごみを吹き寄せている、氷のように冷たい十二月の風を何とかやり過ごそうとしているからだと、当然のごとく思ったかもしれない。しかし、ヨーン・カールセンを知る者は、背の高さを抑えて、自分より背の低い人間に近づくためだと言っていた。そして、いましているように、入口の横で震えている汚れ果てた手が差し出す茶色の紙コップに二十クローネ硬貨を入れてやるためだ、と。

「どうしました？」ヨーンは雪が逆巻くなか、着ているものを身体に巻きつけ、段ボールの切れ端の上であぐらをかいている男に訊いた。

「メタドン（モルヒネやヘロインに似た麻酔・鎮静薬）の治療を待っているところなんだ」哀れな男がヨーンの黒い制服の膝を見つめたまま、抑揚のない口調でたどたどしく答えた。うろ覚えの讃美歌を歌うかのようだった。

「ウッテ通りの救世軍のカフェへ行きなさい」ヨーンは言った。「少し温まり、何か食べて、それから……」

　そのあとにつづいた言葉は、背後の信号が青に変わって走り出した車の音に呑み込まれた。

「時間がないんだ」男が応えた。「五十クローネなんて持ってないよな？」この男に限らず、薬物中毒者の目の焦点がびくともしないことに、ヨーンはいまだに驚かずにいられなかった。彼はため息をつくと、紙コップに百クローネ札を突っ込んだ。

「救世軍の〈フレテックス〉へ行ってみるといい、もっと暖かい服が見つかるかもしれない。もし見つからなかったら、〈灯台〉に新品の冬物があります。そんな薄っぺらなデニムのジャケットでは凍え死んでしまいますよ」

　その贈り物は薬物を買うために使われてしまうだろうし、自分が話しているのはそうするともう決めている人物で、その考えを翻（ひるがえ）させることはできないとわかっていた。が、だからどうだというのか？　毎日山ほど味わっている、解決不能な道徳的ジレンマの一つを、また繰り返すだけのことではないか。

　ヨーンはもう一度呼び鈴を押した。入口の横の汚れたショウ・ウィンドウに、自分の姿が映っていた。大男だとテアに言われたが、おれは全然大きくなんかない。小さい。小さな兵士だ。しかし、役目を終えたら、その小さな兵士はメッレル通りを駆け下り、東オスロとグルーネルレッカが始まるアーケル川を渡って、ソフィーエンベルグ公園を越えてイェーテボルグ通り四番地の、救世軍が所有し従業員に貸して住まわせている建物のB棟の入口の鍵を開ける。五階の自分のアパートへ上がろうとしているとしていると思ってくれることを願いながら、そこの住人の一人に挨拶する。しかし、実はエレベーターで六階へ上がり、屋根裏を通ってA棟へ移動して、周囲にだれもいないことを確認する。それからテアの部屋へ向かい、あらかじめ決めてあった合図としてドアを低くノックする。彼女がドアを開けて両腕を広げ、彼はその腕に抱かれて、冷え切った身体に温もりを取り戻す。

何かが震えていた。

初めは地面が、街が、足元が揺れているのだと思った。彼はビニール袋を置いてポケットに手を入れた。握った携帯電話が振動していた。ディスプレイにラグニルの番号が表示されていた。今日、三度目だった。これ以上無視するわけにはいかない。それはわかっていた。彼女に話さなくてはならない。テアと婚約するつもりでいることを。適切な言葉が見つかったときに。彼は電話をポケットに戻し、ガラスに映っている自分を見ないようにした。が、腹はもう決まっていた。臆病であることをやめる。率直になる。大きな兵士に変わる。イェーテボルグ通りのテアのために。タイにいる父親のために。天にまします主のために。

「はい」呼び鈴の上のスピーカーから叫ぶようにして返事があった。

「ああ、どうも。ヨーンですが」

「え？」

「救世軍のヨーンですよ」彼は応え、ふたたび返事を待った。

「何の用？」声が掠れた。

「食料を持ってきたんです。必要なんじゃないかと——」

「煙草はある？」

ヨーンは唾を呑み込み、雪の上で足踏みをした。「いや、いまあるのは食料だけです」

「それは残念だわね」

声が途切れた。

「どうしました？」ヨーンは大声で呼びかけた。

「どうもしないわ、考えているところよ」

「都合が悪かったら出直してもいいですよ」

電子音とともに解錠され、ヨーンは素速くドアを押し開けた。階段室には新聞と空き瓶が散らばり、小便が溜まって黄色く凍っていた。寒さのおかげで、もう少し暖かい日なら廊下に満ちているはずの、甘いような苦いような嫌な臭いを我慢する必要がないのが、せめてもの救いだった。

なるべく音を立てずに歩こうとしたが、どうしても階段を一歩上がるたびに足音が反響した。入口で待っている女性はじっとビニール袋を見つめていた。まともにおれを見ないようにしているんだ、とヨーンは思った。肥(ふと)りすぎで、汚れた白のTシャツの上にバスローブを羽織っている彼女は、長年の薬物常用のせいで顔が腫れたようにむくんでいた。入口から饐(す)えたような臭いが流れ出していた。

　ヨーンは踊り場で足を止め、ビニール袋を置いた。「ご主人もいらっしゃいます?」

「ええ、いますよ」流れるように美しいフランス語だった。

　容貌は整っていて、頬が秀で、アーモンド形の目は大きかった。唇は薄く、血の気がなかった。服装もきちんとしていた。いずれにしても、ドアの隙間から彼女の一部分を見ただけでそうとわかった。

　彼は思わず赤いネッカチーフを直した。

　二人を隔てているセキュリティ・ロックは堅牢な真鍮(しんちゅう)製で、ネームプレートのない頑丈な樫(かし)のドアに取りつけられていた。カルノー大通りの建物の前でコンシエルジュがドアを開けてくれるのを待っているあいだに気づいたのだが、そこはドアの部品、呼び鈴、シリンダー錠、すべてが新しくて高級品に見えた。淡い黄色のファサードと白い鎧戸(シャッター)に黒い汚染物質がへばりついて見苦しく汚れていることが、パリのこの地区のありようが断固として変わっていないことをさらに強調してさえいた。廊下に掛かっている油彩画は複製ではなかった。

「ご用は?」

　視線と口振りは友好的でもなく非友好的でもなかったが、彼のフランス語の発音のひどさのせいで、かすかながら疑いが含まれているかもしれなかった。

「メッセージをお届けにきたのですが、マダム」

彼女はためらったが、結局は彼の期待に応えてくれた。

「わかりました。待っていてもらえますか、いま、呼んできます」

ドアが閉まり、鍵のかかる音が滑らかに聞こえた。彼は足踏みをした。もっと上手にフランス語を話せるようにしておくべきだった。英語は母に毎晩否応（いやおう）なく教え込まれたが、フランス語については何もしてくれなかった。彼はドアを見つめた。フランスの下着。フランス語の手紙。整った容貌。

ギオルギのことを考えた。汚れない笑顔のギオルギはおれより一つ年上だから、いまは二十八歳。まだあのころの整った容貌のままだろうか？　金髪で、小さくて、女の子のようにかわいらしかった。彼は子供のころ、ギオルギに恋をした。子供だけが落ちることのできる、無条件で偏見のない恋だった。

ドアの向こうで足音が近づいてきた。男の歩き方だった。だれかが鍵をいじくった。仕事と自由のあいだを、ここと石鹼（せっけん）や小便のあいだをつなぐ、青い接続線。もうすぐ雪になる。彼は覚悟をした。

男の顔が入口に現われた。

「一体何の用だ？」

ヨーンはビニール袋を持ち上げて見せ、敢えて笑顔を作った。「焼きたてのパンですよ。

いい匂いでしょ？」

　フレドリクセンが大きな褐色の手を女の肩に置き、彼女を押しのけた。「おれの鼻が嗅ぎ分けるのはキリスト教徒の血の臭いだけだ……」声ははっきりしていて素面のように聞こえたが、髭面のなかの生気のない虹彩は、そうでないことを物語っていた。その目がビニール袋に焦点を合わせようとしていた。大柄で強い男の内側が縮んでしまっているように見えた。骨格も頭蓋骨も縮んでしまい、それを覆っている皮膚がサイズ三つ分は大きくなって、敵意に満ちた顔から垂れ下がっていた。鼻梁にできたばかりの傷を太い指が撫でた。

「説教なんかするつもりじゃないんだろうな？」

「そんなつもりはありませんよ。私は本当に――」

「そうかい、その見返りに何かをよこせというわけだな。たとえば、魂とか」

　ヨーンは制服の下で身震いした。「魂のやりとりをするのは私ではありませんよ、フレドリクセンさん。でも、食べ物なら提供できるから――」

「だから、その前にちょっと説教を垂れてもいいだろうってか」

「言ったでしょう――」

「そうなんだろ！」

　ヨーンはフレドリクセンを見た。

「だったら、さっさとその下らない戯言を吐き出してしまえばいいだろう！」フレドリクセンが怒鳴った。「説教とやらをな。そうすりゃ、おれたちは安らかに飯が食えるっててんだろう。偉そうに、このキリスト教徒のろくでなしが。さあ、さっさと終わらせろ。今日の神のメッセージとやらは何なんだ？」

ヨーンは口を開いたが、いったん閉じて、唾を呑み込んだ。もう一度口を開くと、今度は声帯が応えてくれた。「神は私たちの犯した罪の代償として自分の一人息子の……命を差し出されたのです」

「嘘だ！」


「いや、残念ですが、嘘ではないんです」ハリーは言い、入口で目の前に立っている男の怯えた顔を観察した。昼食の匂いがして、その向こうでナイフやフォークを使う音が聞こえていた。家族のいる男。父親。いままでは。男が前腕を掻き、ハリーの頭の上の一点を見つめた。あたかもだれかがそこにいるかのように。腕を掻く音が耳障りで神経に触った。

食事の音が聞こえなくなり、小走りの足音が男の後ろで止まった。華奢（きゃしゃ）な手が男の肩に置かれて、女性の顔が覗いた。大きな目は赤かった。

「どうしたの、ビルゲル？」

「この警察官が話があると言うんだ」ビルゲルが抑揚のない声で言った。

「何でしょう？」女性がハリーを見て訊いた。「息子の、ペールのことですか？」

「そうなんです、ホルメン夫人」ハリーは答えた。彼女の目にこっそり恐怖が入り込むのがわかった。ハリーは適切な言葉を探した。が、そんなものはそもそもあり得なかった。「二時間前に息子さんを発見し、死亡が確認されました」

　顔を背けずにはいられなかった。

「でも、あの子は……あの子は……どこで……？」彼女の目がハリーから、いまも腕を掻きつづけている男へ飛んだ。

　もうすぐ血が出るぞ——ハリーはそう思いながら咳払いをした。「港のそばのコンテナのなかです。われわれが恐れていたことですが、死後かなりの時間が経過していました」

　ビルゲル・ホルメンがバランスを失ったかのように後方へよろめき、明かりのともった廊下のコート掛けをつかんだ。女性が一歩前に出た。彼女の後ろで男が両膝を突くのが見えた。

　ハリーは一つ息を吸ってから、コートの下に手を入れた。指先に触れた金属のスキットルが氷のように冷たかった。探している封筒を見つけて取り出した。手紙を書いたわけではなかった。が、そこに何が収められているかはよくわかっていた。余分な言葉をすべてそぎ落とした、短い、公式の死亡通知。いかにも官僚的な死の宣告だった。

「お気の毒です。しかし、これをお渡しするのが私の仕事なので」

「用向きを教えていただけるかな？」小柄な中年の男が社交界独特の大袈裟な言い方で訊いた。もっとも、上流階級ではなく、その仲間入りをしたくて奮闘している者に特有のものだったが。訪問者は彼を観察した。けちくさいネクタイの結び方から、サイズの大きすぎる赤いスモーキング・ジャケットまで、すべてが封筒に入っていた写真と同じだった。

何をしでかしたのかは知らないが、肉体を使ってのものではないのではないか、と彼は思った。なぜなら、顔に苛立ちが表われているのに、自分の家の入口であるにもかかわらず身体のほうは腰が引けて、ほとんど不安そうに見えたからだ。金を盗んだのか、横領でもしたのだろうか。数字を扱う仕事をするタイプかもしれない。だが、大金ではない。女房は美人だが、亭主のほうはそこここで小銭をくすねる種類の男に見える。浮気をして、悪い男の妻と寝たとか。いや、それはないだろう。平均以上の資産があり、自分より見た目のいい女房を持っている小男は、女房の浮気を心配するのが普通だ。ともあれ、不愉快な男であることは間違いない。彼はポケットに手を入れた。

「これが」彼はぴったり三百ユーロで買い求めたラマ・ミニ－マックスの銃身を、ぴんと張りつめた真鍮のドア・チェーンの上に置いた。「用向きだ」

そして、サイレンサーを向けた。何の変哲もない金属の筒で、ザグレブの鉄砲鍛冶が作り、銃口に装着してくれたのだった。空気が漏れないようにするために、接続部分に黒いダクトテープがしっかりと巻きつけられていた。もちろん百ユーロも出せばいわゆる純正のサイレンサーを買うこともできたが、そこまでする理由がなかった。音速を超える銃声、熱いガスが冷気と出会う音、金属の部品がぶつかり合う音を、完全に遮断することは何をもってしても不可能だ。蓋をした鍋のなかでポップコーンが弾けるような音しか立てないサイレンサー付きの拳銃など、ハリウッド映画にしか存在しない。

鋭い破裂音のあと、彼は狭い開口部に顔を押し当てた。

写真の男はいなくなり、音もなく後ろへ倒れていた。玄関ホールは暗かったが、ドアから漏れる一条の明かりと、金色に縁取られて拡大された彼の目を、壁の鏡で見ることができた。死んだ男は毛足の長い赤ワイン色の絨毯の上に横たわっていた。ペルシャ絨毯だろうか？結局のところ、こいつは金持ちだったのかもしれないな。

いま、その男は額に穴を穿たれていた。

顔を上げると、男の妻と――妻であればだが――目が合った。彼女は別の部屋の入口に立っていた。背後に、大きな東洋風の黄色いランプがあった。彼女は口を押さえて彼を見つめていた。彼は小さくうなずいた。そして、慎重にドアを閉めると、拳銃をショルダー・ホルスターに戻して階段を下りはじめた。逃げるときは絶対にエレベーターを使わなかった。それだけでなく、車も、オートバイも、何であれ故障の可能性のあるものは避けると決めていた。走ることもしなかった。話すこともしなかったし、大声を出すこともしなかった。声から足がつく恐れがあった。

逃げることがこの仕事の成否を決める決定的な部分であり、彼が最も愛している部分でもあった。空を飛んでいるような、夢も見ない、まったくの無。

一階に着くと、女性のコンシエルジュが自分の部屋から出てきて、困惑した様子で彼を見た。彼は「失礼、マダム」とささやいたが、彼女は黙って睨み返しただけだった。一時間後に警察がやってきて彼の人相風体を訊いたとき、彼女は義務を果たした。男性、外見は普通、中背、二十歳か、もしかすると三十歳かも。いずれにしても四十ということはないわ、と彼女は思った。

彼は通りへ出た。パリは低く轟いていた。近づくことは決してないが、止むことも決してない雷鳴のようだった。彼はあらかじめそのために選んでおいたごみ容器にラマ・ミニーマックスを捨てた。同じ製造者の手になる新品で未使用の銃二挺が、ザグレブで彼の帰りを待っている。まとめて買うと、値段が割り引かれるのだ。

三十分後、空港行きのバスがポルト・ド・ラ・シャペルを通過したとき、パリとシャルル・ド・ゴール空港のあいだの高速道路では雪が降りしきっていた。その雪は、刈り取られて脱穀が終わったあと束ねられて畑のあちこちに置かれたまま、それでもなお灰色の空を頑(かたく)なに指しつづける、淡い黄色の麦藁(むぎわら)の上に降り積もっていった。

搭乗便を確認し、保安検査場を通過すると、彼は男性用洗面所へ直行した。そして、一列に並んだ白い小便器の一番端に立つと、ズボンの前ボタンを外し、便器の底の白い固形消臭剤に小便を浴びせた。目を閉じて、J&Jの芳香剤が放つ樟脳(しょうのう)とレモンの甘い香りに集中した。自由への接続線にはもう一つ降りなくてはならないところが残っていた。彼はその名前を舌の上で転がした。オ－ス－ロ。

3　咬みつき

十二月十四日（日曜日）

コンクリートとガラスの巨大な建物、ノルウェー最大の人的資源が集中したオスロ警察本部の六階のレッド・ゾーン、ハリーは六〇五号室の自分の席で椅子に背中を預けていた。そのオフィスをハルヴォルセン――三メートル四方のこの部屋をハリーと共有している若い警察官――は好んで〝倉庫〟と呼び、彼の鼻をへし折ってやらなくてはならないときのハリーは〝室内トレーニング場〟と呼んでいた。

しかし、いまのハリーは独りで壁を見つめていた。そこに窓があってもいいように――倉庫にそういうものがあればだが――思われた。

日曜だし、もう報告書も書いてしまったから、帰ってもよかった。では、なぜそうしないのか？　想像上の窓を通して、塀を巡らしたビョルヴィーカの港が見えた。降ったばかりの雪が、緑、赤、青のコンテナに分厚く積もっていた。一件はすでに落着した。ペール・ホルメン、若いヘロイン依存者は十分に生きて、コンテナのなかで最後の一発を自分に撃ち込んだ。拳銃からの一発を。暴力を振るわれたような外傷はなく、拳銃が死体の横に転がっていた。囮捜査官が知る限りでは、ペール・ホルメンはまったく金を持っていなかった。溜まったつけを払わないジャンキーを殺すとき、売人はそうでないように偽装したりしないのが普通で、今回はまったく逆だった。だとすれば、これは典型的な自殺ということになる。それなら、なぜ厳しい寒風の吹きつけるコンテナ・ターミナルをうろついて夜を無駄にしたのか？　さらなる悔いと悲しみしか見つからないはずの場所をうろついて？

ハリーはコート掛けのウールのコートを見た。内ポケットに酒を満たした小さなスキットルが入っていた。十月に酒屋へ行き、最悪の敵であるジムビームを一本買ってスキットルを満たし、残りは流しに捨てた。そのとき以来、スキットルを開けていなかったが、持ち歩きつづけてはいた。ナチスが靴の踵に青酸カリのカプセルを隠して持ち歩いていたのと似ていなくもなかった。わざわざそんな馬鹿げたことをする理由は何か？　わからなかった。わかる必要がなかった。それで問題なくいっているのだから。

時計を見た。十一時が近かった。自宅には酷使されつづけているエスプレッソ・マシンと、こういう夜のためにとってあるＤＶＤがあった。『イヴの総て』、ベティ・デイヴィスとジョージ・サンダースが主演した、マンキーウィッツの一九五〇年の傑作。

帰宅するか、港へ行ってみるか。考えた結果、後者を取った。

ハリーはコートの襟を立て、北風に背を向けて立った。風は目の前の高いフェンスを正面から吹き抜け、なかに入って、コンテナの周囲に雪の吹きだまりを作っていた。港と人気のない広大な構内は、夜には砂漠のように見えた。

囲いで仕切られたコンテナ・ターミナルは明々と照らし出されていたが、照明の支柱は強風に煽られて揺れ、二段あるいは三段に積み上げられた鉄の箱が通路に影を投げていた。ハリーが見ている赤いコンテナが、警察のオレンジの規制線は色が調和していないと訴えているようだった。が、それはオスロの十二月の夜の最高の避難場所であり、広さも居心地も、警察本部の独房とほとんど変わることがなかった。

現場検証班――刑事と技官が一人ずつしかおらず、ほとんど班とは呼べなかったが――の報告によれば、そのコンテナはしばらく空のままで、施錠もされていなかった。現場管理担当者は、ターミナルはフェンスで仕切られているし、さらに監視カメラもついているから、空のコンテナをわざわざ施錠はしないと説明した。それにもかかわらず薬物依存者が入り込んでしまったのだが、ペール・ホルメンはビョルヴィーカをうろついていた大勢の一人ではないだろうかと推測された。あそこはプラータにあるジャンキーのスーパーマーケットの目と鼻の先だから、と。管理担当者は彼らがコンテナに滞在するのを大目に見ていたのかもしれない。そうすることで一人でも二人でも死なずにすんだことを知っていたのではないか。

コンテナは施錠されていなかったが、フェンスの入口には大きくて太い南京錠がかかっていた。ここへくることをあらかじめ警察本部から電話をして知らせておくべきだった、とハリーは後悔した。いま警備員がここにいるとしても、その姿は見えなかった。

ハリーは時計を見たあと、慎重に考え、フェンスのてっぺんをうかがった。身体は引き締まって、ここしばらくで一番いい状態にあった。破滅的だった今年の夏以来アルコールを一滴も口にせず、警察のジムで定期的に、いや、定期的以上に、トレーニングをしていた。雪が降る前に、トム・ヴォーレルがかつてエーケルンで作った三千メートル障害走の記録を破った。数日後、ハルヴォルセンが用心深く、すべてのトレーニングはラケルと関係があるのかと訊いてきた。なぜなら、二人はもう会うのをやめたみたいだから、と。ハリーはこの若い警察官に、素っ気なく、しかしはっきりと、オフィスはおまえと共有しているかもしれないが、私生活まで共有しているわけではないと教えてやった。ハルヴォルセンは肩をすくめ、ほかに話し相手がいるのかと訊いた。ハリーが立ち上がってさっさと六〇五号室を出ていったとき、仮説が正しかったことが証明された。

高さ三メートル、有刺鉄線はない。簡単だ。ハリーはフェンスのできるだけ高いところをつかむと、支柱に足をかけて伸び上がった。右手でさらに上をつかみ、次に左手でつかむ。伸ばした両腕で身体を支えながら、足場を固める。芋虫の歩みの末、ついにてっぺんを越えて向こう側へ移った。

ボルトを上げてコンテナのドアを引き開けると、頑丈な黒い軍用懐中電灯を取り出し、警察の規制線をくぐってなかに入った。

コンテナの内部は不気味に静まり返っていて、音まで凍りついているかのようでもあった。懐中電灯をつけ、末広がりの明かりで周囲を照らすと、チョークで描かれた輪郭が床に浮かび上がった。ホルメンが見つかったところだ。ブリン通りの新しい建物に入っている犯罪(クリム)鑑識課(テクニスク)の若き責任者、ベアーテ・レンが写真を見せてくれていた。ホルメンは壁にもたれて坐り、右のこめかみに小さな穴があいて、右側に拳銃が落ちていた。血はほとんど出ていなかった。それが頭部を撃ったときの、たった一つのいいところだった。その拳銃から発射されたのは小口径の弾丸で、それゆえ、銃弾の射入孔は小さく、射出孔はなかった。鑑識は頭蓋内で銃弾を発見したはずであり、弾は頭蓋内をピンボールのように跳ね回って、生きているあいだのペール・ホルメンが考えることに利用したもの、この決断をさせたもの、そして、最終的に人差し指に引鉄(ひきがね)を引かせたものを、ぐちゃぐちゃに粉砕したに違いなかった。

「わからないな」若者が自ら命を絶ち、その死体を見たとき、ハリーの同僚たちはよくこの言葉を口にする。ハリーの推測では、それは彼らが自分を守ろうとして、自殺という考えを受け容れるのを一切拒否しようとしているからだった。そうでなければ、彼らの言うところの〝わからない〟が何を意味しているのかがわからない。

とはいえ、それは今日の午後、ハリー自身が使った言葉でもあった。ホルメンの父親が玄関ホールで両膝を突き、背中を丸めて、震えながらすすり泣くのを、入口に立って見下ろしているときである。ハリーは死、神、贖い、その後の生、あるいはその意味を語って慰めるべき言葉を持っていなかったから、力なくつぶやいただけだった。「わからないな……」

懐中電灯を消してコートのポケットにしまうと、周囲は闇に閉ざされた。

ハリーは自分の父親のことを考えた。オーラヴ・ホーレ、退職した教師、ウップサールの家で暮らす男やもめ。月に一度、ハリーや妹がやってきたときの目の輝き、コーヒーを飲みながらほとんど意味のない話をしているときにその輝きがゆっくりと失われていく様子。すべてのなかで一番意味のあるものは、かつて妻が弾いていたピアノの上の写真だった。いま、オーラヴ・ホーレはほとんど何もしない。本は読んだ。もう見ることのないはずの国や帝国についての本。実はもう見たいとも思っていなかった。なぜなら、彼女と一緒に行けないのだから。「何よりも大事なものを失ってしまった」と、珍しく母親のことが話題になったときに父親が言ったことがあった。いまハリーが考えているのは、息子の死を知らされた日を、オーラヴ・ホーレは何と呼ぶだろうか、ということだった。

ハリーはコンテナを出て、フェンスのほうへ歩いていき、両手でしっかりつかんだ。そのとき、あの奇妙な瞬間の一つが訪れた。こういうときは、風が耳を澄まそうとしたか、あるいは単に気が変わったかのように息を止め、いきなり完全な静寂が訪れる。聞こえるのは冬の闇のなかで人を安心させる、街の音だけになるのだ。街の音と、風が運ぶ紙が舗道を擦る音。しかし、風はやんでいた。紙ではなく――足音だ。素速くて、軽い足音。人間の足音より軽かった。

動物の足音だ。

心臓の鼓動が速くなった。ハリーはそれを鎮められないままフェンスに向き直ると、大急ぎで膝を曲げ、大急ぎで伸ばした。直後、自分をこんなに怯えさせた原因が頭に浮かんだ。それは静寂、こんなに静かなのに何も聞こえないという事実だった。唸(うな)りも聞こえず、攻撃してくる兆候もなかった。闇のなかでそこにいるものが何であれ、ハリーを怖がらせたくないと思っているかのようだった。しかし、実際はその正反対で、ハリーを捕らえようとしていた。犬に詳しければ、怯えているときも攻撃するときも、唸り声を上げない種類がいることを知っていたかもしれない。ブラック・メッツナー種の牡だ。両腕を上に伸ばし、再び膝を曲げたとき、足音のリズムが変わるのが聞こえ、また静かになった。その瞬間、ハリーはそれが自分に飛びかかってきたのだと悟って、自分の身体を引き上げた。

　恐怖のせいで血中にアドレナリンが満ちているときは痛みを感じないというのは、どう贔屓目に見ても正確とは言えない。精悍な大型犬の牙に右脚をくわえ込まれた瞬間、ハリーは思わず悲鳴を上げた。牙は徐々に肉に食い込んでいって、最終的には骨を包んでいる敏感な膜組織を圧迫した。フェンスの金網が軋み、重力が犬とハリーを下へと引っ張った。ハリーは全力でフェンスにしがみついた。普通であれば、もう安全なはずだった。なぜなら、ブラック・メッツナー種の成犬と同じ体重のほかの犬なら、諦めてハリーを放しているだろうからである。しかし、ブラック・メッツナー種の歯と顎の筋肉は骨を砕くことができ、それゆえ、骨をも食い尽くすブチハイエナの親類だとの——真偽はともかくとして——評判があった。というわけで、このブラック・メッツナー種はいまもハリーにぶら下がり、先端が口のなかのほうへ向かって生えている上顎の二本の牙と、同じく先端が口のなかのほうへ向かって生えている下顎の一本の牙で、ハリーの脚をしっかりと確保していた。そのせいで、状況が変わる気配はまるでなかったが、下顎の二本目の牙——装着してから三カ月しか経っていない鉄の義歯――は、咬みついたときに折れてしまっていた。

ハリーは左肘をどうにかフェンスの上端にかけ、犬もろとも身体を引き上げようとした。が、犬も片足の爪を金網に引っかけていた。右手でコートのポケットを探り、懐中電灯を見つけて、ゴムの柄の部分を握った。下を見て、初めて動物の正体を知った。黒い顔のなかの同じように黒い目が、鈍く光っていた。ハリーは懐中電灯を振り下ろした。それは犬の頭部、左右の耳の真ん中にしたたかに命中して、硬い衝撃音が聞こえた。再度懐中電灯を振り上げ、振り下ろした。今度は急所の鼻に当たった。つづいて渾身の力を込めて目を殴りつけた。が、依然として瞬きもしなかった。ハリーのほうは間もなく力が尽きて、懐中電灯が地面に落ちた。犬はいまもぶら下がっていた。ハリーのほうは間もなく力が尽きて、手が滑って、フェンスにしがみついていられなくなりそうだった。そのあと何が起こるかは考えたくなかったが、考えずにはいられなかった。

「助けてくれ！」

力のない叫びはふたたび吹きはじめた風に運ばれていった。金網を握り直したとき、いきなり笑いの衝動が突き上げた。まさか、こんなふうにすべてが終わることはあり得ないよな？　コンテナ・ターミナルで、警備犬に無残に喉を食いちぎられた死体で見つかるなんてことは？　ハリーは深く息を吸った。金網を縒り合わせて結んだあとの不揃いの先端が腋に食い込んだ。握力がどんどんなくなりつつあった。あと何秒かで手が離れてしまう。何か武器がありさえすれば。スキットルではなくて瓶が一本あってくれたら、それを叩き割ってナイフ代わりに使えるのだが。

スキットル！

ハリーは最後の力を振り絞り、コートのポケットからスキットルを取り出した。飲み口を口に突っ込み、金属の蓋を歯でしっかりくわえて捻った。蓋が緩むと、それを歯でくわえたまま、ウィスキーを口いっぱいに含んだ。全身に衝撃が走った。頼む。顔をフェンスに押し当て、目を閉じた。真っ暗闇のなかで、遠くプラザ・ホテルとホテル・オペラの明かりが白い帯になった。ハリーは右手に持ったスキットルを歯茎を剝き出しにした犬の口のすぐ上まで下ろしていき、蓋とウィスキーを一気に吐き出してつぶやいた。「乾杯だ」そして、スキットルを空にした。長い二秒が過ぎ、茶色の液体がごぼごぼと音を立て、ハリーの足を伝って流れ落ち、開いた口のなかに滴るにつれて、見上げる犬の目に当惑しか浮かばなくなった。やがて、咬みついていた口の力が抜けたと思うと、生き物の身体がアスファルトを打つ音が聞こえ、さらに、死に向かってのたうつ音と、哀しげに訴える低い鳴き声がつづいた。そのあとも爪が地面を引っ搔く音がしていたが、犬はついに、さっき自分が出てきた闇に呑み込まれた。

ハリーはフェンスを乗り越えて地面に立つと、ズボンの裾をまくり上げた。懐中電灯の明かりがなくても、今夜は『イヴの総て』を観るどころか、救急外来で過ごすことになるとわかった。

ヨーンはテアの膝を枕代わりにして、目をつむり、テレビが提供しているいつもの単調な物語を聞くともなく聞いて楽しんでいた。彼女が大好きなシリーズものの一つだった。『ブロンクスの王』、いや、『クイーンズの王』だったか。

「エーゲルトルゲ広場でのシフトを代わってもらえるかどうか、ロベルトに訊いてくれた?」テアが言った。

その手が目の上に置かれ、彼女の肌の匂いがヨーンの鼻をくすぐった。彼女がインシュリンを打ったばかりだということがわかった。

「どのシフトのことかな?」ヨーンは訊き返した。

彼女が手を離し、信じられないという顔でヨーンを見つめた。ヨーンは笑った。「冗談だよ。あいつにはとっくの昔に話して、うんと言ってもらっているさ」

テアが呆れたというように呻(うめ)きを漏らし、ヨーンは彼女の手を取って自分の目の上に置き直した。

「だけど、きみの誕生日だからだとは言ってない」彼はつづけた。「それを教えたら、果たしてうんと言ってくれたかどうか」

「どうして?」

「あいつがきみに首ったけだからだよ、わかってるくせに」

「あなたがそう言ってるだけでしょう」

「そして、きみはあいつを好きじゃない」

「そんなことないわ!」

「それなら、ぼくがあいつの名前を口にすると、必ず態度がぎこちなくなるのはなぜなんだ？」

テアが声を立てて笑った。ブロンクス――クイーンズだったか――で、何かがあったに違いない。

「レストランは予約した？」彼女が訊いた。

「ああ」

彼女は微笑してヨーンの手を握り締めたが、そのあとで眉をひそめた。「ずっと気になってたんだけど、わたしたち、あそこでだれかに見られたんじゃないかしら」

「救世軍でか？　それはあり得ないよ」

「でも、万一見られていたらどうするの？」

ヨーンは答えなかった。

「そろそろ公にする潮時なんじゃないかしら」テアが言った。

「どうなんだろう」彼は答えた。「絶対確実とわかるまで待つのが最善かもしれない――」

「あなた、自信がないの、ヨーン？」

ヨーンは目の上に置かれている手をどかし、落胆して彼女を見上げた。「頼むよ、テア。ぼくがきみしか愛していないことはよくわかってるだろう。ぼくが言ってるのはそういうことじゃないよ」

「だったら、どういうことなの？」

らない」
ヨーンがため息をついて身体を起こし、彼女の横に坐った。「テア、きみはロベルトを知
彼女が歪んだ笑みを浮かべた。「彼が子供のときから知ってるわよ、ヨーン」
ヨーンは身体をくねらせた。「それはそうだけど、きみの知らないことがいくつもあるん
だ。あいつは腹を立てたら何をするかわからない――父親譲りなんだ――が、きみはそれを
知らないだろう。あいつはどんなに危険にもなり得るんだ、テア」
彼女が壁に背中を預けて宙を見つめた。
「ぼくとしては、しばらく内緒のままにしておくべきだと思う」ヨーンは手を揉みしだいた。
「きみのお兄さんのことを考えても、そのほうがいいよ」
「リカール？」テアが意外そうな声を出した。
「そうだ。自分の妹がぼくと婚約したことをいま知ったら、彼は何と言うと思う？」
「なるほど、そういうことなんだ。あなたたち、運営管理責任者の仕事を競い合ってるんだ
ったわね」
「きみだってよくわかってるだろう、最高会議はきちんとした士官を配偶者に持つ上級士官
を重んじるんだ。戦術的観点から見れば、ぼくはテア・ニルセンとの婚約を発表すべきだ。
それが正しいやり方だ。何しろ、相手は司令官の右腕であるフランク・ニルセンの娘なんだ
からな。だけど、倫理的には正しいだろうか？」
テアが下唇を噛んだ。「あなたとリカールにとって、その仕事がそんなに重要な理由は何

なの？」

　ヨーンは肩をすくめた。「士官学校と、そのあと経済学の学位を取るまでの経営学校での四年間は、ぼくたちは救世軍に応分の負担を仰いだんだ。リカールもぼくと同じ考えでいるはずだ。だから、自分の持っている資格を必要とする仕事をやらせてほしいと申請するのが義務なんだよ」

「でも、二人とも却下されるんじゃないかしら。父が言ってたけど、三十五歳以下で運営管理責任者になった人はいないんですってよ」

「知ってるよ」ヨーンはため息をついた。「ここだけの話だけど、リカールが運営管理責任者になってくれれば安心だと、実は思ってるんだ」

「どうして？」テアが訝（いぶか）った。「どうしてあなたが安心するの？　だって、あなたはもう一年以上もオスロの全賃貸資産の管理をしてるじゃないの」

「それはそうだけど、管理責任者になったら、ノルウェー、アイスランド、フェロー諸島のすべての資産の面倒を見なくちゃならないんだぞ。知ってるか、救世軍の資産管理会社は、ノルウェーだけで二百五十カ所の土地と、三百軒の建物を所有しているんだ」ヨーンは腹を叩き、いつもの心配そうな顔で天井を見つめた。「今日、ショウ・ウィンドウに映る自分の姿を見て、ずいぶんな小男なんだとショックだったよ」

　テアは聞いていないようだった。「リカールの耳に入ったところでは、だれであれあの仕事に就いた者が次の管区司令官になるんですってよ」

ヨーンは声を上げて笑った。「そんなものには絶対になりたくないね」

「ふざけないでよ、ヨーン」

「ふざけてなんかいないよ、テア。ぼくときみのことのほうがはるかに重要なんだ。ぼくが言ってるのは、運営管理責任者の仕事には興味がないということだ。だから、婚約を発表しよう。ぼくはほかの重要な仕事をすればいい。部隊の大半も財政を管理する専門家を必要としているしね」

「そんなの駄目よ、ヨーン」テアはショックを受けて言った。「あなたはわたしたちのナンバー・ワンなのよ。一番必要とされているところで仕事をしなくちゃ。リカールはわたしの兄だけど……あなたほど頭はよくないわ。仕事のことがはっきりするまで、婚約を発表するのは待ってもいいかもしれないわね」

ヨーンは肩をすくめた。

テアが時計を見た。「今日は十二時までに帰ってね。昨日、エレベーターで乗り合わせたときにエンマに言われたの、真夜中にわたしの部屋のドアが開け閉めされるのが聞こえるけど、大丈夫かって」

ヨーンは脚を勢いよく床に下ろした。「これで一緒に暮らしてるってことになるのかな」

テアがちらりと目で咎めた。「少なくともお互いの世話ができるじゃないの」

「そうだな」ヨーンはため息をついた。「そういうことだ。じゃ、おやすみ」

テアがためらいがちに彼に覆い被さり、シャツの上から手を這わせた。その手が汗ばんでいるのがわかって、ヨーンは驚いた。まるで拳を握っていたか、何かをしっかりつかんでいたかのようだった。彼女が身体を押しつけてきて、息遣いが速くなりはじめた。

「テア」ヨーンはたしなめた。「いけないよ……」

テアの動きが止まり、吐息とともに手が離れた。

ヨーンは当惑していた。これまで、テアがこんなに積極的になったことはない――むしろ逆で、身体の接触を恐れているように見えた。ヨーンはそういう慎ましさを尊重していた。彼女は最初のデートで安心した様子だったが、それは彼が教理を引用し、こう言ったからだろうと思われた。「救世軍は婚前の禁欲をキリスト教徒の理想と見なす」。多くの者は〝理想〟と〝命令〟は違うと考えていて、この教理は煙草と酒に関して使われた言葉で、〝理想〟であって〝命令〟ではないと考えている者が多かったが、そうだとしても、あくまの微妙な差異を理由に神との約束を破ってもいいとはヨーンは思わなかった。

テアを優しく抱擁してから立ち上がると、洗面所に入って鍵をかけ、蛇口を捻った。両手に水をかけながら、滑らかな鏡の表面に映る自分の顔を見た。表向きはまったく幸福に見えるはずの人物のそれだった。ラグニルに電話をしなくてはならない。さっさと終わらせるんだ。ヨーンは深呼吸をした。おれは幸福だ。ほかの者より辛いのはほんの何日かだけだ。

彼は顔を拭くと、彼女のところへ戻った。

ストール通り四〇番地のオスロ救急外来の待合室は、ぎらぎらした白い明かりに照らされていた。一日のこの時間のここは、いつも異色の面々の溜まり場だった。ハリーがやってきて二十分後に、がたがた震えている薬物依存者が立ち上がって出ていった。彼らは十分以上じっとしていられないのが普通だった。ハリーはそれを理解していた。口のなかにまだウィスキーの味が残っていた。そのせいで昔なじみが目を覚まして活気づき、ハリーを困らせてやろうと動き出していた。脚がひどく痛んだ。港まで足を運んだ成果は――警察の仕事の九十パーセントはそうなのだが――皆無に等しかった。次はベティ・デイヴィスとの約束を守ることを、ハリーは自分に約束した。

「ハリー・ホーレさん？」

顔を上げると、白衣の男が立っていた。

「そうですが？」

「診察室へ行きましょう」

「ありがとうございます。しかし、彼女のほうが先ではありませんか？」ハリーは向かいに並ぶ椅子に坐って頭を抱えている少女へ顎をしゃくった。

男が前屈みになった。「彼女は今夜二度目なんです。急は要しません」

ハリーは脚を引きずりながら医師の白衣のあとについて廊下を歩き、狭い診察室に入った。机が一つと飾り気のない本棚が一つあるだけで、私物は見当たらなかった。

「警察には専属の医師がいるのではありませんか？」白衣が訊いた。

「いるにはいますが、すぐに診てもらえるとは限らないんですよ。どうして私が警察官だとわかったんです?」

「失礼。私はマティアスと言います。この診察室へくる途中、待合室であなたを見かけたというわけです」

医師が微笑し、手を差し出した。きれいな歯並びだな、とハリーは思った。顔のほかの部分が見事に左右対称で、非の打ち所なく整っていなかったら、義歯じゃないかと疑うぐらいだ。青い目の周りには小さな笑い皺があり、握手の手は乾いていて力強かった。医者の小説から抜け出してきたみたいだな、とハリーはまた思った。温かい手を持った医者の物語だ。

「マティアス・ルン＝ヘルゲセンです」男が付け加え、ハリーをじっと見つめた。

「私はあなたにお会いしたことがありましたか?」ハリーは言った。

「以前、会ったことがありますね。今年の夏、ラケルの家のガーデン・パーティですよ」他人の口から彼女の名前を聞いて、ハリーは思わず身体を硬くした。

「本当ですか?」

「あれが私だったんですよ」マティアス・ルン＝ヘルゲセンが小声で早口に言った。

「ふむ」ハリーはゆっくりとうなずいた。「出血してるんですがね」

「わかってます」ルン＝ヘルゲセンが真顔になり、同情の眉をひそめた。

ハリーはズボンをまくった。「ここです」

「なるほど」ルン＝ヘルゲセンが面白がっているような笑みを浮かべた。「どうされましたか?」

「犬に咬まれたんです。何とかしてもらえますか？」

「大した治療は必要ありません。出血も止まるでしょう。傷を消毒して包帯でもしておきますか」医師が屈んだ。「傷は三カ所、見たところ、牙が食い込んだようですね。それなら、破傷風の注射を打っておいたほうがいいな」

「牙は骨に達したはずなんです」

「そうですか、往々にしてそんなふうに感じるんですよ」

「いや、つまり、牙が本当に……」

ハリーは言葉を切り、鼻から息を吐いた。いま気づいたが、こいつはおれが酔っていると思ってるんだ。まあ、それも当然かもしれない。コートが破れ、犬に咬まれ、アルコールの臭いをさせた、評判のよくない警官だからな。元のボーイフレンドがまた酒に酔って現われたと、こいつは今度ラケルに会ったときに言うんだろうか？

「……骨に届いているんですよ」ハリーは最後まで言い終えた。

十二月十五日（月曜日）

4　出発

「何だ！」

　彼はぎょっとしてベッドから身体を起こした。ホテルの殺風景な白い壁に自分の声が反響した。ベッドサイド・テーブルで電話が鳴っていた。彼は受話器をひったくった。

「おはようございます、モーニングコールでございます……」クロアチア語だった。

「ありがとう」彼は答えたが、録音テープの声に過ぎないのはわかっていた。ここはザグレブで、今日、オスロへ向かうことになっていた。

　目を閉じた。また夢を見ていた。パリの夢ではなく、ほかの仕事の夢でもなかった。そういう夢は一度も見たことがなかった。ヴコヴァルの夢、あの秋の夢、包囲されたときの夢しか見なかった。

　昨夜は逃げている夢だった。いつものとおり、雨のなかを走っていた。いつものとおり、小児病棟で父が腕を切断された日の夜だった。手術は成功したと医師たちは宣言したが、四時間後に父は死んだ。心臓が停止したとしか、医師は言わなかった。そのあと、彼は母のそばを離れ、闇と雨のなかへ飛び出した。父親の拳銃を手に、川沿いにセルビア側の陣地へと走った。彼らは照明弾を打ち上げて発砲してきた。彼はそれを気にも留めなかった。弾丸が足元の地面に食い込む音が聞こえた。その地面がいきなり足の下からなくなり、彼は爆弾があけた大きな穴(クレーター)に転げ落ちた。水が彼を、すべての音を呑み込み、静かになった。彼は水中を走りつづけたが、どこへもたどり着かなかった。四肢が強ばり、眠りにさらわれそうになったとき、真っ暗闇のなかで何か赤いものが動くのが見えた。鳥がゆっくりと羽ばたいているかのようだった。気がつくと、ウールの毛布にくるまれていて、裸電球が揺れていた。セルビア人勢力の砲撃で周囲が震動し、土塊(つちくれ)や石膏のかけらが彼の目や口に落ちてきた。それを吐き出していると、だれかが横にきて屈み、ボボ——大尉その人——が水の溜まったクレーターからおまえを助け出したのだと教えてくれ、壕(ごう)の階段のそばに立っている禿頭の男を指さした。その男は軍服を着て、首に赤い布を巻いていた。

彼はふたたび目を開け、ベッドサイド・テーブルに置いておいた温度計を見た。室内の温度は十一月以降十五度を超えたことがなく、暖房を目一杯効かせているはずのロビーでさえそうだった。彼は立ち上がった。急がなくてはならない。三十分後には空港行きのバスがホテルの前にやってくる。

洗面台の上の鏡を見つめ、ボボの顔を思い浮かべようとした。が、それはオーロラのように淡く、見つめているあいだにも徐々に消えていった。また電話が鳴った。

「わかった」

　髭を剃り、身体を拭き、急いで服を着ると、金庫にしまってある二つの金属の箱のうちの一つを取り出した。なかには、ラマ・ミニ－マックス・サブコンパクト――薬室に一発、弾倉に六発、合計七発の弾丸を呑み込んでいた――が一挺。彼はその拳銃を分解し、スーツケースの四隅の強化部材の下の、それ専用に設計された四つの小さな隠し場所に収めた。税関で調べられたとしても、その金属製の強化部材が銃の部品を隠してくれるはずだった。部屋を出る前に、パスポートと、彼女が渡してくれたチケット、標的の写真、時間と場所の詳細が入っている封筒、すべてを持っていることを確認した。それは明日の夜七時に、公共の場所で起こることになっていた。今度の仕事はその前の仕事より危険だと彼女は警告していたが、それでも、怖いとは思わなかった。あの夜、父親の腕が失われたときに、怖いと感じる能力も失われたのではないかと、ときどき考えることがあった。怖さを感じない人間は長生きできない、とボボが言っていた。

　外に出るとザグレブはちょうど目を覚ましたところで、雪はなく、霧が灰色に立ちこめて、憔悴してやつれた顔を見せていた。彼はホテルの入口の前に立ち、数日後のことを考えた。アドリア海に面した小さなホテルのあるこぢんまりとした土地。オフシーズン価格で、ささやかな陽光のあるところへ行くことになっていた。そこで、新しい家の話をするのだ。

　もう空港行きのバスが到着してもいいころだった。彼は霧の向こうをうかがった。あの秋、ボボの横にうずくまり、白煙の向こうにあるものを見ようと虚しい試みをしたときのように。

彼の仕事はメッセージを運ぶことだった。セルビア人側が周波数を合わせて一つ残らず聞き取っているために、無線では送りたくないメッセージがあったのだ。それに、彼はとても小柄だったから、塹壕（ざんごう）のなかを全速力で、腰を落とさずに走り抜けることができた。戦車を攻撃させてくれと、彼はボボに頼んだことがあった。

ボボは首を横に振った。「おまえは伝令（メッセンジャー）だ。おまえの運ぶメッセージは重要なものばかりなんだぞ、坊主。おまえを動員しなくても、戦車を攻撃する人間は十分に足りているんだ」

「でも、彼らはみんな怖がってます。ぼくは怖くありません」

ボボが片眉を上げた。「おまえはまだほんの子供だ」

「ここにいたって弾丸（たま）は当たるかもしれないでしょう。そうなったら、ぼくはもう大人になれないんですよ。それに、あなたは自分で言ったじゃないですか、戦車を阻止しなかったら、町が乗っ取られてしまうって」

ボボが探るような顔で彼を見た。

「考えてみよう」ボボが結論した。というわけで、二人はそれから黙って腰を下ろし、秋の霧なのか、炎上する町の瓦礫（がれき）から上がる煙なのか区別がつかない、白い幕を透かし見つづけた。やがて、ボボが咳払いをした。「昨夜、フラニオとミルコを土手の切れ目へ行かせた。戦車が出てくるところだ。戦車が通りかかったら地雷をくっつけるのが任務だった。その結果を知ってるか？　隠れていて、戦車が通りかかったら地雷をくっつけるのが任務だった。その結果を知ってるか？」

彼はうなずいた。フラニオとミルコの死体を双眼鏡越しに見たのだった。

「あの二人がもう少し小柄なら、地面の窪(くぼ)みに隠れられたかもしれないな」ボボが言った。

少年は鼻水を拭いた。

「どうやって地雷を戦車にくっつけるんですか？」

次の日、夜が明けようとするころ、彼は寒さに震え、泥まみれで自分の前線へ這い戻った。後方の土手ではセルビア側の戦車が二両、開いたハッチから煙を立ち昇らせながら横たわっていた。ボボは彼を塹壕へ引きずり込み、勝利の叫びを上げた。「われわれに小さな贖い主が誕生したぞ！」

その同じ日、ボボが無線を使って市内の司令部へメッセージを口頭伝達しているとき、彼は暗号名を与えられた。それはセルビア人勢力が彼の生まれた町を占領し、灰にし、ボボを殺し、病院の医師や患者を皆殺しにし、抵抗しようとした者を誰彼なしに投獄して拷問するときまで使われつづけて、最終的には皮肉な暗号名になった。というのは、その名前――〝小さな贖い主(マリ・スパシテリ)〟――を与えてくれた人物の命を、彼は救うことができなかったからである。

赤いバスが霧の海から姿を現わした。

近づくにつれて六階のレッド・ゾーンの会議室から低い話し声と小さな笑いが漏れ聞こえてきて、ハリーはいいタイミングで着いたことがわかった。そこに加わってケーキを食べたりもうできないし、感謝しているだれかに別れを告げなくてはならないときに男たちが頼りがちな冗談を言い合ったり軽口を叩き合ったりする時機も逸している。でも贈り物を渡したり、二人きりではなくて聞き手が大勢いる場合になぜか大胆になってもったいぶった言葉が山ほど並ぶスピーチを聞いたりするのには、ちょうど間に合った。

ハリーはそこに集まっている人々のなかから、近づいても大丈夫だと信頼できる顔を三つ見つけた。去っていく上司のビャルネ・メッレル、ハルヴォルセン、そして、ベアーテ・レン。ハリーはだれとも目を合わせなかったし、彼らもハリーと目を合わせようとしなかった。刑事部内での自分の人気について、ハリーは幻想を持っていなかった。人々が陰気なアルコール依存者以上に嫌うものが一つだけあって、それは背が高くて陰気なアルコール依存者だと、かつてメッレルに言われたことがあった。ハリーは身長が百九十二センチの陰気なアルコール依存者で、優秀な刑事だという事実のおかげで多少得することもあるけれどもそれ以上ではない。ビャルネ・メッレルという庇護者がいなかったらとうの昔に警察を去っていたはずだということはみんなが知っていたし、そのメッレルがいなくなることになったいま、ハリーが何かしでかすのを上層部がじっと待っているのを知らない者もいなかった。皮肉なことに、いまハリーを護っているのは、永遠の部外者の刻印をハリーに捺したもの、つまり、仲間の一人を排除したという事実だった。〝プリンス〟――刑事部の警部、トム・ヴォーレル――は八年にわたって銃器密輸の黒幕の一人でありつづけたのだが、カンペンの学生寮の地下の血溜まりのなかで死ぬことになった。三週間後、カフェテリアでの簡単な儀式のなかで、警視正が歯を食いしばり、ハリーに対して獅子身中の虫を退治してくれたと礼を言った。

そして、ハリーも彼に感謝した。

「ありがとうございました」ハリーは言い、だれか自分と目を合わせる者がいないかと、そこに集っている警官を見回した。実はその感謝の言葉を発しただけでスピーチを終わらせるつもりでいたのだが、目を逸らされたり冷笑されたりしたことでいきなり腹が立ってきて、その勢いに押されてこう付け加えた。「思うに、これで私を解雇するのが少し難しくなったのではないでしょうか。それをやろうとしたら、その人物は自分も私に追われるのを恐れていて、その恐怖故に解雇しようとしているのだと、メディアはそう信じるかもしれませんからね」

　とたんに、全員が彼を見た。信じられないという表情で。それでも、ハリーは話しつづけた。

「そんな顔をする理由はないでしょう、諸君。トム・ヴォーレルはわれわれと同じ刑事部の捜査官で、自分の立場を利用してああいうことをしていたんです。プリンスと名乗り、知ってのとおり……」ハリーはここで間を置き、一人一人の顔を見ていって、警視正のところで停めた。「王子（プリンス）のいるところは、普通は王（キング）のいるところなんだから」

「やあ、先輩、考え事ですか？」顔を上げると、ハルヴォルセンがそこにいた。

「王（キングズ）について考えていたんだ」ハリーはつぶやき、若い刑事が差し出したコーヒーのカップを受け取った。

「ほら、あそこに新顔がいるでしょう」ハルヴォルセンが指さした。

贈り物の並んでいるテーブルのそばに青いスーツの男がいて、署長とビャルネ・メッレルを相手に話していた。

「あれがグンナル・ハーゲンか？」コーヒーを一口飲んで、ハリーは訊いた。「新しい刑事部長か？」

新しい刑事部長は頭の回転が速そうで、メモでは五十三歳となっていたが、それより若く見えた。長身というより中背だな、とハリーは思った。それに、ほっそりしている。くっきりした顔にも顎のまわりにも首にも余分な肉がなく、禁欲的な生活をしていることをほのめかしていた。口元はまっすぐに結ばれ、おとがいは意志的とも言えるし、突き出していると も言えるような形で尖っていた。残り少ない黒い髪は頭の上で花冠のような半円を描いていたが、その部分だけは短い髪がとても豊かに密集していたから、単に風変わりな髪型が好きなのかもしれないと考えられなくもなかった。いずれにしても、悪魔のような度外れに豊かな眉が、体毛の生育状態を余りあるほどに予言していた。

「軍から直行だからな」ハリーは言った。「署員を一堂に集めての朝礼を日課にするかもしれんぞ」

「軍へ行く前はいい警官だったみたいですよ」

「あいつが自分について自分で書いたメモによれば、だろ？」

「嬉しいですね、ずいぶんと前向きな評価じゃないですか、ハリー」

「そうか？　おれは新入りに対して常に一回はチャンスを与えようと強く思っているんだが

な」

「〝一回は〟が鍵ですよね」ベアーテ・レンが加わり、短いブロンドの髪を横に払った。「あなた、入ってくるとき脚を引きずっていましたよね、ハリー」

「ゆうべ、コンテナ・ターミナルで、逆上した番犬のお出迎えを受けたんだよ」

「そんなところで何をしていたんです？」

ハリーは答える前にベアーテを観察した。ブリン通りの責任者の仕事は彼女にうってつけだったし、犯罪鑑識課にとってもよかった。ベアーテはいつでも有能なプロフェッショナルでありつづけていたが、警察学校を出て強盗部へ配属されてきたときの彼女は控えめで恥ずかしがり屋の娘であって、人を統率できる資質があるようには見えなかったことを、ハリーは認めざるを得なかった。

「ペール・ホルメンが発見されたコンテナを見てみたかったんだ。教えてくれないか――彼はどうやってあの敷地内に入ったんだ？」

「錠をワイヤー・カッターで切断したんです。死体のそばにありました。あなたはどうなんです？　どうやって入ったんですか？」

「ほかには何を見つけた？」

「ハリー、殺人事件を暗示するようなものはない――」

「殺人事件だなんて言ってないだろう。ほかに何を見つけたかと訊いているんだ」

「どう思います？　商売道具、一回分のヘロイン、煙草の入っているビニール袋です。ご存じでしょうけど、彼らは吸いさしを拾い、残っている葉をつついて出して、溜めておくんですよ。もちろん、一クローネも持っていませんでした」

「ベレッタは？」

「製造番号は削り取られていましたが、そのときに使われた鑢（やすり）の痕に馴染みがあります。プリンスの時代の銃ですね」

ハリーはすでに気づいていたが、ベアーテはトム・ヴォーレルの名前を口にするのを拒否していた。

「ふむ。血液分析の結果はもう届いてるのか？」

「届いています」彼女が答えた。「意外なことに、きれいでした——いずれにせよ、最近はヘロインをやっていなかったということです。だから、正気を保って、自殺することができたんです。どうしてそんなことを訊くんですか？」

「息子の死を両親に伝えるというありがたい役目を果たさせてもらったんでね」

「そうだったんですか」レンとハルヴォルセンが声を揃えて言った。付き合いだしてまだ二年なのに、こういうことが起こる頻度はどんどん増しつつあった。

署長が咳払いをし、そこにいる者たちはおしゃべりをやめて贈り物のテーブルを見た。

「ビャルネから一言二言挨拶をしたいとの要請があった」署長が言い、わざとらしく踵を鳴らして姿勢を正した。「その要請を認める」

低い笑いが広がった。ハリーはビャルネ・メッレルが控えめな笑みを署長に向けていることとに気がついた。

「ありがとうございます、署長。送別会を開いていただいたことを、あなたと本部長に感謝しなくてはなりません。また、素晴らしい絵を贈ってくれたみなさん全員に、とりわけてお礼を言います」

メッレルがテーブルを指し示した。

「全員？」ハリーは小声でベアーテに訊いた。

「そうですよ。スカッレをはじめ何人かがお金を集めたんです」

「おれは聞いてないぞ」

「頼み忘れたんじゃないですか」

「私のほうからもいくつか贈り物をさせてもらいたいと思います」メッレルが言った。「まあ、いわば形見のようなものでしょうか。一つ目は、この拡大鏡です」

そして、自分の顔の前にそれをかざした。レンズ越しに前刑事部長の顔が変形し、全員が笑った。

「これを彼女の父親と同様、非の打ち所のない捜査官であり警察官である、若い女性に贈ります。彼女は自らの手柄を欲することなく、刑事部のわれわれに陽が当たるように仕向けてくれています。みなさんも知ってのとおり、彼女は脳科学者の研究対象になったことがあり、それは非常に稀（まれ）な、紡錘状回（フユージフオーム・ジャイラス）によって可能になる、たった一度でも見た顔は決して忘れないという能力を彼女が有していたからであります」

ベアーテが赤くなった。彼女は注目されるのが好きでなく、この例外的な能力に関しては だれにも思い出してほしくなかった。なぜなら、監視カメラに映った銀行強盗の質の悪い画像を見て前科者の顔を特定する作業を、またもやさせられることを意味するからである。

「しばらく会うことはないとしても」メッレルがつづけた。「この顔を忘れないでいてくれるとありがたい。そして、疑うべき何かが出てきたときは、これを使ってくれればいい」

ハルヴォルセンが彼女の背中をそっと押した。メッレルが彼女を抱擁して拡大鏡を渡すと全員が拍手をし、彼女の額も燃えるように赤くなった。

「次の形見は、私のオフィスの椅子です」メッレルが告げた。「ご存じかと思うが、私の後任のグンナル・ハーゲンは、すでに新しい、黒革張りのハイバックの椅子をほかの備品とともに持ち込んでいるのでね」

メッレルは笑顔でハーゲンを見た。ハーゲンは笑みを返さず、かすかにうなずいた。

「というわけで、私の椅子はステインヒェル出身の、ここへきてからというもの、この建物のなかで最大のトラブルメーカーと相部屋を強いられ、疵物(きずもの)の椅子に坐らされている刑事のものになります。ジュニア、そろそろいいだろう」

「了解です」ハルヴォルセンが答えた。

全員がハルヴォルセンを見て笑い、ハルヴォルセンも笑いで応えた。

「終わりにあたって、私にとって非常に特別な人物に、具体的な助けになるものを贈ろうと思います。彼は私にとって最高の捜査官であり、最悪の悪夢でした。常に自分の直感を頼りに行動し、自分だけの予定に従い、朝の会議に定刻通りに出席させようとするわれわれにとって不幸なことに、自分だけの時計を持っているその人物に」メッレルは上衣のポケットから腕時計を取り出した。「これが同僚と同じ時間枠できみに仕事をさせてくれればいいのだがね。いずれにせよ、刑事部にある時計の時間は全部合わせてある。まあ、色々あったな、ハリー」

ぱらぱらと拍手が起こり、ハリーは前に進み出て形見を受け取った。普通の黒革のベルトの、ハリーの知らないブランドの時計だった。

「ありがとうございます」ハリーは言った。

長身の二人が互いを抱擁した。

「遅れたと思っても間に合うように、二分だけ進めてある」メッレルがささやいた。「これ以上警告を食らうなよ。やるべきことをやるんだ」

「ありがとうございます」ハリーは繰り返した。メッレルの抱擁が少し長すぎるように思いながら、自宅から持ってきたあれを贈り物にするしかないなと自分に言い聞かせた。幸い、『イヴの総て』はまだビニールのカバーがかかったままだった。

5　〈灯台〉

十二月十五日（月曜日）

ヨーンはキルケ通りの救世軍の売店、〈フレテックス〉の裏庭でロベルトを見つけた。

彼は腕組みをしてドア枠にもたれ、ごみ袋をトラックから降ろして店の倉庫へ運ぶ男たちを見守っていた。彼らは白い息を吐きながら、さまざまな方言や言語で、汚ない言葉を口にしつづけていた。

「大漁か？」ヨーンは訊いた。

ロベルトが肩をすくめた。「みんな、夏物のワードローブはいそいそと空にするんだ。来年になったら新しい服が買えるようにな。だけど、いま必要なのは冬物なんだ」

「彼らは凄まじい悪態をつくんだな。ほとんど聞くに堪えないような言葉ばかりじゃないか。社会奉仕をしている人間じゃなくて、刑務所にいる人間が使うにふさわしいぐらいだ」

「昨日、数えてみたんだが、いまやイエスに救いを求める者の倍の数が、服役中のボランティアとしてここにきているんだ」

ヨーンは微笑した。「伝道者がいまだ耕していない土地だ。それが始まるのは時間の問題だな」

ロベルトがそういう男の一人に声をかけ、放って寄越された箱から両切りの煙草(コフィン・ネイル)を一本抜いて口にくわえた。

「よせ」ヨーンは止めた。「兵士の誓いを忘れたわけじゃあるまい。追放されるぞ」

「火をつけるつもりなんか、はなからないさ。ところで、何の用だ？」

ヨーンは肩をすくめた。「話がある」

「何の話？」

ヨーンは低く笑った。「たまに兄弟が話すんだ、特に理由はいらないだろう」

ロベルトがうなずき、舌に残った煙草の葉をつまみ取った。「おまえが〝話がある〟というときは、どう生きるかって説教がやってくるのが普通だからな」

「そんなことはないさ」

「じゃあ、何なんだ？」

「何でもない！　どうしているかと思っただけだ」

ロベルトがくわえていた煙草を口から取って雪に唾を吐き、高く空を覆っている白い雲を見上げた。

「こんな仕事は反吐(へど)が出るほどうんざりだし、アパートも反吐が出るほどうんざりだ。それに、しなびた偽善者の上級曹長も反吐が出るほどうんざりだ。あの馬鹿でぶすの婆(ばばあ)、あんなご面相じゃなかったら」そして、にやりと笑みを浮かべた。「一発ぶち込んでやるんだがな」

「凍えそうだ」ヨーンは言った。「なかへ入らないか？」

ロベルトが先頭に立って狭いオフィスに入り、散らかった机と裏庭が見える小さな窓、救世軍の紋章と、モットーである〝救いと聖潔（きよめ）〟を意味する〝血と火〟を刺繍（ししゅう）した赤と黄色の軍旗のあいだで窮屈そうにしている椅子に腰を下ろした。ヨーンは隣りのマイヨルストゥーエン小隊からロベルトが失敬してきたと知っている木の椅子から、年月を経て黄ばんでいるものもある書類の束をどかした。

「彼女はおまえを仮病使いだと言ってるぞ」ヨーンは言った。

「彼女って？」

「ルーエ上級曹長だよ」ヨーンは眉をひそめた。「あんなご面相のな」

「じゃ、あの女がおまえを呼んだんだな。そういうことなのか？」ロベルトは小型の折りたたみナイフで机をつついていたが、いきなり言った。「ああ、そうだった、忘れてた。おまえ、新しい運営管理責任者になったんだったな。これから、一切合財を取り仕切るわけだ」

「まだ何も決まっちゃいないよ。リカールの可能性だって十分にある」

「何であれ」ロベルトが机に二つの曲線を彫りつけてハートの形を作った。「おまえの用はもうすんだんだろ。だったら、帰る前に、明日のシフトを代わってやる見返りをもらえないかな。五百クローネだ」

ヨーンは財布から五百クローネを抜き、弟の前の机の上に置いた。ロベルトがナイフの刃で顎を撫でた。伸びかけた髭が鑢をかけたような音を立てた。「それから、もう一つ思い出してもらいたいことがあるんだ」

何のことなのかはわかっていた。ヨーンは唾を呑んだ。「思い出すって？」

雪が降りはじめているのがロベルトの肩の向こうに見えた。が、裏庭を取り巻く家々から立ち昇る暖気のせいで、薄い雪片はそれ以上は下に落ちることがなく、まるで聞き耳を立てているかのように窓の向こうの空中にとどまっていた。

ロベルトがナイフの切っ先をハートの中心に突き立てた。「あいつの周辺で一度でもおまえを見かけたら……」そして、ナイフを握る手に力を込めて身を乗り出した。体重をかけられた刃先が乾いた音を立てて机に深く食い込んだ。「おまえを殺すからな、ヨーン。誓って本気だぞ」

「お邪魔かしら」入口で声がした。

「とんでもない、ルーエ上級曹長」とびきりの愛想のよさだった。「兄はいま帰るところです」

ビャルネ・メッレルが刑事部長室――もちろん、そこはもう彼の部屋ではなかった――に入ってきたことに気づいて、署長とグンナル・ハーゲン新刑事部長は話を中断した。

「ところで、眺めは気に入ったかな？」メッレルは明るい調子に聞こえてくれればいいがと思いながら訊いた。「グンナル」そう付け加えたが、初めて口にする名前は舌に馴染んでいることは言えなかった。

「ふむ、十二月のオスロの景色はいつでも哀しげだな」グンナル・ハーゲンが言った。「しかし、われわれはあれにについても処理できるかどうかを相談する必要があるな」

メッレルは〝も〟が何を意味するかを訊きたくてたまらなかったが、署長が同意を示してうなずくのを見て思いとどまった。

「ここの連中について、洗いざらいグンナルに話していたところだ。もちろん、厳秘だと断わったうえでだ、わかるな」

「ああ、なるほど――署長はグンナルと以前から知り合いでしたね」

「そうなんだ」署長が認めた。「かつて警察官養成学校と呼ばれていたところの生徒だったころからの知り合いだ」

「きみは毎年スキーのクロスカントリーレースに出ているとメモに書いてあったが」メッレルはグンナル・ハーゲンを見て言った。「署長も参加していることを知っていたか?」

「ああ、知っているとも」ハーゲンが署長を見て笑みを浮かべた。「ときには一緒に滑って、ラスト・スパートで互いを振り切ろうとしているよ」

「しかし、もちろん承知とは思いますが」メッレルは興味をそそられた。「もし署長が人事委員会に入っていたとしたら、署長は情実人事を咎められる恐れがあったんじゃないですか」

署長が面白くもなさそうに鼻で笑い、警告するような目でメッレルを見た。

「きみが気前よく時計をくれてやった男のことをグンナルに教えていたんだ」

「ハリー・ホーレのことですか？」

「そうだ」グンナル・ハーゲンが言った。「彼があの愚かな密輸の一件に関与していた警部を殺した人物であることは知っている。エレベーターでその男の腕を切断したんだってな。そしていま、その事件をメディアに漏洩（リーク）した疑いもかけられている。よろしくないだろう」

「まず言っておくとすれば、その〝愚かな密輸〟をやらかしていたのはプロの集団で、警察内部にその仲間が紛れ込んでいて、その男が何年にもわたってオスロに安い拳銃を溢（あふ）れさせていたという事実だ」メッレルは声に苛立ちが表われないよう虚しい努力をしながら説明した。「ホーレはこの警察本部内に抵抗があったにもかかわらず、だれの助けも借りることなくその事件を解決した。長年にわたって労を惜しまず警察官としての仕事をしてきた賜物（たまもの）だ。それに、彼がトム・ヴォーレルを殺したのは正当防衛であり、あの男の腕を切断したのはエレベーターだ。さらに、だれが何を漏洩したかについては何の証拠もない」

グンナル・ハーゲンと署長が視線を交わした。

「それはともかくとして」署長が言った。「彼はきみが目を離してはならない人物ではある、グンナル。私の知るところでは、彼は最近、恋人に振られたらしい。それから、ハリーの持っている悪い習慣は、ぶり返したときにはさらにひどくなる傾向があることもわかっている。それを受け入れることは、もちろん、できない。彼がここでどれほど多くの事件を解決していようともだ」

「私が規則をきちんと守らせますよ」ハーゲンが言った。

「彼は警部だ」メッレルは目を閉じた。「平警官ではない。きちんと規則を守らせるまでもないな」

グンナル・ハーゲンがゆっくりとうなずき、髪を掻き上げた。

「ベルゲンでの仕事はいつから始まるんだ……」ハーゲンが手を下ろした。「ビャルネ?」

おれの名前も同じぐらい、こいつの舌に馴染んでいないんだろうな、とメッレルは推測した。

ハリーはウッテ通りをゆっくりと下っていった。目に入る人々が履いているもののおかげで、〈灯台〉に近づいていることがわかった。薬物対策課はいつも、中毒者(ジャンキー)を特定するのに陸海軍放出品販売店ほど役に立ってくれるものはないと言っていた。というのは、ジャンキーの足には、早晩、救世軍を経由した軍の履物が行き着くからである。夏はブルーのスニーカー、いまのような冬は黒い軍用ブーツ、そして、手には救世軍支給の昼食が入っている緑のビニール袋と決まっていた。

ハリーは救世軍のフード付きジャージを着ている歩哨兵(ほしょうへい)にうなずき、ドアをくぐった。

「預かるものは?」歩哨が訊いた。

ハリーはポケットを叩いた。「ない」

アルコール類は何であれ入口で歩哨に預けなくてはならず、帰るときに返却する、と壁に告知が掲げられていた。ハリーも知っていたが、薬物とそれを注射したり吸引したりする道具を預かることについては、救世軍は諦めていた。それを差し出すジャンキーなどいなかった。

　ハリーはなかに入ると自分でコーヒーを注ぎ、壁際のベンチに腰を下ろした。〈フィールリーセ〉すなわち〈灯台〉は救世軍のカフェ、スープ・キッチンの新世紀版で、困窮している者に無料（ただ）で軽食とコーヒーを提供していた。寛（くつろ）いだ雰囲気の明るい部屋で、普通のカプチーノ・バーと違っているのは客だった。薬物使用者の九十パーセントは男だった。彼らはテーブルを囲んでノルウェーのブラウンチーズやホワイトチーズと一緒に白パンを食べ、新聞を読んで、小声で会話を交わしていた。すべて無料で、運が良ければ冷えた身体を温めながら、今日使う薬物を探すこともできた。ときどき囮捜査官がやってくることもあったが、ここでは逮捕しないという暗黙の了解があった。

　ハリーの隣りに坐っている男は身じろぎもせず深くうなだれていた。テーブルの上に覆い被さるような格好で、前に置いた黒ずんだ手には煙草を巻く紙があり、吸い殻が数本、すでに散らばっていた。

　制服を着た小柄な女性がハリーに背を向ける形で、額入りの写真が四つ載ったテーブル上の燃え尽きた蠟燭（ろうそく）を交換していた。四点の写真のうちの三点には個人が、残りの一点には白い背景に十字架と名前が写っていた。ハリーは立ち上がり、そのテーブルへ歩み寄った。

「これは何の写真なんだろう？」彼は訊いた。

ほっそりとした首のせいか、優雅な身のこなしのせいか、あるいは、滑らかで、漆黒で、ほとんど尋常でなく艶やかな髪のせいかもしれないが、ハリーは顔も見ないうちから猫を想像した。振り向いた彼女は顔が小さく、その割りにはずいぶん口が大きくて、鼻は最高に格好がよく、ハリーの持っている日本の漫画の登場人物のようだった。それが猫を思わせる印象をさらに補強したが、何よりも目が勝っていた。理由を特定することはできなかったが、それらの何かが正しくなかった。

「十一月です」彼女が答えた。

その声は落ち着いていて、優しい、深いアルトで、これは持って生まれた話し方なのだろうか、それともあとで身につけたものだろうかとハリーは訝った。後者である女性は何人も知っていて、彼女たちは服を替えるように声を変えるのだった。自分の家で使う声、第一印象を良くするための声、社交上の声、そして、夜の親密さのための声。

「どういう意味なのかな?」ハリーは訊いた。

「ここへきていたなかで、十一月に死んだ人たちです」

ハリーは写真を見て、彼女の言葉の意味に気がついた。

「四人も?」ハリーは小声で言った。四つの写真の前には、鉛筆で書かれた、不揃いの大文字の手紙があった。

「大体一週間に一人、亡くなるんです。だから、四人というのは、わたしたちの基準では多すぎるわけではないんですよ。毎月第一水曜日が救世軍の英霊記念日なんです。あなたのお知り合いがこのなかに……？」

　ハリーは首を横に振った。〝私の大切なゲイル〟で、手紙は始まっていた。花はなかった。

「何かお力になれることがありますか？」彼女が訊いた。

　この女性はほかの声を持ち合わせていないのかもしれない、とハリーはふと思った。この深くて温かみのある声だけなのではないか。

「ペール・ホルメン……」ハリーは口にしたが、そのあとをどうつづけるべきかまったくわからなかった。

「そうですか、あの可哀相なペールですか。彼の英霊記念日は一月に予定されています」

　ハリーはうなずいた。「第一水曜ですね」

「そうです。ぜひいらっしゃってください、兄弟（ブラザー）」

〝兄弟〟という言葉はさしたる意味のない付け足しであるかのようにとても自然に、実にさりげなく発せられ、ハリーは一瞬、彼女の言葉を信じそうになった。

「私は刑事なんです」ハリーは打ち明けた。

　背丈があまりに違いすぎるので、彼をはっきり見るために、彼女は首を伸ばすようにして上を向かなくてはならなかった。

「以前、お目にかかったような気がしますけど、何年か前のことなんじゃないかしら」

　ハリーはうなずいた。「そうかもしれません。一度か二度、ここへきたことがありますからね。しかし、あなたは見なかったな」

「わたし、こっちは非常勤で、ここにいないときは救世軍本営にいるんです。あなたは薬物担当の部署にいらっしゃるんですか？」

ハリーは首を横に振った。「殺人を担当しています」

「殺人。でも、ペールは殺されたのではないですよね……？」

「ちょっと坐って話せますか？」

彼女はためらい、あたりを見回した。

「忙しいですか？」ハリーは訊いた。

「全然――今日はいつになく静かなんです。いつもはパンを千八百枚も出しているんですけど、今日は失業手当の支給日ですから」

彼女はカウンターの向こうにいる若い男性の一人に声をかけ、仕事を代わってもらった。そのとき、彼女の名前がわかった。マルティーネ。煙草を巻く紙だけを手にしている男の俯き加減が何段階か深くなっていた。

「調べのついていないことが二つほどありましてね」ハリーは腰を下ろして言った。「彼はどんな人物でした？」

「難しいですね」彼女が言い、ハリーは訝しげな表情を作ってため息をついてみせた。「ペールのように長年薬物を常用していると、脳がひどく壊れてしまっているので、本来持っている性格が見えにくくなるんです。高揚（ハイ）した気分になりたいという衝動がすべてで、それ以外のことはどうでもよくなるんですよ」

「それはわかっています。しかし、私が言っているのは……彼をよく知っている人たちにとっての……」

「申し訳ないんですが、お力になれそうもありません。ペールの性格がどの程度残っていたかを知りたいのなら、彼のお父さまに訊いてみたらいいんじゃないでしょうか。二度ほど、ペールを迎えにみえたことがあるんです。結局は徒労だったみたいですけどね。お父さまが話してくださったんですけど、自宅に連れ帰られたペールは両親を脅しはじめたんだそうです。どうしてかというと、彼が家にいるときはすべての貴重品を鍵をかけて隠していたからなんですって。息子から目を離さないでくれとお父さまに頼まれて、最善を尽くすけれども奇跡は約束できないと申し上げたんです。そして、わたしたちはやっぱり彼を助けられませんでした……」

ハリーは彼女を観察した。その顔に、社会福祉の仕事をしている者に共通の、諦め以上のものはなかった。

「地獄なんだろうな」ハリーは足を掻きながら言った。

「そのとおりです。それをわかるには自分自身がジャンキーになるしかありません」

「親にとって、という意味だったんだけどな」

マルティーネは答えなかった。破れたキルトの上衣の男が隣りのテーブルにやってきて、透明なビニール袋を開けると、何百本もの吸い殻から集めたに違いない乾いた煙草の葉を広げた。それはそこに坐っている男の黒ずんだ指と煙草を巻く紙を覆った。

「メリー・クリスマス」男はつぶやき、年取ったジャンキーの足取りで出ていった。

「調べのついていないことって何ですか？」マルティーネが訊いた。

「血液中に薬物がほとんど含まれていなかったんです」ハリーは言った。

「つまり？」

ハリーは隣りの男を見た。懸命に煙草を巻こうとしていたが、指が言うことを聞かなかった。茶色の頬を一条の涙が伝った。

「〝ハイ〟になることについては、私もいささか知っています」ハリーは言った。「彼がだれかに金を借りていたかどうか、ご存じないですか？」

「知りません」答えは素っ気なかった。あまりの素っ気なさに、次の質問の答えが早々とわかったような気がした。

「しかし、訊くことはできた――」

「いいえ」彼女が途中でさえぎった。「わたしたちは質問したり調べたりはできないんです。いいですか、ここにくるのはだれも気にかけてくれない人たちなんです。わたしがここにいるのはその人たちを助けるためで、うるさくつきまとって苦しめるためではないんです」

ハリーは彼女の表情をうかがった。「おっしゃるとおりだ。色々質問して申し訳ない。もうしません」

「ありがとうございます」

「最後に一つだけいいですか？」

「どうぞ」

「その……」ハリーはためらった。大失策をしでかすことになるのではないかと不安がよぎった。「私は気にかけていると言ったら、信じてもらえますか？」

彼女が首をかしげ、ハリーの顔をうかがった。「信じていいんですか？」

「実は、だれもが明々白々な自殺だと考えている一件を捜査しているんですよ。だれも気にかけてくれる人がいなかった人物のね」

彼女は答えなかった。

「コーヒー、うまかったですよ」ハリーは立ち上がった。

「どういたしまして」マルティーネが応えた。「あなたに神の祝福がありますように」

「ありがとう」ハリーは応えたが、自分でも驚いたことに、耳たぶが赤くなるのがわかった。

出口に立っているフード付きジャージ姿の歩哨の前で足を止め、なかを振り返ったが、彼女の姿はもうなかった。歩哨が昼食の入った緑のビニール袋を差し出したが、ハリーはそれを断わり、コートの前をしっかりと掻き合わせて通りに出た。陽はすでにオスロ・フィヨルドの向こうへためらいがちに退場しようとしていた。ハリーはアーケル川のほうへ歩き出した。そこはエイカと呼ばれる一帯で、雪の吹きだまりに男が一人、キルトの上衣の袖をまくり、前腕に注射針をぶら下げて立っていた。男がグレンランを包んでいる冷たい霧の向こうから、ハリーをまっすぐに見て微笑した。

6　ハルヴォルセン

十二月十五日（月曜日）

フレデンスボルグ通りの自宅のアームチェアに坐っているペルニッレ・ホルメンは、さらに小さくなったようにも見えた。縁の赤くなった大きな目でハリーを見つめ、ガラスの額に入った息子の写真を膝の上で抱いていた。

「九つのときのあの子です」彼女が言った。

ハリーは思わず唾を呑んだ。その理由の一つは、ライフジャケット姿の九歳の男の子の笑みのない顔が、いずれはコンテナのなかで自分の頭に弾丸を撃ち込んで生を終えるところを思い描いているかのように思われたからだった。もう一つの理由は、その写真がオレグを思い出させたからである。オレグはうっかりしてハリーを〝パパ〟と呼ぶことがあった。いつになったらマティアス・ルン゠ヘルゲセンを〝パパ〟と呼ぶようになるのだろう。

「ペールが何日か家に戻ってこないと、夫のビルゲルが捜しに出かけるのがしょっちゅうでした」彼女が言った。「もうやめてとわたしは頼んだんですけどね。だって、ペールと一緒にここで暮らすことに、わたしはもう耐えられなかったんです」

ハリーは疑問を呑み込んだ。なぜ？

ハリーが予告なしに訪ねたとき、夫は葬儀屋へ行っていると彼女は説明していた。彼女が洟をすすった。「中毒者と同じ屋根の下で暮らしたことがおありですか？」

ハリーは答えなかった。

「目の届くところにあるものは何でも盗むんです。わたしたちはそれを受け容れました。というか、ビルゲルが受け容れたんです。わたしより優しいんですよ」彼女の顔が歪んだが、ハリーはそれを笑みと解釈した。

「夫はすべてにおいてペールを擁護しました。この秋、ペールがわたしを脅すようになるまでですけどね」

「あなたを脅した？」

「ええ、殺すと脅されました」彼女は写真を見下ろし、曇りを拭き取ろうとするかのようにガラスを撫でた。「ある日の朝、ペールが玄関のベルを鳴らしたんですけど、わたしはあの子をなかに入れませんでした。だって、わたし一人だったんですもの。ペールは泣いて懇願しましたが、以前にも同じことがありましたからね、頑として拒否したんです。わたしはキッチンへ戻って腰を下ろしました。どうやって入ったのかわからないけど、いきなりそこに現われて――銃を持って、わたしの前に立っていたんです」

「その銃は、彼が死んだときにその場にあったのと同じ――」

「ええ、ええ、そうだと思います」

「つづけてください」

「わたしが宝石類をしまっている戸棚の鍵をあの子は無理矢理に開けさせました。大半はすでに持っていかれていてほとんど残っていなかったんですけど、それをもひっつかんで出ていってしまいました」

「それで、あなたは？」

「わたしですか？　精神的にひどくやられてしまって、ビルゲルに病院へ連れていってもらいました」彼女がまた洟をすすった。「でも、もう錠剤ももらえませんでした。現状で十分だという見立てだったんです」

「どういう種類の錠剤ですか？」

「何だと思います？　トランキライザーですよ。十分ですって！　いつ息子が戻ってくるかと恐ろしくて一晩じゅう眠れないでいると……」彼女は言葉を切り、拳を口に押し当てた。涙が盛り上がった。そのあと、辛うじて聞き取れるほどの小声でささやいた。「ときどき、これ以上生きていたくなくなるんですよ」

ハリーは手帳に目を落とした。何も書いていなかった。

「ありがとうございました」彼は言った。

「一泊で間違いございませんか、サー？」オスロ中央駅に近いスカンディア・ホテルの女性フロントが、コンピューターのモニターの予約画面から顔も上げずに訊いた。

「そうだ」彼女の前の男が答えた。

彼女は男が淡い茶色のコートを着ていることを記憶に留めた。キャメルだ。あるいは、模造品（フェイク）かもしれない。

赤く塗った長い爪が怯えたゴキブリのように忙しくキイボードの上を動き回った。冬のノルウェーに模造品のキャメル。いいじゃないの。彼女はアフガニスタンにいる駱駝（らくだ）の写真を見たことがあった。彼女のボーイフレンドも、アフガニスタンはノルウェーと同じぐらい寒くなることがあると手紙に書いていた。

「お支払いは現金でなさいますか、それとも、クレジットカードでしょうか、サー？」

「現金だ」

彼女は宿泊カードとペンをカウンターの上に差し出し、パスポートを見せてほしいと頼んだ。

「その必要はない」男が答えた。「いまここで払う」

イギリス人のような英語だったが、子音の発音の仕方に東欧人を思わせる歯切れのよさがあった。

「それでも、パスポートは拝見させてください、サー。国際的な規則なものですから」

男はわかったとうなずき、手が切れるような千クローネ札とパスポートを彼女に渡した。

フルヴァッカ共和国？　たぶん東にできた新しい国の一つだろう。彼女はお釣りを男に返すと、千クローネ札をキャッシュボックスに入れ、この客が行ってしまったら札を明かりに透かして調べるよう、自分に念を押した。きちんとした仕事をするよう努力してはいたが、さしあたって自分が働いているのがこの街で一流と言われるホテルではないことは認めざるを得なかった。この客は詐欺師のようではないし、どちらかと言えば……難しい、実際のところ何のようだと言えばいいのだろう？　彼女は男にプラスティックのカード・キイを渡し、客が泊まる階について、エレベーターについて、朝食について、そして、チェックアウト・タイムについて、決まり切った説明をした。

「ほかにお尋ねになりたいことはございますか、サー？」彼女は歌うようにして訊いた。自分の英語と接客態度はこのホテルには上等すぎるという自信があった。そう遠くない将来、もっといいホテルへ移ることができるだろう。あるいは、それが叶わないとしても、準備だけはしておこう。

男が咳払いをし、最寄りの電話ボックスはどこかと訊いた。

電話なら自室からできることを教えたが、男は首を横に振った。彼女は考えなくてはならなかった。携帯電話が主流になったこともあってオスロの公衆電話の大半が撤去されていたが、それでも一カ所、近くにあったことを思い出した。オスロ中央駅前広場だ。そこまでは百メートルぐらいしかなかったが、彼女は小さな地図を出してそこに印をつけ、行き方を説明した。ラディソンやチョイスといったホテルではそうしていた。男が理解しているかどうかをうかがいながら、彼女は一瞬困惑した。理由はまったくわからなかった。

「おれたち以外は世界じゅうが敵だからな、ハルヴォルセン!」

ハリーは共有オフィスへ飛び込みながら怒鳴った。いつもの朝の挨拶だった。

「メッセージが二本届いてますよ」ハルヴォルセンが言った。「新刑事部長のオフィスへ出頭することが一つ、もう一つは女性からあなた宛に電話がありました。びっくりするような声でしたよ」

「そうなのか?」コート掛けを狙って放ったコートはあえなく床に墜落した。

「よし」ハルヴォルセンが何も考えずに叫んだ。「ようやく立ち直りましたね?」

「何だって?」

「コート掛けを狙って服を投げるのを再開したし、『おれたち以外は世界じゅうが敵だからな』って挨拶も復活してるじゃないですか。ラケルに捨てられて以来、どっちもやめてたのに――」

相棒の顔が険悪になるのを見て、ハルヴォルセンは口を閉ざした。

「その女性の用件は何だったんだ?」

「あなたに伝えたいことがあると言ってました。名前は……」ハルヴォルセンが自分の前の黄色い糊(のり)付き付箋紙を引っかき回した。「マルティーネ・エークホフです」

「心当たりがないな」

「〈灯台〉で仕事をしているそうです」

「彼女か！」

「調べてみたけれども、ペール・ホルメンが借金をしていると聞いた者はだれもいなかったそうです」

「ふむ。ちょっと行って、話を聞いてみようか。ほかにも何かあるかもしれんからな」

「そうですか？　なるほど、いいんじゃないですか」

「どうした？　なぜそんな騙(だま)されたような顔をしてる？」ハリーはコートを拾い、コート掛けに戻すのではなく、そのまま着直した。「いいか、ジュニア、おれはこれから出かけるからな」

「でも、部長はどうするんです――」

「――待っててもらうしかないな」

コンテナ・ターミナルの入口は開いていたが、〈立ち入り禁止・車は外の駐車場に駐めること〉とフェンスに表示されていた。ハリーは犬に咬まれたほうの脚を掻き、コンテナの列のあいだに延びる長くて広い隙間を一瞥すると、そこへ向かって車を走らせた。警備員詰所は三十年以上前から着々と数を増しつつある労働者用の休憩小屋にそっくりで、実際のところ、事実とそうかけ離れてもいなかった。ハリーは警備員詰所の前で車を停め、残りの数メートルを速歩で突っ切った。

警備員は椅子にもたれ込み、頭の後ろで両手を組んで、マッチ棒をくわえたまま何も言わなかった。ハリーはここにきた理由と、昨夜ここで何があったかを説明した。

警備員の顔で動いているのはマッチ棒だけだったが、犬との争いを話しているとき、警備員がかすかにではあるがにやりと笑ったのを、ハリーは見逃さなかった。

「ブラック・メッツナーだろ」警備員が言った。「ローデシアン・リッジバック（南アフリカ原産の獣猟犬）の従兄弟（いとこ）なんだ。輸入されてよかったよ。恐ろしく優秀な番犬なんだ。それに、静かだ」

「そうだったな」

マッチ棒が愉快そうに跳ねた。「ブラック・メッツナーは猟犬だからな、近づくときに音を立てないんだ。獲物を怯えさせないようにな」

「あの獣は……その……おれを食おうとしていたと？」

「食うというのをあんたがどういう意味で使っているかによりけりだけどな」

警備員はそれ以上詳しい説明はしようとせず、無表情にハリーを見つめた。頭の後ろで組まれた手は頭部をすっぽりと覆っていて、ハリーはこの男の手が異常に大きいか、頭のほうが異常に小さいかのどちらかだろうと考えた。

「では、ペール・ホルメンが撃たれたとわれわれが推定している時間、あんたはだれも見なかったし、何も聞かなかったんだな？」

「撃たれた？」

「自分で自分を撃ったんだよ。何か心当たりはないかな？」

「警備員は冬は屋内にいて外に出ないし、言ったとおり、ブラック・メッツナーは静かなんだ」

「それじゃ役に立たないんじゃないのか？　吼えなかったら、警報を発したことにならないだろう」

警備員が肩をすくめた。「あいつはちゃんと仕事をしてる。だから、おれたちは外へ出る必要がないんだ」

「だけど、ペール・ホルメンが忍び込んだときは捕まえなかったじゃないか」

「ここは広いからな」

「だけど、そのあとは？」

「死体のことか？　いいか、あの死体は凍ってたんだろ？　それに、ブラック・メッツナーは死んだものには興味がないんだ。生きている肉が好きなんだよ」

ハリーは身震いした。「警察の報告書には、それ以前にホルメンをここで見たことはないというあんたの供述が載っているんだがな」

「そのとおりだよ」

「ここへくる前、ホルメンの母親に会って、この家族写真を借りてきた」ハリーはその写真を警備員の机の上に置いた。「この写真をじっくり検めた上で、過去にこの人物を見たことはないと誓ってもらえるかな」警備員が視線を下げ、マッチ棒を口の端へ転がして答えようとしたが、言葉が出てこなかった。後頭部で組まれていた手が解かれ、その手が写真を取り上げた。警備員がしげしげと写真を見つめたあとで言った。

「間違ってた。こいつなら見たことがある。夏、ここにきた。あれを……その……コンテナのなかの……見分けるのは簡単じゃなかったんだ」

「確かにな」

数分後、帰ろうと立ち上がったハリーは、まずドアを細く開けて外をうかがった。警備員がにやりと笑った。

「あいつなら、日中は鍵をかけて閉じ込めてあるよ。いずれにせよ、ブラック・メッツナーの牙は細いんだ。傷はすぐに治る。おれはケンタッキー・テリアを買おうかと考えていたんだ。あいつはぎざぎざの歯を持ってるからな。そいつなら、あんた、肉を食いちぎられてたところだぜ。運がよかったな、警部」

「ともあれ」ハリーは言った。「あの忠犬に教えておいてやったほうがいいぞ。あるご婦人がここへやってきて、ほかに咬みつくものをくれるからってな」


「何ですって？」用心深く除雪車を追い越しながら、ハルヴォルセンが訊いた。

「軟らかいもの」ハリーは答えた。「粘土のような何かを咬ませる。そのあとで、ベアーテと彼女のチームがその粘土の型に石膏を流して固めれば、一発であの犬の顎の模型が出来上がるというわけだ」

「なるほど。それでペール・ホルメンは殺されたんだと証明できるんですね？」

「違う」

「でも、あなたはそう言った――」

「おれが言ったのは、それがなかったら殺人だと証明できないということだ。証拠という鎖の失われた部分（ミッシング・リンク）だよ」

「なるほど。それで、ほかのリンクは何なんです？」

「いつものものだ。動機、凶器、機会。ここを右だ」

「わかりませんね。自分の疑念はコンテナ・ターミナルに押し入るときにホルメンがワイヤー・カッターを使ったことに基づいていると、あなたは言ったじゃないですか」

「そのことがおれを迷わせていると言ったんだ。もっと正確に言うと、コンテナを逃げ場にしようとするほど頭のいかれたヘロイン中毒者に、入口を破るのにワイヤー・カッターを使おうなんて冷静な考え方がどうしてできたかがわからなかったんだ。それで、現場を細かく調べてみた。ここで停めていいぞ」

「おれがわからないのは、犯人はわかってると、どうしてあなたが主張できるのかってことですよ」

「考えるんだ、ハルヴォルセン。難しいことじゃないし、事実は全部手のなかにあるんだからな」

「こういうことをするあなたが嫌いなんですよ」

「おれはおまえに優秀な刑事になってほしいだけだ」

ハルヴォルセンが冗談だろうというような目で年上の相棒を一瞥した。二人は車を降りた。

「ドアをロックしないのか？」ハリーは訊いた。

「錠の本体が夜のうちに凍ってしまって、今朝、キイを挿し込んで回そうとしたら壊れてしまったんですよ。で、いつ犯人がわかったんです?」

「しばらく前だ」

　二人は通りを渡った。

「ほとんどの事件において、犯人を突き止めるのは簡単な部分なんだ。はっきりした候補者がいるからな。たとえば、夫、親友、前科者なんかだ。執事はあり得ない。それは問題じゃないんだ。問題は、自分の理性と勘が長年教えてくれているものを証明することだ」ハリーは〈ホルメン〉の表札の横の呼び鈴を押した。「それをいまからやろうとしているんだ。繋(つな)がりがないように見える情報を完璧な証拠の鎖にしてくれる小さな一片を見つけるんだ」

「はい(ヤー)」スピーカーからしわがれた声が応えた。

「警察のハリー・ホーレです。よろしければ……」解錠の電子音が鳴った。

「迅速であることがすべてだ」ハリーは言った。「殺人事件の大半は最初の二十四時間で解決されるか、まったく解決されないかなんだ」

「ありがとうございます。それは前に聞いたことがあります」ハルヴォルセンが言った。

　ビルゲル・ホルメンが階段の上に現われた。

「どうぞ」彼は二人を居間へ通した。何も飾ってないクリスマス・ツリーが、バルコニーへつづく両開きのドアの横で飾り付けを待っていた。

「妻は寝(やす)んでいます」ハリーが訊く前に、ビルゲルが教えた。

「では、小声で話しましょう」ハリーは言った。

ビルゲル・ホルメンが哀しげな笑みを浮かべた。「大丈夫、目を覚ますことはありません」

ハルヴォルセンがちらりとハリーに目を走らせた。

「ふむ」ハリーは言った。「トランキライザーですか？」

ビルゲル・ホルメンがうなずいた。「葬儀が明日なもので」

「ああ、そういうことですか——それならストレスが掛かるのも無理はありませんね。ところで、これを貸していただいてありがとうございました」ハリーは写真をテーブルに置いた。坐っているペール・ホルメンの左右に両親が立っている写真。護られている、あるいは、見ようによっては囲まれているように見えなくもなかった。そのあとに沈黙がつづき、三人とも一言も発しなかった。ビルゲル・ホルメンがシャツの上から前腕を掻いた。ハルヴォルセンが椅子のなかでもじもじと身を乗り出し、また後ろへ背を預けた。

「薬物依存についてどのぐらい知っておられますか、ヘル・ホルメン？」ハリーは俯いたまま訊いた。

ビルゲル・ホルメンが眉をひそめた。「妻は睡眠剤を治療用に服用しているだけで、依存しているわけではありません——」

「いや、奥さんのことではないんですよ。奥さんはあなたが救えるかもしれませんからね。私が言っているのは息子さんのことなんです」

「〝知っている〟の意味によりけりですね。息子はヘロインの虜(とりこ)になり、そのせいで不幸になったんです」ホルメンはさらに何かを言おうとして思いとどまり、テーブルの上の写真を見た。「私たちみんなが不幸になったんです」

「それはそのとおりだと思います。しかし、薬物依存についての知識があなたにあれば、ヘロインがすべてに優先されるようになることがわかったはずなんです」

ビルゲル・ホルメンの声が怒りに震えた。「私がそれを知らなかったと言っておられるんですか、警部？　妻は……あの子……」しかし、涙声になった。「あの子のたった一人の母親なんです」

「わかっています」ハリーは小声で言った。「ですが、薬物は母親に優先するんです。父親にも優先するし、生にさえ優先するんです」ハリーは息を継いだ。「そして、死にも優先するんですよ」

「私は疲れているんです、警部。用件は何でしょう」

「検査の結果、死亡時の息子さんの血液中から薬物は検出されませんでした。だとすると、彼はヘロインが切れてよくない状態だったはずなんです。ヘロイン依存者がそういう状態のときというのは、そこから救われたいという欲求が異常に強くなり、そのためなら銃で自分の母親を脅すことも厭わなくなるんです。しかし、自分の頭を撃っても救われるわけではありません。救われるためには、腕、首筋、股間、とにかく新しい血管が見つかるところならどこでもいいんですが、そこへヘロインを打ってやるしかないんです。息子さんは発見されたとき、そのための道具とヘロインを一袋、ポケットに持っていたんですよ、ヘル・ホルメン。息子さんは自分の頭を撃ち抜いたりできなかったはずなんです。いまも言ったとおり、薬物がすべてに優先するんですから。それに――」

「死にも優先するんでしたね」ビルゲル・ホルメンは依然として頭を抱えたままだったが、声は落ち着きを取り戻してはっきりしていた。「ということは、息子は殺されたと考えておられるんでしょう？　そう考える根拠は何です？」

「それをあなたから教えてもらえるのではないかと思っているんですが」

ホルメンは応えなかった。

「息子さんが奥さんを脅したからですか？」ハリーは訊いた。「奥さんの気持ちを安んじるためですか？」

ホルメンが顔を上げた。「何をおっしゃっているんです？」

「私の推測では、あなたはプラータをうろつきながら待っていた。そして、姿を現わしてヘロインを買った息子さんを追って、コンテナ・ターミナルへ連れていった。息子さんはほかに行く当てがないとき、ときどきそこを使っていましたからね」

「どうして私がそんなことを知っているんですか？　馬鹿馬鹿しい。私は――」

「もちろん、あなたは知っておられた。この写真をコンテナ・ターミナルの警備員に見せたら、私が尋ねている人物だと見分けてくれましたよ」

「ペールを？」

「違います、あなたをですよ。この夏、あなたはあそこへ行って、息子がいるかどうか、コンテナを探させてくれと頼んでいますね」

　ホルメンが話しつづけるハリーを見つめた。「あなたはすべてを計画していた。あそこへ入るためのワイヤー・カッターと空のコンテナです。そこなら薬物依存者が生を終えてもおかしくないし、あなたが息子さんを撃っても目撃もされず、銃声を聞かれることもありませんからね。凶器として使ったのも、あなたの奥さんが息子のものだと証言できるとわかっている銃です」

　ハルヴォルセンがビルゲル・ホルメンをうかがい、身構えた。が、ホルメンは微塵（みじん）も動く気配を見せず、鼻で苦しげに息をすると、宙を見つめて前腕を掻いた。

「しかし、それを証明できないでしょう」〝それ〟と言ったときのホルメンは諦めの口調で、事実──後悔している事実──であることを物語っているかのようだった。

　ハリーは手振りでホルメンを宥（なだ）めた。そのあとにつづいた沈黙のなか、下の通りで犬の吼える大きな声が聞こえた。

「痒（かゆ）さが治まりませんか」ハリーが言ったとたんに、ホルメンが腕を掻くのをやめた。「何がそんなに痒いのか、見せてもらえませんか」

「何でもありませんよ」

「ここで見せてもらってもいいし、署で見せてもらってもかまいませんが、ヘル・ホルメン、それはあなた次第です」犬の声が激しさを増した。犬ぞり？　ここで？　この都会の真ん中で？　ハルヴォルセンはいまに爆発でも起こるような感じがした。

「いいでしょう」ホルメンが小さな声で応え、ボタンを外して袖を押し上げた。

小さな傷が二つあり、かさぶたができていて、その周囲が赤く腫れていた。

「反対側も見せてください」ハリーは命じた。ホルメンが腕を捻ると、そこには同じような傷が一つできていた。

「犬に咬まれた傷というのは恐ろしく痒いんですよね」ハリーは言った。「十日目から二週間目ぐらいの、治りはじめたときが特にひどい。救急外来の医者が教えてくれたんですが、掻かないほうがいいそうですよ。あなたもそうすべきでしたね、ヘル・ホルメン」

ホルメンが見るともなく傷を見た。「そうなんですか?」

「皮膚の三カ所に穴があいていますね。それがあのコンテナ・ターミナルの犬に咬まれてできたものだと、われわれは証明できるんです。あの犬の顎の模型を作ってあるんでね。反論の余地はないんじゃないですか」

ホルメンが首を横に振った。「息子を殺したくはなかった……妻の気持ちを楽にしてやりたかっただけなんです」

通りで吼えていた犬がいきなり黙った。

「自白しますか?」ハリーは訊き、ハルヴォルセンに合図した。ハルヴォルセンは内ポケットに手を入れたが、紙もペンも出てこなかった。ハリーは呆れてぐるりと目を回し、自分の手帳を渡した。

「こんなひどい状態でいつづけるのはもう無理だ、と息子は言いました。本当にやめたいんだ、と」ホルメンが口を開いた。「それで、救世軍の宿泊施設(ホステル)を一部屋、見つけてやりました。ひと月に千二百クローネで、ベッドと一日三食が保証されるんです。息子は離脱プログラムを受けると約束してくれました。それがつづいたのはほんのふた月で、そのあとはまったく音沙汰がなくなりました。それで、ホステルへ電話をしたら、料金を踏み倒していなくなってしまったというじゃありませんか。そうこうするうちに……その……またここに現われたんです。拳銃を持って」

「それで、あなたはその場で決断した？」

「あいつは死んだも同然でした。私たちはすでに息子を失っていたんです。妻をあいつの道連れにさせるわけにはいきません」

「どうやって彼を見つけたんです？」

「プラータにはいませんでした。エイカで見つけて、拳銃を買い取ると言ったんです。あいつはそれを持ち歩いていて、見せてくれました。すぐに現金が欲しかったんでしょうね。しかし私は、いまは持ち合わせがないと嘘をつきました。それで、次の日の夕刻、コンテナ・ターミナルの裏口で待ち合わせることにしました。いいですか、実は私は嬉しいんです、あなたが……私を……」

「いくらですか？」ハリーはさえぎった。

「はい？」

「いくら払うことになっていたんですか？」

「一万五千クローネです」

「それで……」

「息子はやってきました。ただ、弾丸を持っていませんでした。持っていたことは一度もないとのことでした」

「しかし、あなたはそうであることをうすうす感じ取っていたはずで、標準的な口径だということもわかっていた。だから、あなたはあらかじめ自分で買って持っていたんですね？」

「そのとおりです」

「それで、まず息子さんに金を払ったんですか？」

「はい？」

「いや、忘れてください」

「苦しんでいたのは私とペルニッレだけではないんだということをわかってもらわなくてはなりません。ペールにとっては毎日が終わりのない苦しみの連続だったんです。死んだも同然で、打つことをやめない心臓を止めてくれるだれかを待っていたんですよ。あ……あ……」

「贖い主ですか」

「そうです、それです。贖い主です」

「しかし、それはあなたの仕事ではないでしょう、ヘル・ホルメン」

「ええ、神の仕事です」ホルメンがうなだれて何かをつぶやいた。

「何ですか？」ハリーは訊いた。

ホルメンは顔を上げたが、目は虚空を見つめていた。「しかし、神が自分の仕事をなさらなかったら、だれかが代わりにやらなくてはならないんです」

通りでは黄色い明かりの周囲に褐色の黄昏（たそがれ）が降りていた。雪が降り積もったオスロは、真夜中であっても完全な闇ではなかった。音は綿にくるまれ、踏みしだかれる雪の軋みが遠くの花火のように聞こえた。

「どうして連行しなかったんです？」ハルヴォルセンが訝った。

「彼はどこへも行きはしない。奥さんに話すことがあるんだ。だから、二時間もしたら車を向かわせるよ」

「やっこさん、なかなかの役者ですよね？」

「何だって？」

「いや、あなたから息子の死を知らされたときには泣いてたんじゃないですか？」

呆れた表情でハリーは首を振った。「おまえ、まだ学ぶべきことが山ほどあるな、ジュニア」

ハルヴォルセンがむっとして雪を蹴った。「だったら、無知な私を啓蒙してくださいよ、賢い先生」

「人を殺すというのは究極の行ないだから、ほとんどの人間はその記憶を封じ込めるんだ。半分忘れかけた悪夢のように、その記憶を抱えて歩きまわることができる。おれはこれまでに何度か、そういうことを見てきている。他人がそのことを声に出して言ったときに、それが自分の頭のなかだけに存在しているものではないと気づくんだ。実際に起こったことなのだと」

「なるほど。でも、いずれにしても冷血漢ですよ」

「あの男が打ちひしがれているのが、おまえ、わからなかったか？　自分の夫は優しい人だとペルニッレ・ホルメンは言ったが、たぶん、それは正しいな」

「優しい？　人殺しが？」ハルヴォルセンの声が怒りに震えた。

ハリーは相棒の肩に手を置いた。「考えてみろ、妻への究極の愛の行為じゃないのか？　自分の息子を犠牲にするんだぞ？」

「しかし――」

「おまえが何を考えているかはわかってるよ、ハルヴォルセン。だが。その考えに慣れなくちゃならなくなるんだ。これは倫理矛盾ともいうべきもので、おまえはこれから毎日そういうものと遭遇するんだからな」

ハルヴォルセンはロックしてない車のドアを引っ張ったが、それは早くも凍りついていた。突然の怒りに駆られて力任せに引っ張ると、ゴムがちぎれるような音とともにドアが開いた。

ハリーが車に乗り込んで見ていると、運転席のハルヴォルセンが片方の手できつく眉間(みけん)をつねり、もう一方の手でイグニション・キイを回した。エンジンが唸りを上げた。

「ハルヴォルセン……」ハリーは口を開いた。

「どっちにしろ、事件は解決したんです、刑事部長もお喜びでしょう」ハルヴォルセンが前を行くトラックをクラクションを鳴らして追い抜きながら怒鳴り、サイドミラーに向かって指を突き立てた。「だから、少しは笑ってお祝いをしましょうよ」そして、手を下げると、眉間をつねり直した。

「ハルヴォルセン……」

「何です？」ハルヴォルセンがまた怒鳴った。

「車を停めろ」

「何ですって？」

「いいから停めろ」

ハルヴォルセンが車を路肩に寄せて停め、ハンドルから手を離して、虚ろな目で前方を見つめた。ホルメンのところにいたあいだに、氷花が黴のようにフロントガラスを侵食していた。ハルヴォルセンが胸を上下させて喘いだ。

「これはそもそも腹の立つ仕事なんだ」ハリーは言った。「だから、いちいち苛々するな」

「わかりました」ハルヴォルセンは応えたが、喘ぎはますますひどくなった。

「おまえはおまえ、彼らは彼らだ」

「はい」

ハリーはハルヴォルセンの背中に手を置いて待った。しばらくすると、息遣いが普通になるのがわかった。

「タフになるんだ」ハリーは言った。

午後の渋滞に合流してのろのろとグレンランのほうへ向かう車のなかで、二人は一言も言葉を発しなかった。

7　匿名性

十二月十五日（月曜日）

彼はオスロで最も繁華な、スウェーデン＝ノルウェー国王の名前に因(ちな)んだカール・ヨハン通りを上り切ったところに立った。ホテルがくれた地図で記憶していたから、西にシルエットになって見えている建物が王宮で、東の端に見えているのがオスロ中央駅であることがわかった。

彼は身震いした。

一軒の家の壁の上で氷点下の気温表示が赤いネオンで輝き、ほんのわずかな空気の流れさえもが、ロンドンで驚くほど安い値段で買っていままで十分に満足していたキャメルのコートを貫いて、まるで氷河期であるかのように感じさせた。

温度計の隣りの時計は七時を示していた。彼は東へ歩き出した。幸先はよかった。暗かったし、人は大勢いたし、監視カメラは目についた限りでは銀行の外にあるだけで、しかも、どれも自分の担当のＡＴＭしか見ていなかった。逃走手段として地下鉄はすでに除外していさかった。監視カメラが多すぎるし、人が少なすぎるからである。オスロは想像していたよりも小さかった。

衣料品の店に入り、四十九クローネの青い毛糸の帽子と二百クローネのウールの上衣を見つけたが、百二十クローネの薄手のレインコートを見て気が変わった。試着室でレインコートを試そうとしたとき、パリの固形消臭剤がまだスーツの上衣のポケットにあり、潰れて粉々になっていることがわかった。

そのレストランは通りを二百メートルほど下った左側にあった。クローク係がいないことをすぐに記憶に留めた。そのほうがいい、ことがやりやすくなる。店に入った。テーブルは半分埋まっていた。見通しはよかった。いま立っているところからすべてのテーブルを見渡せた。ウェイターがやってきたので、明日の六時に窓際のテーブルを予約した。

店を出る前に洗面所を検めた。窓はなく、ほかには厨房へつづく出口があるだけだった。まあ、いいだろう。完璧はあり得ないし、予備の逃走路が必要になる恐れもまずない。

レストランを出ると、時間を確かめて、駅へと歩き出した。目を合わせようとする者はいなかった。小さな街だが、それでも首都の冷ややかなよそよそしさは持っていた。それもまた、いいことだった。

空港行きの特急を待つプラットフォームで、もう一度時間を確かめた。レストランから六分。列車は十分おきに発車して、十九分かかる。言い換えれば、七時二十分に列車に乗り、七時四十分に空港に着くことができる。ザグレブ行きの直行便は九時十分で、搭乗券はスカンジナヴィア航空の特価提供品を手に入れて、ポケットに入っていた。

満足して新しい鉄道ターミナルを出ると、階段を下り、ガラスの天井の下、かつてはたぶん出発ロビーで、いまはショッピング街になっているところを抜けて、外の広場に出た。地図ではオスロ中央駅前広場となっていた。その真ん中で、実物の二倍はあろうかと思われるやや大股の虎が、路面電車の線路と車と人々のあいだで凍りついていた。だが、フロント係が言っていた公衆電話ボックスはどこにも見当たらなかった。広場の端、避難所(シェルター)のところで人が列を作っていた。近づいて見ると、何人かがフードをかぶった顔を突き合わせて話をしていた。出身が同じか、同じバスを待っている近所同士かもしれなかった。が、彼は別の何かを思い出した。彼らの手が動いて何かが手渡されるのが見え、痩せ細った男たちはそれぞれに背を向けると、凍てつく風のなかへと足早に去っていった。手渡されたものの正体はわかっていた。ヘロインのやりとりはザグレブやヨーロッパのあちこちの町で見てきていたが、こんなにおおっぴらに行なわれているところはなかった。思い出したのが何であるか、そのときわかった。セルビア人勢力が引き上げたあと、彼自身もその一人だった人の群れ、すなわち、難民である。

やがて、白いバスがやってきて、シェルターのわずか手前で停まった。ドアが開いたが、乗り込む者はいなかった。代わりに、若い女性が降りてきた。着ている制服はすぐに見分けがついた。救世軍。彼は足取りを緩めた。

彼女は女性たちの一人のところへ行き、手を貸してバスに乗せてやった。そのあとに、男が二人つづいた。

　彼は足を止めて顔を上げた。偶然だ、と思った。それしかない。たまたま目を向けた先、小さな時計塔の下に、電話ボックスが三つ並んでいた。

　五分後、彼はザグレブに電話をし、すべては順調だと彼女に告げた。

「最後の仕事だ」彼は繰り返した。

　フレッドは、スタディオン・マクシミールでの前半を終えて、彼らの青い獅子たち、すなわち、ディナモ・ザグレブがリエカを一対〇でリードしていると教えてくれた。

　その会話に五クローネかかった。時計塔は七時二十五分を示していた。カウントダウンが始まっていた。


　そのグループはヴェストレ・アーケル教会のホールに集まっていた。

　両側に高く雪の積もった砂利道を上った傾斜地の、墓地の横に立つ煉瓦造りの小さな建物だった。十四人が殺風景な集会場に腰を下ろし、中央に長テーブルが据えられて、壁際にはプラスティックの椅子が積み上げられていた。たまたまそこに足を踏み入れたら、協同組合か何かの総会だと思ったかもしれないが、顔、年齢、性別、あるいは衣服、どれをとっても、これがどういう共同体なのかを知る手掛かりはなかった。眩(まぶ)しい照明が窓ガラスとリノリウムの床に反射していた。低い話し声、紙コップを弄(もてあそ)ぶ音、ファリスのミネラルウォーターの蓋が開けられガスが漏れる音が聞こえた。

七時ちょうどに話し声が止み、テーブルの端で手が挙がって、小さなベルが鳴った。全員の目が三十代半ばの女性に向けられた。彼女は恐れのない目でまっすぐに全員を見た。薄い唇は口紅で厳しさを和らげられ、長くて豊かな金髪はクリップでしっかり留められて、いまはテーブルに置かれている大きな手からは落ち着きと自信が滲み出ていた。上品だが、それは容貌が魅力的であるという意味であって、ノルウェー人が〝スウィート〟と表現するところの優雅さではなかった。身体の動きは冷静さと強さを示していて、それはそのあと寒い部屋に満ちた確固たる声でさらに強調された。

「こんばんは、わたしはアストリー、アルコール依存症です」

「こんばんは、アストリー」そこに集っている人々が口々に応じた。

アストリーは自分の前に置いた本を開いて読みはじめた。

「アルコール依存救済会の会員になるために求められるのは、飲酒をやめたいという望みを持っていること、それだけです」

彼女はつづけ、テーブルの周囲では〝十二の伝統〟を知っている者の唇が機械的に動いた。息を継ぐときに間ができて、上の階で練習している聖歌隊の声が聞こえた。

「今日のテーマは〝第一歩〟です」アストリーが言った。「それは自分がアルコールに対して無力であり、生活を御すのが難しくなっているのを認めることです。まずわたしから手短にお話ししましょう。というのも、わたしは自分が第一歩を終えたと考えているからです」

彼女は息を吸い、薄い笑みを浮かべた。

「わたしは七年間、アルコールを口にしていません。朝目が覚めたときにまずやるのは、わたしはアルコール依存症だと自分に教えることです。子供たちはこのことを知りません。ママは昔はよくお酒を飲んでいたけど、いまは飲むのをやめたと思っているんです。なぜなら、飲んでいるときのわたしはいつも子供たちを怒ってばかりいたからです。日々の心の均衡を保つために、わたしには適度の真実と適度の嘘が必要です。わたしはどうにもならなくなるのかもしれませんが、今日一日だけと、最初の一杯を我慢しているんです。そして、いまは十一歩目に取りかかっているところです。ご静聴、ありがとうございました」

「ありがとう、アストリー」そこに集っている何人かが応え、それに拍手がつづいて、上階では聖歌隊の歌声が讃えた。

彼女が左側を見てうなずくと、ブロンドの髪を短く刈り込んだ長身の男性が立ち上がった。

「こんばんは、ハリーです」男性ががらがら声で言った。大きな鼻に細かく網の目状に広がっている血管が、素面の生活を離れてずいぶん長いことを物語っていた。「私もアルコール依存症です」

「こんばんは、ハリー」

「ここではまだ新入りで、集まりに出るのは六回目か七回目です。まだ第一歩を終えていません。言い換えるなら、自分がアルコール依存症であるとわかっているけれども、それを抑えられると考えているということです。ですから、私がここにいるのは矛盾していると言えるかもしれません。しかし、私がここにきたのは、私のことを心底心配してくれている、心理学者でもある友人と約束したからなのです。最初の何週間か、神や宗教的なことに関するおしゃべりを我慢できれば、うまくいくとわかるというのが、彼の主張なんです。ともあれ、アルコール依存の人間が自力でそこから抜け出せるかどうか、私にはわかりません。が、やってみるにやぶさかではないということです。悪いことは何もありませんからね」彼は自分の話が終わったことを知らせようと左を見たが、拍手が始まる間もなくアストリーが言った。

「わたしたちの集まりで、あなたが何であれ発言したのはこれが初めてね、ハリー。だから、それはいいことなんだけど、飲んでいるときのことをもう少し話してもらえないかしら」

ハリーは彼女を見た。ほかの参加者も同じだった。なぜなら、参加者のだれかに何かを強く促すのは明白な規則違反だからである。彼女の目はハリーの目を捉えて放さなかった。以前の集まりでもそれを感じたのだが、そのときは一度しか目を合わせなかった。が、その代わりに頭のてっぺんから爪先まで、そして、爪先から頭のてっぺんまで、じっくりと彼女を観察した。実際、自分の見たものが気に入った。とりわけ気に入ったのは、爪先から視線を上へ戻したら彼女の顔が真っ赤になっていたことだった。そして、次の集まりで、彼は無視された。

「いや、やめておきましょう。ご静聴、ありがとうございました」ハリーは言った。ためらいがちな拍手があった。

隣りの席の参加者が話しているあいだ、ハリーは目の隅で彼女を観察しつづけた。会合が終わると彼女が住まいを訊いて送っていこうと申し出てくれたが、ハリーはためらった。聖歌隊が声を張り上げて神を讃えるのが上の階から聞こえた。

一時間半後、二人は黙って煙草を喫いながら、煙が暗闇に薄い青を付け加えるのを見つめていた。ハリーの狭いベッドの湿ったシーツはまだ温かかったが部屋は寒く、アストリーは薄い白の上掛けを顎までしっかりと引き上げていた。

「素晴らしかったわ」彼女が言った。

ハリーは応えなかった。たぶんそれは質問ではないのだろうと見なしたのだった。

「一緒にいったの、初めてよ」彼女が言った。「でも、それは――」

「で、きみのご主人は医者なんだな？」ハリーは言った。

「あなた、それを訊くのは二度目よ。答えは今度もイエスだけど」

ハリーは付け加えた。「あの音が聞こえるか？」

「どの音？」

「こちこちいってるだろう。きみの時計か？」

「わたし、時計は持ってないわ。あなたのでしょ？」

「ぼくのはデジタルなんだ。音を立てて時を刻んだりはしない」

彼女の手が尻に置かれ、ハリーはベッドを滑り出た。その足の裏に、リノリウムの床が氷のように冷たかった。「水を一杯どう？」

「そうね」

ハリーはバスルームへ行くと、水を出しながら鏡を覗いた。彼女は何て言ったんだった？

おれの目に孤独が見えるって？　ハリーは身を乗り出したが、見えるのは青い虹彩に囲まれた小さな瞳孔と、白目の部分でいくつもの三角形を作っている血管だけだった。ラケルと別れたことを知ったハルヴォルセンはこう言った――ほかの女性に慰めを見つけるべきだ、と。そうして、あなたの魂に根を下ろすメランコリーを引っこ抜くのだ、と詩心を添えた。しかし、ハリーにそのつもりはなかったし、エネルギーもなかった。なぜなら、どんな女性であれ、触れたとたんにラケルに変わるとわかっていたからだ。それはハリーが忘れなくてはならないことだった。自分の血からラケルを、性的な離脱療法に頼らずに抜いてしまう必要があった。

しかし、それは間違っていて、ハルヴォルセンの言うとおりかもしれなかった。なぜなら、ほかの女性に慰めを見つけると気分がよかったからである。素晴らしかった。一つの欲望をもう一つの欲望を満たすことで消そうとする虚しさを感じるのではなく、自分のバッテリーが再充電された気がした。同時に、リラックスすることもできた。彼女は自らが必要とするものを手に入れた。そして、ハリーはそのやり方が好きだった。もしかすると、おれにとってもそれは難しくないのかもしれない。

一歩下がって、上半身を鏡に映してみた。一年のあいだにずいぶん痩せていた。脂肪が減り、筋肉も細くなって、父親に似てきつつあった。みんなが予想していたとおりだった。

大きなグラスを持ってベッドに戻り、二人で分け合って飲んだ。そのあと、彼女が抱きついてきた。その肌は湿っていて最初は冷たかったが、すぐにハリーを温めはじめた。

「もう教えてくれてもいいでしょ」彼女が言った。

「教えるって、何を？」ハリーは立ち昇る煙草の煙が文字を描くのを眺めながら訊き返した。

「彼女の名前よ。だって、彼女のせいなんでしょ？」文字が崩れた。「あなたがわたしたちの集まりにくる理由は彼女なんでしょう」

「そうかもしれないな」

ハリーは、徐々に煙草を侵食していく赤い火先を観察しながら話しはじめた。最初はゆっくりと。隣りにいる女性のことをよく知っているわけではなかった。暗闇のなかで言葉が発せられ、消えていった。告解聴聞席に坐っているときもこんなふうに違いない、とハリーは思った。自分の重荷が降ろされていくような、アルコール依存救済会の言うところの、問題をほかの人々と共有するような感覚。だから、ハリーは話をつづけた。ラケルのこと、一年以上前に彼女に家を追い出されたこと、それは彼が警察のなかに潜り込んでいるスパイ――プリンス――を追いつめることに取り憑かれていたからだということ。そして、ラケルの息子のオレグのこと、彼が寝室からさらわれ、ハリーがついにプリンスに面と向かったとき、人質として使われたこと。そのとき状況を考慮して上手に対応してくれたこと、カンペンのエレベーターでハリーが誘拐犯を殺そうとするのを目の当たりにしたこと。それは息子よりラケルにとって辛い経験だったこと。二週間後、すべての詳細を知ったとき、あなたを自分の人生に、より正確に言うならオレグの人生に、入れることはできないと告げられたこと。

アストリーがうなずいた。「彼女があなたと別れたのは、自分と息子に害をなしたからなのね」

　ハリーは首を横に振った。「いまだなされていない害のためだよ」

「そうなの？」

「一件は落着したと言ったんだが、彼女はまだぼくが取り憑かれていると主張して譲らなかった。彼らがまだそこにいるあいだは落着なんかしないと」ハリーはベッドサイド・テーブルの灰皿で煙草を消した。「彼らがそこにいるあいだは落着なんかしないし、彼らでないとしても別の標的――自分たちを傷つけるだれか――を見つけて取り憑かれるに決まっている、自分にはその責任を取れない、とね」

「彼女のほうが取り憑かれているみたいだけど」

「そんなことはない」ハリーは微笑した。「彼女の言うとおりだ」

「ほんとに？　もっと詳しく話してもらってもいい？」

　ハリーは肩をすくめた。「潜水艦だ……」と言いかけた瞬間、激しい咳の発作に襲われた。

「あなたは潜水艦についてどんな話をしたの？」

「彼女がそう言ったんだ。ぼくは潜水艦だ、息もできない冷たくて暗い深海に潜って、ふた月に一度、水面に出てくるだけだ、そんなところに一緒にいたいとは思わない、とね。まあ、反論の余地はないな」

「いまでも彼女を愛してる？」

　この問題が向かっている方向がこれでいいのかどうか、ハリーはよくわからなかった。彼は深呼吸をした。頭のなかで、ラケルとの最後の会話の残りの部分が再生された。

ハリー自身の、腹を立てたり、怯えたりしているときにそうなりがちな低い声：「潜水艦？」

ラケル：「あんまりいい例えじゃないのはわかっているけど、わかるわよね……」

ハリーの両手が上がる：「もちろんだよ、素晴らしい例えだ。だったら、あの医者の先生は何なんだ？　航空母艦か？」

彼女が呻く：「あの人はこのことと関係ないわ、ハリー。あなたとわたしのことでしょう、それにオレグの」

「いまはオレグを盾に取るのはやめてくれないか」

「盾に取るって……」

「きみはあの子を人質にしているよ、ラケル」

「わたしがあの子を人質にしてる？　あなたが復讐の渇きを癒せるよう、オレグを誘拐してあの子のこめかみに銃口を突きつけたのはわたしだったかしら？」

彼女の首筋で血管が膨れ上がり、絶叫する声はあまりに大きく、そのせいで濁り、彼女のものではないように聞こえる。これほど激しい怒りのなかで声を制御できる声帯を、彼女は持っていない。ハリーはその場をあとにし、ほとんど音もなく静かにドアを閉めて外へ出る。

ハリーは自分のベッドにいる女性を見た。「そうだな、いまでも愛しているよ。きみは医者のご主人を愛しているのかな？」

「愛しているわ」

「だったら、なぜこんなことを？」

「彼がわたしを愛していないの」

「ふむ。では、いまはその仕返しなのかな？」

　彼女が驚いてハリーを見た。「そうじゃない、わたしは孤独なの。それに、あなたのことが好きだから。あなたがここにいるのと同じ理由なんじゃないかしら。それとも、もっと複雑なほうがよかった？」

「なぜ彼を殺したの？」

　ハリーはにやりと笑みを浮かべた。「いや、これで十分だ」

「だれのことだ？」

「殺したのは一人じゃないの？　あの誘拐犯に決まってるでしょう」

「それは重要じゃないよ」

「そうかもしれないけど、あなたの口から教えてほしいの」彼女がハリーの脚のあいだに手を置き、ぴったり身体を寄せて、耳元でささやいた。「詳しくね」

「やめたほうがいいんじゃないかな」

「そんなことはないと思うけど」

「そうだとしても、気乗りがしない……」

「勿体をつけないでよ！」彼女が歯を食いしばるようにして苛立ちを露わにし、ハリーのペニスをしたたかに絞り上げた。ハリーは彼女を見た。闇のなかで、目が詰め寄るように青く光っていた。彼女はためらうように笑みを浮かべ、甘い口調で付け加えた。「わたしのためにお願い」

寝室の外は気温が下がりつづけていて、ビスレットの家々の屋根を軋ませ、呻かせていた。その間、ハリーは彼女に詳しく話して聞かせ、彼女の身体が強ばるのを感じ、ついに彼女の手を払いのけて、もう十分に聞いただろうとささやいた。

彼女が帰ると、ハリーは寝室に立って耳を澄ませた。軋みに、そして、こ、ち、こ、ち、という音に。そのあと、腰を屈め、床に放りっぱなしになっている上衣に手を伸ばした。着ていたもの全部が脱ぎ捨てられたままになっていた。玄関から寝室までどれほど急いだかの証だった。あの音の源はポケットのなかにあった。ビャルネ・メッレルのお別れの贈り物。時計のガラスがきらめいた。

ハリーはそれをベッドサイド・テーブルの引き出しにしまったが、その音は夢の国までずっとついてきた。

彼は拳銃の部品についた余分な油をホテルの白いタオルで拭き取った。

外の通りを走る車のエンジン音が途切れることはなく、隅に置いてある、チャンネルが三つしかない映りの悪いテレビから流れ出すノルウェー語と思われる言葉を呑み込んでいた。フロントに上衣のクリーニングを頼むと、明日の朝早い時間に仕上がっているからとあの女性フロント係が請け合ってくれた。拳銃の部品を新聞紙の上に並べた。それが全部乾くのを待って組み立て直し、鏡を狙って引鉄を引いた。鋼鉄の内部構造の動きが手と腕に感じられ、かちんと滑らかな音が響いた。乾いた音。模擬処刑。

あいつらがボボを屈服させたやり方だった。

一九九一年十一月、三カ月に及ぶ包囲と間断ない爆撃のあと、ヴコヴァルはついに陥落した。大雨のなか、セルビア人勢力が町に入ってきた。ボボの部隊の生き残り、八十人ほどの飢えて疲れ果てたクロアチア人捕虜も一緒だった。あいつらはかつて町の大通りだった廃墟の前に捕虜を整列させるようボボに命じ、動くことを禁じて、自分たちは暖かいテントのなかへ引っ込んだ。雨は容赦なく降りつづけ、地面を打って泥の泡を弾けさせた。二時間後、何人かが倒れはじめた。ボボの副官が泥のなかに倒れてしまった一人を助けようと列を離れたとき、若いセルビア人兵士――まだ子供だった――がテントから出てきて、副官の腹を撃った。そのあとは誰一人、身じろぎもしなかった。周囲の尾根も見えないほどに降り注ぐ雨を見つめて、副官の悲鳴が早く止んでくれることを願っていた。彼が泣き出したそのとき、背後からボボの声が聞こえた。「泣くな」。彼は泣くのをやめた。

午前が午後になり、夕闇が迫るころになって、一台の軍用車が到着した。セルビア人兵士がテントを飛び出し、敬礼した。助手席の男は〝優しい声の岩〟の異名を取る司令官に違いない、と彼は確信した。車の後部座席に坐っている男は民間人の服装で、俯いていた。車は列の真ん前で急停車し、彼はその一番前にいたから、司令官が民間人の服装の男に捕虜のほうを見るように言うのが聞こえた。男がのろのろと顔を上げた、その瞬間、彼はそれがだれかがわかった。ヴコヴァルの人間で、彼と同じ学校に通った友人の父親だった。その父親は整列している捕虜の顔を眺め渡し、彼の顔も見たが、知っている者に気づいた気配を見せることなく視線を移動させつづけた。司令官がため息をつき、助手席で立ち上がると、雨に向かって怒鳴った。優しい声ではなかった。「〝小さな贖い主〟の暗号名を持っているのはだれだ？」

捕虜は一人も動かなかった。

「前に出るのが怖いのか、マリ・スパシテリ？　わが軍の戦車を十二両も吹き飛ばし、妻を未亡人にし、父親のいない子供を作り出したのはおまえだろう？」

彼は待った。

「私はそう思っている。ボボはどいつだ？」依然としてだれも動かなかった。

司令官が彼の友人の父親を見た。父親の震える指が二列目にいるボボを指し示していた。

「前へ出ろ」司令官が怒鳴った。

ボボが軍用車の何歩か手前まで進み出た。運転手はすでに降りて車の横に立っていて、気をつけの姿勢を取って敬礼するボボの帽子を泥に叩き落とした。

「〝小さな贖い主〟がおまえの指揮下にあることは、おまえたちの無線を傍受してわかっていたんだ」司令官が言った。「そいつを指させ」

「贖い主など聞いたこともない」ボボが応えた。

司令官は銃を振り上げてボボを殴りつけた。ボボの鼻から真っ赤な血が噴き出した。

「早く教えろ。私は濡れているし、食事も待っているんだ」

「私はボボ、クロアチア陸軍大尉――」

司令官が運転手にうなずいた。運転手はボボの髪をひっつかみ、顔を上向かせた。雨が鼻と口から赤いネッカチーフへと血を洗い流した。

「ふざけるな！」司令官が言った。「ここにはクロアチア陸軍なんかいない。いるのは裏切り者だけだ！　この場で処刑されるか、われわれの手間を省くか、どっちかを選べ。いずれにしても、われわれはそいつを見つけるんだからな」

「そして、いずれにしてもわれわれを処刑するんだろう」ボボが呻いた。

「当たり前だ」

「なぜ？」

司令官が弾丸を薬室に送り込む仕草をし、台尻から雨滴が落ちた。銃口がボボのこめかみに押し当てられた。「なぜなら、おれがセルビア軍の将校だからだ。男は自分の仕事を重んじなくてはならない。死ぬ覚悟はできているか？」

ボボが目を閉じ、まつげに雨滴が絡まった。

「小さな贖い主はどこだ？　三つ数えたら、撃つぞ。一……」

「私はボボ――」

「二！」

「――クロアチア陸軍大尉――」

「三！」

篠突く雨のなかでさえ、かちんという乾いた音が爆発音のように聞こえた。

「すまん――弾倉を入れ忘れていたらしい」

司令官は運転手から弾倉を受け取ると、それをグリップに挿し込み、銃口を上げた。

「最後のチャンスだぞ！　一！」

「二！」

「私は……私の……隊の所属は――」

「――第一歩兵大隊……所在は――」

「三！」

また乾いた音がした。後部座席で父親がすすり泣いた。

「しまった。おれとしたことが、弾倉が空だったとはな。正真正銘新品の弾丸が入った弾倉でもう一度やってみようか」

弾倉が抜かれ、新しい弾倉が挿し込まれた。

「小さな贖い主はどこにいる？　一！」

ボボが主の祈りをつぶやいた。「天にましします……」

「二！」

空が開き、さらに雨が強くなって、轟くように降り注いだ。彼らのしていることを止めようと必死の試みをしているかのようだった。彼はもう耐えられなかった。自分が小さな贖い主だと叫ぼうと、彼は口を開いた。あいつらが欲しているのはボボではない、おれだ、おれだけだ。だから、おれを殺せばいい。しかし、その瞬間、ボボが彼のほうへ目を向けて首を横に振るのが見えた。その視線はとどまることなくすぐに通り過ぎていったが、強烈で剝き出しの祈りが宿っていることがわかった。直後、ボボが弾かれたように倒れた。銃弾がボボの肉体から魂を切り離し、目が虚ろになって、命が流れ出ていくのがわかった。

「おまえ」司令官が最前列の捕虜の一人を指さした。「今度はおまえだ。こっちへこい！」

ボボの副官を撃った若い兵士が走ってきた。

「病院で銃撃が始まっています」その兵士が叫んだ。

司令官は呪詛の言葉を吐き捨てると、運転手に合図した。次の瞬間、軍用車はエンジンを轟かせて薄闇のなかへ消えていった。だがそれは、セルビア人が心配する理由はない、病院に銃を撃てるクロアチア人はいないし、彼らは武器を持っていないのだから、と司令官が言ってからだった。

ボボはそこに放置された。黒い泥に顔を伏せたままだった。十分に闇が落ち、テントのなかにいるセルビア人兵士から見られる心配がなくなると、彼は匍匐前進してボボの死体に覆い被さり、赤いネッカチーフをほどいて自分のものにした。

8　食事時間

十二月十六日（火曜日）

朝の八時、この二十四年で最も寒いオスロの十二月十六日になるはずの一日は、まだ夜のように暗かった。ハリーは証拠保管部からトム・ヴォーレルのアパートの鍵を借り出して警察本部を出た。コートの襟を立てて歩きながらした咳がコットンの詰め物のなかへ吸い込まれていくように思われた。寒さのせいで空気が重く濃くなっているようだった。

早朝でも忙しい人々が慌ただしく、できることならすぐにでも屋内に入りたい様子で歩道を歩いていた。一方、ハリーはと言えば、ドクターマーチンのゴムの靴底が、凍って固まった雪で滑らないよう、膝に力を入れ、ゆっくりと大股で歩を進めていた。

トム・ヴォーレルが住んでいた、街の中心にある独身者用のアパートにたどり着いたとき、エーケベルグの丘の向こうの空が白みはじめた。そのアパートはヴォーレルの死後何週間か封鎖され、調べがつづけられたが、さらなる武器密輸が行なわれていた可能性を示すものは見つかっていなかった。少なくとも署長は、〝ほかに差し迫った任務がある〟からこの件の優先順位は低くなるだろうという説明と合わせて、そう言っていた。

ハリーは居間の明かりをつけ、死者の住まいには独特の静けさがあることに改めて気がついた。艶やかな黒革の調度の正面の壁には巨大なプラズマテレビが掛けられ、それを高さ一メートルのスピーカーが挟んで、アパートのサラウンド・サウンド・システムの一部を形作っていた。青い格子模様の壁にはたくさんの、ラケルが〝定規とコンパスの芸術〟と呼ぶ絵が飾られていた。

寝室へ行くと、窓から灰色の朝の明かりが流れ込んでいた。部屋は片づいていた。机の上にはコンピューターのモニターがあったが、端末本体はどこにも見えなかった。証拠を探すために押収されたに違いないが、警察本部に保管されている証拠品のなかにはなかった。だが、当然のことながらハリーはこの一件に手を出すことを禁じられていた。その表向きの理由は、ヴォーレル殺しに関して彼が内部調査機関であるＳＥＦＯの捜査対象になっているからだった。それでも、すべてがつまびらかになるのを喜ばない人間がいるという考えを、ハリーは頭から排除することができなかった。

寝室を出ようとしたとき、それが聞こえた。死者のアパートはもはや無音ではなかった。こちこちという音がハリーを総毛立たせた。音はクローゼットから聞こえていた。ためったあと、そのドアを開けた。開け放しの段ボール箱が置いてあり、そこにあるのは、あの晩カンペンでヴォーレルが着ていた上衣だとすぐにわかった。一番上の上衣のなかで、腕時計が時を刻んでいた。ハリーたちが乗っているエレベーターのドアの窓をトム・ヴォーレルが突き破り、それからエレベーターが動き出してヴォーレルの腕を切断したときと同じだった。そのあと、ハリーたちはその腕をあいだに置いてエレベーターのなかに坐っていた。その腕は生きている人間のものではなくて蠟細工のようでもあり、もげてしまったマネキンの腕のようにも見えたが、一つだけ、気味の悪い違いがあった。その腕は時計をしていた。時を刻みつづけ、止まれないまま生きつづけている時計。ハリーが子供のころに父親が話してくれた物語――死者の心臓は止まることがなく、その音はついには殺した人間を狂気へと駆り立てる――のように。

はっきりとした、精力的で、強い音であり、聞き覚えのある音だった。ロレックス。重厚で、間違いなく法外に高価な時計。

ハリーは力任せにクローゼットのドアを閉め、乱暴に廊下を歩いて足音を壁に反響させながら玄関へと引き返した。じゃらじゃらと鍵束を鳴らしながら施錠し直し、聞こえよがしに鼻歌を歌いながら通りへ出た。そこでようやく、ありがたいことに車の音がほかのすべての音を呑み込んでくれた。

三時、早くもコマンデール・T・I・エーグリム広場四番地には影が落ちようとしていて、救世軍本営の窓に明かりが灯りはじめていた。五時には完全に暗くなって、温度計は零下十五度を示していた。変わった形の小型車の屋根にちらちらと雪が舞い落ちて、その車内ではマルティーネ・エークホフが待っていた。

「早くしてよ、お父さん」彼女はつぶやきながら、不安げにバッテリー・ゲージを見た。この電気自動車――王族から救世軍に贈られたものだった――が寒さのなかでちゃんと動くかどうか、確信がなかった。オフィスを出る前のことを全部思い出してみた――ホームページに、さまざまな小隊のこれから予定されている活動とキャンセルになった活動の情報をアップし、エーゲルトルゲ広場での移動給食車と炊き出し活動の人員配置を修正し、首相執務室へ送る、オスロ・コンサート・ホールで予定している恒例のクリスマス・コンサートについての手紙をチェックした。

車のドアが開き、寒さと一緒に豊かな白髪の男が乗り込んできた。制帽の下の青い目はマルティーネがこれまでに見ただれよりも――六十を超えたなかでは、という条件付きではあるが――輝いていた。その彼が座席とダッシュボードのあいだの空間に窮屈そうに脚を押し込んだ。

「行こう」ノルウェー救世軍の最高地位にあることをみんなに告げる肩章の雪を払いながら、男が言った。明るい声で、命令に従わせることに慣れた者にとっては不自然でも何でもない、さりげない権威を感じさせた。

「お父さん、遅いわよ」彼女は言った。

「そして、おまえは天使だ」男が手の甲で彼女の頬を撫でた。力の宿る青い目が面白そうにきらめいた。「さて、では急ぐとするか」

「お父さんったら……」

「ちょっと待て」男が車の窓を下げた。「リカール！」

一人の若者が本営に隣り合って同じ屋根の下にある伝道所の入口の前に立っていた。若者は驚き、両腕をぴったり身体につけたままの不格好な体勢で走り出し、滑って危うく転びそうになったが、両腕をばたつかせて何とか持ち堪えた。車のところにやってきたときには、すでに息が切れていた。

「はい、司令官」

「ダーヴィドでいい、みんなそう呼んでいるだろう、リカール」

「了解、ダーヴィド」

「だからといって、何から何まで対等な言葉遣いはどんなものかな、リカール」

リカールはダーヴィド・エークホフ司令官から彼の娘のマルティーネへ視線を移し、すぐに司令官へ戻した。そして、鼻の下の汗を二本の指で拭った。こんなに寒くてこんなに風が吹いているのに、どうすれば特定の一カ所に大汗を掻けるのだろう、とマルティーネは不思議に思うことがたびたびあった。特に教会の礼拝でも、それ以外のどこでも、マルティーネの隣りに坐り、面白いはずの、あるいは実際に面白いのかもしれない何かをささやくときがそうだった。あれは緊張を隠そうとして失敗しているのか、それとも、親密であることを強調しようとしてやりすぎているのか。だから、鼻の下に汗を掻くのか。周囲が静まり返っているとき、近くにいるリカールが口元を撫でると何かが引っかかるような音がすることがあった。それはリカール・ニルセンが汗掻きであるだけでなく、髭が尋常でないほど濃くて、伸びるのが異常に速いということでもあった。朝、本営に出てくるときは赤ん坊の尻のようにつるつるなのだが、昼には白い肌に青い影ができていて、夕方の会議に出てきたときには髭を剃り直していることがよくあった。

「ちょっとからかってみただけだ、リカール」ダーヴィド・エークホフが微笑した。

これは父親流の遊びであって悪意がないことはマルティィーネにもわかっていたが、やり過ぎていることに本人が気づかないことがときどきあるように思われた。

「ああ、そうでしたか」リカールが無理矢理に笑い、腰を屈めて司令官の娘に声をかけた。

「やあ、マルティィーネ」

「こんにちは、リカール」マルティィーネはバッテリー・ゲージに集中している振りをして応えた。

「頼みがあるんだが」司令官が言った。「道がずいぶん凍っているんだが、私の車のタイヤはスタッドがついていないんだ。交換すべきなんだが、〈灯台〉へ行かなくてはならないんだよ――」

「承知しています」リカールが勢い込んで応えた。「社会福祉担当大臣とのランチ・ミーティングですね。メディアが大々的に取り上げてくれるといいですね。広報担当責任者と話していたんですよ」

ダーヴィド・エークホフが鷹揚（おうよう）な笑みを浮かべた。「嬉しいよ、リカール、頑張ってくれているようだな。要するに、私の車がここのガレージにあって、戻ってくるまでにスタッド付きのタイヤに交換しておいてもらいたいんだ。知ってるだろうが――」

「タイヤはトランクにあるんですね？」

「ああ。だが、差し迫った仕事があるんだったら無理をしなくていいんだぞ。そもそもヨーンに頼むつもりでいたんだ。彼もできると言ってくれていたしな――」

「いや、大丈夫です」リカールが激しく首を横に振った。「すぐに交換しますよ。信用してください……あの……ダーヴィド」

「本当か？」

リカールが困惑を浮かべて司令官を見た。「それは本当に私を信用できるのかという意味でしょうか？」

「差し迫った仕事は本当にないのかという意味だよ」

「それなら本当です。是非やりたいんですよ、車をいじるのは好きだし……それに……」

「タイヤ交換も、か？」

リカールは唾を呑み込み、司令官が破顔するのを見てうなずいた。

ダーヴィド・エークホフが窓を閉めるとマルティーネは車を出した。広場をあとにしながら、マルティーネは父親に言った――リカールの人のよさにつけ込むのは間違っているんじゃないかしら。

「それを言うなら、〝従属的なところ〟のほうが正しいのではないかな」父親が応えた。「まあ、そう気を悪くするな。ちょっと試してみただけで、それ以上の何物でもないんだから」

「試した？　無私かどうかを？　それとも、権威を恐れているかどうかを？」

「後者だ」司令官が答えて声高に笑った。「リカールの妹のテアと話していたとき、たまたま彼女が教えてくれたんだ。彼が予算案の作成に苦労していて、明日が締切りなんだとな。もしそうだったら、彼はそれを優先して、タイヤ交換はヨーンに任せるべきだ」

「だから、どうなの？　リカールが優しいだけかもしれないでしょう」

「確かに、彼は優しい。それに、賢明だ。勤勉で真面目でもある。運営管理部門の重要な地位には気骨と勇気が要求されるんだが、彼がそれを持っているかどうか確かめたいんだよ」

「その地位にはヨーンが就くって、みんなが言ってるけど」

ダーヴィド・エークホフが両手を見下ろしてかすかな笑みを浮かべた。

「そうか？　ところで、おまえがリカールを擁護するのを、私は評価しているんだ」

マルティーネは路面から目を離さなかったが、父親の目が自分から離れないでいることは感じていた。「知っているだろうが、あそことは家同士、長年の友人だ。いい人たちだし、救世軍のなかで確固たる地位を保っている」

マルティーネは深呼吸をして苛立ちを抑え込んだ。

その仕事は銃弾が一発あればよかった。

それでも、彼は弾倉に空きを残さなかった。最初の理由はその拳銃のバランスが完璧なのは弾倉がいっぱいのときだけだからで、二番目の理由は故障の可能性が最小限になるからだった。弾倉に六発、薬室に一発のときである。

そのあと、ショルダー・ホルスターを装着した。中古品を買ったので革は柔らかく、皮膚と油と汗のせいで、塩っぽい鼻を刺す臭いがした。拳銃は本来そうあるべく、横に水平に収まっていた。彼は鏡の前に立ち、上衣を着た。見える恐れはなかった。もっと大きな拳銃のほうが命中精度は高くなるが、今回は精確さを必要とする仕事ではなかった。レインコートを着て、その上からコートを着た。帽子をポケットに突っ込み、内ポケットに入っているはずの赤いネッカチーフを探った。

そして、腕時計を見た。


「気骨」グンナル・ハーゲンが言った。「そして、勇気。これが私が何をおいても捜査官に求める資質だ」

ハリーは黙っていた。質問されたわけではなかった。その代わりに、オフィスを見回した。過去に数え切れないほど、いまのように坐ったところだった。が、同じなのは〝刑事部長、あるべき捜査官の姿を語る〟というシナリオだけで、あとはすべてが変わっていた。ビャルネ・メッレルがいたときの書類の山が消え、棚の上で法律文書と警察の規則集のあいだに押し込まれていたドナルドダックがいなくなり、大きな家族写真と、ゴールデン・レトリバーのもっと大きな写真が消えていた。子供たちがもらった犬で、九年前に死んだためにずいぶん前に忘れられていたが、メッレルはいまもその死を悼(いた)んでいた。

片づけられた机の上に残っているのは、モニターとキイボード、銀の台座に載った白い小さな骨、そして、グンナル・ハーゲンの両肘。いまこの瞬間、彼はその両肘を支えに身を乗り出し、もじゃもじゃの濃い眉毛の下の目でハリーを睨みつけていた。

「だが、それ以上に重んじている三つ目の資質があるんだ、ホーレ。それが何か、見当がつくか？」

「わかりません」ハリーは素っ気ないと形容してもいい口調で答えた。

「規律だよ。き－り－つ」

一音ずつ区切った話し方が、語源学の講義を思わせた。が、ハーゲンは立ち上がると手を後ろで組み、これ見よがしに歩きまわりはじめた。自分の領土を確認しているかのようで、ハリーはそれを見るといつも、何となく笑いたくなるのだった。

「私はこの部門の全員と一対一で面談している。それは私が何を期待しているかを明確にするためだ」

「〝部〟です」

「何だって？」

「われわれは〝部門〟と呼ばれたことはありません。あなたの正式名称が〝部門責任者〟だとしても、ここでは〝刑事部長〟が一般的です。ご存じかとは思いますが、一応念のため」

「わざわざの気遣いに礼を言おうか。それで、どこまで話したかな、警部」

「き－り－つ、です」

ハーゲンは穴があくほどハリーを睨みつけたが、相手が平然としているので、領土の確認を再開した。

「この十年、私は陸軍士官学校の教員をしていた。専門分野はミャンマーでの戦争だ。きみは意外に思うかもしれんが、ここでの私の仕事と大いに関連性があるんだ、ホーレ」

「そうですね」ハリーは脚を掻いた。「おれの頭のなかを掌（たなごころ）を指すようにお見通しのようですね、ボス」

ハーゲンが窓枠に人差し指を這わせ、その指先を見て面白くなさそうな顔をした。「一九四二年、十万の日本軍がビルマ、いまのミャンマーを制圧した。ビルマは日本の二倍の面積で、当時はイギリス軍が占領し、兵士の数でも火力でも上回っていた」新刑事部長は汚れた人差し指を立てた。「だが、日本軍が上回っているところが一つあった。そして、それがイギリス軍とインド傭兵部隊を打ち負かすことを可能にした。規律だ。日本軍がラングーン、いまのヤンゴンに進軍したとき、彼らは四十五分行軍して十五分眠った。背嚢（はいのう）を背負ったまま、目的地のほうへ足を向けて、道端で仮眠した。それは目を覚ましたときに溝に落ちたり、方向を間違えないようにするための用心だった。方向が大事なんだ、ホーレ。わかるか？」

どこへ話が向かうか、ハリーは薄々見当がついた。「日本軍がラングーンへたどり着いたことはわかりました、ボス」

「彼らはやり遂げた。全員がだ。それは言われたことをやったからだ。ついさっき知ったが、きみはトム・ヴォーレルのアパートの鍵を借り出したそうだな。本当なのか、ホーレ？」

「ちょっと見てきました、ボス。鑑識的な理由からです」

「そうであればいいんだがな。あの一件は終わっているんだ。ヴォーレルのまわりを嗅ぎ回るのは時間の無駄であるばかりでなく、署長と刑事部長——いまは私だ——の命令に違反してもいる。命令不服従の結果についていまさら細かく説明する必要はないと思うが、それでも、水を飲むのを許された時間外に水を飲んだ兵士を日本軍の将校が射殺したことは言っておこうか。その将校がサディストだったわけではない。規律を維持するには、それが乱れる原因を可及的速やかに排除する必要があるからだ。わかったかな、ホーレ？」

「わかったといえば、まあ……いや、とてもよくわかりました、ボス」

「とりあえずはここまでだ、ホーレ」ハーゲンが自分の席に戻り、引き出しから書類を出して熱心に読みはじめた。もうハリーは退出したとでも思っているかのようだったが、まだ自分の前に坐っていることに気づくと、びっくりして顔を上げた。

「まだ何か用があるのか、ホーレ？」

「いや、一つ、不思議に思ったことがあるんですよ。日本はあの戦争に負けたんじゃありませんか？」

ハリーが出ていったあと、ハーゲンはいつまでもぼんやりと書類を見つめていた。

レストランはテーブルが半分ほど埋まっていて、それは昨日と同じだった。入口で若くてハンサムな、青い目とカールした金髪のウェイターに迎えられた。あまりにギオルギによく似ているので、それに心を奪われて一瞬立ち尽くし、ウェイターの口元の笑みが大きくなるのを見て、自分が尻尾を出してしまったことに気づいた。クロークルームでレインコートを脱いでいるときも、ウェイターの視線が感じられた。

「お名前を頂戴できますか？」ウェイターが言った。

彼はつぶやくようにして答えた。

ウェイターのほっそりと長い指が予約リストを辿って止まった。

「確かに承っております」ウェイターが言った。青い目にじっと見つめられて、彼は自分の頬が赤くなるのがわかった。

そこまで高級な店ではないようだったが、暗算能力に見捨てられたのでない限り、メニューに記されている値段は信じ難かった。パスタと水を一杯注文したところで――腹は空いていた――心臓の鼓動が落ち着き、普通になった。ほかの客はおしゃべりをし、笑みを浮かべ、笑っていた。自分の身に何かが起こるかもしれないとは思ってもいないようだった。それが見えないのが、彼には常に意外だった。自分に黒いオーラがないこと、あるいは、身震いするほどの冷酷さ――腐敗臭――が自分の身体から発せられていないことが不思議だった。

または、正確に言うと、だれも気づかないことが。

店の外で、市庁舎の時計が三つの音色で六回鳴った。

「いいお店じゃないの」テアが周囲を見回して言った。そのレストランは整然とした眺めを提供していて、二人のテーブルは窓を隔てて歩道に面していた。見えないところにあるスピーカーから辛うじて聞こえるほどに静かに流れているのは瞑想的なニューエイジ・ミュージックだった。

「特別なものにしたかったんだ」ヨーンがメニューを見ながら言った。「何を食べたい？」

テアが一枚しかないメニューに目を走らせた。「まず何か飲まなくちゃ」

テアは大量に水を飲んだ。それが糖尿病と腎臓に関係していることはヨーンも知っていた。

「選ぶのが難しいわ」彼女が言った。「だって、全部美味しそうでしょ？」

「でも、メニューにあるもの全部を食べるなんて無理だからな」

「そうね……」

ヨーンは唾を呑み込んだ。いま口にしたばかりの言葉――彼はテアをうかがった。彼女は間違いなく気づいていなかった。

まったく不意に彼女が顔を上げた。「それ、どういう意味？」

「それって？」ヨーンはさりげなさを装って訊き返した。

「〝メニューにあるもの全部〟よ。あなた、何か言おうとしてたでしょう。わかってるのよ、ヨーン。何なの？」

ヨーンは肩をすくめた。「婚約する前にお互いのことをすべて教え合うことにしたんだったよな？」

「そうよ」

「きみは全部をぼくに話してくれたという確信があるか？」

テアがため息をついて諦めた。「あるに決まってるでしょう、ヨーン。わたし、だれとも一緒になったことなんかないわ……そういう意味では、ね」

だが、彼女の目のなかにも、これまでに彼が見たことのない表情のなかにも、何かがあるのがわかった。口の周囲が強ばり、カメラのレンズが閉じるように目に黒い影が射した。彼は我慢できなかった。「ロベルトはどうなんだ？」

「何ですって？」

「ロベルトだよ。忘れもしないが、エストゴールでの最初の夏、きみとロベルトはいちゃついていたじゃないか」

「あのときのわたしは十四よ、ヨーン！」

「それで？」

最初は信じられないというように彼を見つめていたが、動揺したのか、間もなく心を閉ざして彼を拒絶した。ヨーンは両手で彼女の手を取り、身を乗り出してささやいた。「ごめん、悪かったよ、テア。ぼくはいったいどうしてしまったんだろうな。あの……いまぼくが訊いたことは忘れてもらえないかな？」

「お決まりになりましたか？」

二人が顔を上げると、ウェイターが立っていた。

「フレッシュ・アスパラガスの前菜に」テアがウェイターにメニューを返しながら言った。

「主菜はシャトーブリアンのポルチーニ茸添えをお願いするわ」

「素晴らしい選択です。ところで、実に良心的なお値段の赤ワインが入ったばかりでございますが、いかがでしょう？」

「それもいいかもしれないけど、水で結構よ」テアが満面に笑みをたたえて言った。「たっぷりとね」ヨーンは彼女を見た。本心を隠せる彼女の能力が羨ましかった。

ウェイターがテーブルを離れると、テアはヨーンに視線を戻した。「わたしへの尋問は終わった？　だったら、あなた自身はどうなの？」

ヨーンは薄い笑みを浮かべて首を横に振った。

「あなたにガールフレンドはいなかった、そうよね？」テアが言った。「エストゴールでもね」

「どうしてかわかるか？」ヨーンは彼女の手に自分の手を重ねて訊いた。

テアが首を振った。

「あの夏、一人の少女に恋をしたからだよ」ヨーンは言い、彼女の関心を完全に取り戻した。

「その少女は十四歳で、あれ以来、ぼくはずっとその子に恋をしているんだ」

ヨーンは微笑し、彼女も微笑した。それで、ヨーンはわかった――テアは隠れていたところからふたたび姿を現わし、おれのところへ戻ってきてくれた。

「うまいスープですな」社会福祉担当大臣がダーヴィド・エークホフ司令官を見て言った。

が、その声は集まっているメディアの耳に届くほど大きかった。

「私どもの独自のレシピです」エークホフは応えた。「二年前に料理の本を出したのですよ。なぜかというと……」

父親からの合図を受けてマルティーネはテーブルに歩み寄り、大臣のスープ皿の隣りにその本を置いた。

「……大臣がご自宅で栄養価の高い美味しい食事をなさるのに、多少なりと役に立つのではないかと考えたわけです」

〈灯台〉のカフェへやってきている何人かの新聞記者とカメラマンから小さな笑いが漏れた。彼らを除くとカフェは閑散としていて、ホームレス宿泊施設（ホステル）の男の年寄りが二人、ケープを巻き付けた見るからに哀れな年配の女性、額から出血しているけれども、野戦病院——三階にある治療室——へ行くのが怖くてぶるぶる震えているジャンキーが一人いるだけだった。人が少ないのは特に驚くほどのことではなかった。普段は〈灯台〉が開いていない時間だった。しかし、人でごった返す午前中は大臣のスケジュールが合わず、いつもはどんなに混んでいるかを自分の目で見ることができなかった。というわけで、司令官がそれを逐一説明し、ここがいかに効率的に運営されていて、どれほどの金がかかっているかを訴えた。大臣はときどきうなずきながら、スプーン一杯のスープを義務的に口にした。

マルティーネは時計を見た。六時四十五分。大臣秘書官は七時と言っていた。そろそろ行かなくてはならない。

「美味しかった」大臣が言った。「ここでだれかと話す時間はあるかな?」

秘書官がうなずいた。

ギャラリーへの演技よね、とマルティーネは思った。話す時間ならあるに決まっている。だって、そのためにここへきたんだもの。予算を割り当てるためではなく――それなら電話で片をつけられるはずだ――、メディアを集めて、社会福祉担当大臣が貧窮している者のなかに交じり、スープを飲み、ジャンキーと握手をし、共感と責任感を見せながら話を聴くところを見せるために。

大臣に同行しているメディア担当の女性が、写真を撮ってもいい――写真を撮ってほしいという言い方がより正確だが――と、カメラマンに合図をした。

大臣が立ち上がり、上衣のボタンを留めながら部屋を見渡した。彼は三つの選択肢のどれを選ぶだろう、とマルティーネは思った。年寄りの男二人は典型的な老人ホームの住人のように見えるから、大臣の目的に合致しないだろう。〝大臣、薬物依存者と会う〟とか〝大臣、売春婦と会う〟とか、そういうほうがいいはずだ。怪我をしているジャンキーもいかがなものか、あまりにいい話すぎて新聞の読者をうんざりさせかねない。でも、あの年配の女性は……普通の市民のように見える。だれもが共感できて、助けたいと思うだろう。悲痛な物語を最初に聞かされたらなおさらだ。

「ここへこられることをありがたいと思いますか?」大臣が手を差し出しながら訊いた。

女性が顔を上げると、大臣が名乗った。

「ペルニッレ……」口を開いた女性は大臣にさえぎられた。

「ペルニッレ、いい洗礼名だ。ほら、メディアがきているんですよ。写真を撮りたがっているんですが、一緒に一枚かまいませんか？」

「ホルメン」女性が言い、ハンカチで洟をかんだ。「ペルニッレ・ホルメンです」そして、一枚の写真の前に蠟燭がともされているテーブルを指さした。「ここで息子を偲んでいるんです。ですから、どうぞかまわないでそっとしておいてくださいませんか？」

マルティーネは女性のテーブルのそばに立ち、大臣と随行団がすごすご撤退するのを見送りながら、彼らが結局は男の年寄り二人のところへ行くのを記憶に留めた。

「ペールのことは本当にお気の毒です」マルティーネは小さな声で言った。自分を見上げる泣き腫らした顔を見て、腫れているのは薬のせいでもあるはずだと彼女は推測した。

「ペールをご存じだったの？」女性がささやいた。

たとえ相手を傷つけることになったとしても真実を伝えるほうがいい、というのがマルティーネの考え方だった。だが、それは教えられたからではなく、長い人生ではそのほうが生きやすくなることを自分で発見したからだった。不明瞭な言葉ではあったが、マルティーネはその祈りを聞き取ることができた。その女性の息子は薬物に依存して自分の意志を失ったロボットで、社会のお荷物だったというだけでなく、彼を知っていた、彼と友だちだった、あわよくば彼を好きだったと言ってくれるだれかのための祈りだった。

「ホルメン夫人」マルティーネは一息に言った。「わたしは息子さんを知っていました。いい人でした」

　ペルニッレ・ホルメンは二度瞬きしたが言葉が出てこず、微笑もうとしたが失敗してしかめ面になり、辛うじてこれだけ言った。「ありがとう」そのあと、溢れた涙が止めどなく頬を伝いはじめた。

　司令官が自分のテーブルから手招きしているのが見えたが、マルティーネはペルニッレのテーブルに腰を下ろした。

「彼らは……彼らはわたしの夫も奪ったんです」ペルニッレ・ホルメンがすすり泣いた。

「何ですって？」

「警察です。夫がやったと言ったんです」

　ペルニッレ・ホルメンのテーブルを離れるマルティーネの頭にあったのは、あの長身でブロンドの警察官だった。気にかけていると言ったときはとてもきちんとして見えたのに。怒りが募るのがわかった。同時に困惑もしていた。知らない人間にこれほど腹を立てなくてはならない理由がわからなかったからだ。彼女は時計を見た。七時まであと五分。

　ハリーは魚のスープを作った。一袋の〈フィンダス〉を牛乳と混ぜ、魚肉の練り物を追加した。それに、フランスパン。みな、一階下に住んでいるアリが弟とやっている〈ニアジ〉という食料品店で買ったものだった。居間のテーブルに置いたスープ皿の隣りの大きなグラスに入っているのは水だった。

CDをステレオに挿入してボリュームを上げると、頭を空にして音楽とスープに集中した。音と味覚。それがすべてだった。

スープを半分食べ、CDが三曲目に入ったとき、電話が鳴った。出ないと決めていたのだが、八度目の呼出し音で立ち上がり、CDのボリュームを下げた。

「ハリーだ」

アストリーだった。「いま、何をしてるの？」低い声だったが、それでも反響していた。たぶん自宅のバスルームに閉じこもっているのだろう。

「食事をしながら音楽を聴いてる」

「出かけなくちゃならないんだけど、あなたのアパートの近くなの。今夜、このあと予定があるの？」

「ある」

「どんな予定か教えてもらってもいい？」

「もっと音楽を聴くんだ」

「そう。会いたい気分じゃないみたいね」

「かもしれない」

間があって、ため息が聞こえた。「気が変わったら連絡をちょうだい」

「アストリー？」

「何？」

「きみに会いたくないんじゃない、ぼくの気分のせいだ、いいね？」

「謝る必要なんかないわよ、ハリー。わたしたち二人にとって会うことが不可欠だという幻想を抱いて、後ろめたく思っているのならね。顔を合わせるのもいいんじゃないかと思っただけだから」

「次の機会なら大丈夫かもしれない」

「たとえばいつ？」

「たとえば、次の機会だ」

「次の機会って、次の世だったりして」

「まあな」

「いいわ。でも、わたしがあなたのことを好ましく思ってるのは忘れないでね」

　ハリーは受話器を戻したものの、突然の静寂を受け容れられず、じっとそこに立ち尽くした。ひどく驚いていたからだ。電話が鳴ったとき、ある顔が目に浮かんだ。驚いたのは、それが見たことのある顔だったからではなくて、ラケルの顔でも、アストリーの顔でもなかったからだ。彼は椅子に沈み込み、それを考えないことにした。これが時間という薬が効きはじめていて、ラケルがハリーの星系から出ていこうとしていることを意味するのなら、それはいいニュースだった。あまりにいいニュースなので、その過程を複雑にしたくなかった。

　ハリーはステレオのボリュームを上げて、頭を空にした。

彼は支払いを済ませると、爪楊枝を灰皿に捨てて、腕時計を見た。七時まであと三分。ショルダー・ホルスターが胸の筋肉を撫でた。内ポケットから写真を取り出し、最後の一瞥をくれた。時間だった。

立ち上がって洗面所へ向かったときも、レストランの客の誰一人として、隣りのテーブルのカップルですら、彼を気にも留めなかった。個室に入って鍵をかけ、拳銃に弾丸が入っていることを確かめたいという誘惑に負けずに一分待った。ボボに教えてもらったことだった。すべてをダブルチェックする贅沢に慣れたら、おまえの鋭さが失われることになる、と。

一分待ってクロークルームへ行った。レインコートを着て、赤いネッカチーフを結び、耳の上まで帽子を深くかぶった。そして、ドアを開け、カール・ヨハン通りへ出た。

通りを上り切るところへと速い足取りで歩いたが、それは彼自身が急いでいるからではなく、そこを往き来する人々の歩き方に気づいたからだった。それに合わせていれば人目につく恐れがなかった。街灯の脇のごみ容器の前を通り過ぎた。戻るときにそこに拳銃を捨てると、昨日決めていた。大勢が慌ただしく往来する通りの真ん中だ。警察は拳銃を見つけるだろうが、それは問題ではない。大事なのは自分と一緒に見つからないことだった。

そこへ着くはるか前から、音楽が聞こえていた。

到着したときには、数百人の人々が半円を描いて取り巻いて、ミュージシャンたちが演奏を終えようとしていた。拍手喝采のなか、鐘が鳴り響き、時間通りであることを彼に教えてくれた。半円の内側、バンドの正面の片側に、三本の木の支柱が立てられて黒い鍋が吊され、その横に写真の男がいた。実は街灯と二本の懐中電灯に照らされているだけだったが、疑いの余地はなかった。救世軍のコートを着て制帽をかぶっているとあれば尚更(なおさら)だった。

ボーカルがマイクに向かって何かを叫び、人々が歓声を上げて手を打ち鳴らした。光が閃(ひらめ)き、演奏が再開された。大音量だった。スネア・ドラムを叩くたびに、ドラマーの右手が高く上がった。

彼は群衆のなかを縫うようにして進み、救世軍の男から三メートルほどのところで足を止めると、背後にだれもいないことを確認した。彼の前にいるのは十代後半の女の子が二人、ともにチューインガムの息を寒気のなかに吐き出していた。二人とも彼より小柄だった。彼は特に何も考えていなかった。急ぐことはない、やるべきことを粛々とやるだけだ。彼は拳銃を抜き、それを握って腕をまっすぐに伸ばした。それで距離は二メートルに縮まった。照準を合わせた。鍋のそばの男が二つにぼやけた。彼は緊張を解いた。二つの姿が一つに戻った。

音楽が粘りけのあるケーキ・バターのようにスピーカーから滲み出ていた。

「乾杯(スコール)」ヨーンは言った。

「乾杯(スコール)」テアが応じ、素直にグラスを合わせた。

飲み物に口をつけたあと、二人は互いの目を見つめ合い、唇だけを動かした――〝愛してる〟。

彼女が赤くなって視線を落としたが、笑顔だった。

「ささやかなプレゼントがあるんだ」彼は言った。

「ほんとに？」茶目っ気のある甘えた口調だった。

彼は上衣のポケットに手を入れた。携帯電話の下で、宝石箱の硬いプラスティックが指先に感じられた。心臓の鼓動が速くなっていった。まったく、こんなに楽しみにしていたのに、今夜になっても、いまこの瞬間になっても、まだ恐ろしかった。

携帯電話が振動しはじめた。

「どうかしたの？」テアが訊いた。

「いや……ごめん、すぐ戻るから」

洗面所で携帯電話を取り出し、ディスプレイの文字を読むと、ため息をついて緑のボタンを押した。

「もしもし、スウィーティー。元気？」

その声はたったいま彼を思い出させる面白いことを聞いたので、思わず電話をかけてきたかのように冗談めかして聞こえた。が、着信記録には、六回同じ番号が残されていた。

「やあ、ラグニル」

「何だか変な声に聞こえるけど、あなた——？」

「いま、洗面所なんだ。レストランのね。テアと食事をしているんだよ。機会を改めて話をしよう」

「いつ？」

「そうだな……次の機会に」間があった。

「そう」

「電話すべきだったんだ、ラグニル。伝えなくちゃならないことがあるんだよ。どういうことかはきっとわかっていると思うけど」彼は息を継いだ。「きみとぼくとのことだけど、もう無理――」

「ヨーン、あなたが何を言っているのか、ほとんど聞き取れないんだけど」本当かな、と彼は疑った。

「明日の夜、あなたのところで会えない？」ラグニルが言った。「そのときに話してくれればいいんじゃないかしら」

「明日の夜は時間がないんだ。それに、夜は大抵――」

「それなら、グランド・ホテルでお昼を食べましょう。部屋番号はメールで教えるわ」

「ラグニル、それは無理――」

「聞き取れないわ。明日、電話を頂戴ね、ヨーン。あら、ちょっと待って、駄目だわ――明日はわたしのほうが一日じゅう会議じゃないの。わたしから電話するから、携帯電話の電源を切らないでおいてね。それじゃ、楽しい時間を過ごしなさい、スウィーティー」

「もしもし？」

ヨーンはディスプレイを見た。電話は切れていた。外へ行ってかけ直せばいい。さっさと片づけてしまうんだ。もう始めてしまったいまとなっては、それがやるべき正しいこと、賢明なことだ。とどめを刺して、完全に終わらせてしまうんだ。

いま、二人は向かい合って立っていたが、救世軍の男のほうは彼を見ていないようだった。息遣いは落ち着いていた。彼は引鉄に指をかけ、ゆっくりと絞っていった。一瞬、その兵士は驚きも、ショックも、恐怖も露わにしていないということが脳裏をかすめた。むしろその逆で、わかったという表情が顔をよぎったように思われた。拳銃を見て、長いあいだ考えても出なかった答えがわかったかのようだった。そして、銃声が轟いた。

発砲がスネア・ドラムを叩く音とたまたま一致していれば、音楽が銃声を呑み込んでくれたかもしれないが、実際には破裂音が周囲の人々を振り向かせ、レインコートの男に、その手が握っている拳銃に、そして、救世軍の兵士に目を向けさせた。兵士はいま、制帽の徽章の〝A〟の真ん中に穴を穿たれ、万歳をした操り人形のように後ろに倒れた。

ハリーはぎくりとして目を覚ました。椅子に坐ったまま眠っていた。部屋は静かだった。何に起こされたのだろう？　耳を澄ませたが、安心させるような、低くて単調な唸りが聞こえるだけだった。違う、ほかの音もある。さらに耳を澄ませた。あった。ほとんど聞こえないが、そうとわかったいまは、徐々に音量が上がり、はっきりしてきていた。こちこちという低い音だった。

ハリーは椅子に坐って目をつむったままでいた。

そのとき、不意に怒りが全身を貫いた。何も考えずに荒々しく寝室へ急行し、ベッドサイド・テーブルの引き出しを開けてメッレルにもらった時計をひっつかむと、窓を開け、渾身の力を込めて、闇に向かって投げつけた。まず隣りのビルの壁にぶつかる音が聞こえ、それから通りの凍った舗道に衝突する音が聞こえた。力任せに窓を閉めて掛け金をかけ、居間へ戻ってステレオのボリュームを上げた。あまりの大音量にスピーカーの表皮が目の前で震え、高音域が耳のなかで素晴らしく輝いて、低音域が口に満ちた。


群衆がバンドから雪の上に横たわっている男へ目を移した。制帽が脱げて、ボーカルのマイクスタンドの前まで転がったが、ミュージシャンたちは何が起こったのかいまだ知らないまま演奏をつづけていた。

雪の上に倒れている男の一番近くに立っていた二人の少女が後ずさりするや、一人が悲鳴を上げはじめた。

ボーカルの女性は目を閉じて歌っていたが、その目を開けた瞬間、聴衆の関心がもはや自分にないことに気づいた。群衆の視線を追っていくと、雪の上に倒れている男がいた。警備員、主催者、マネージャー、だれでもいいからこの状況に対処できる人間を目で探したが、これは普通のストリート・コンサートに過ぎなかった。だれもがだれかを待ち、ミュージシャンは演奏をつづけた。

そのとき、群衆のなかに動きがあり、人々は肘で周囲を掻き分けるようにして進んでくる女性に道を空けた。

「ロベルト！」

その声は荒々しく、しわがれていた。顔に血の気がなく、薄い黒革のジャケットの肘に穴があいていた。彼女はよろめくようにして男のところへ行き、崩れ落ちるようにその横に両膝を突いた。

「ロベルト？」

彼女は痩せこけた手を男の喉に当て、ミュージシャンを振り返った。

「お願いだから演奏をやめて」

一人、また一人と、バンドのメンバーが手を止めた。

「死にそうなの、お医者さんを呼んで。早く！」

彼女は男の喉にふたたび手を当てた。脈は打っていなかった。これまでに数え切れないほど経験してきたことだった。それでいいときもないではなかった。が、概してよくなかった。彼女は困惑した。これは薬物の過剰摂取が原因ではあり得ない。だって、救世軍の兵士はドラッグをやらないんだから。そうでしょ？　雪が降りはじめていて、雪片が男の頰、閉じた目、半開きの口に舞い落ちて溶けていった。ハンサムな若者だった。いま、強ばりの緩んだ顔を見て、眠っているときの自分の息子のようだと彼女は思った。そのとき、一本の赤い条が、額の小さな黒い穴から額とこめかみを横切り、耳に流れ込んでいるのがわかった。

二本の腕が彼女を持ち上げるようにしてどかし、別のだれかが若者の上に屈み込んだ。彼の顔を、小さな黒い穴を最後に見たとき、不意に悲痛な確信が頭に浮かんだ――同じ運命がわたしの息子をも待っているのだ、と。

彼は足早に歩いた、が、速すぎてはいなかった。逃げているのではないのだから。自分の前の背中を見て、急いでいるだれかを見つけ、そのあとについていった。だれも彼を阻もうとしなかったし、もちろん、阻まなかった。聴衆は銃声で及び腰になり、男が撃たれるのを目の当たりにして逃がれようとしているのだ。それに今回に関しては、何が起こったのかわかっている者はほとんどいなかった。

最後の仕事。

いまも音楽が聞こえていた。バンドが演奏をつづけているのだ。

雪が降りはじめていた。最高だ。人々は目を護ろうと、俯いて下しか見なくなる。

通りを二百メートルほど下ったところで、駅の黄色い建物が見えた。これまでもときどき感じたことのある感覚がよみがえった。すべてが漂っていて、自分には何も起こらない、セルビア人勢力のT55戦車は、何も見えず、何も聞こえない、せいぜいがのろのろとしか動けない鉄の怪物で、戻ったときには自分の町はそこにある、という感覚である。

拳銃を捨てる予定だったところにだれかが立っていた。

着ているのは新しくて流行のもののように見えたが、履いているのは青いスニーカーで、顔には裂傷があり、鍛冶屋のように焦げていた。その男、あるいは少年、ともかくだれだろうと、そこから動くつもりがないらしく、右腕を緑のごみ容器のなかへすっぽりと突っ込んでいた。

彼は足取りを緩めずに歩きつづけながら時計を見た。発砲してから二分、列車が出るまで十一分。しかも、まだ拳銃を身につけていた。彼はごみ容器の横を通り過ぎ、レストランのほうへ歩きつづけた。

男が一人、彼を見つめながら歩いてきた。が、擦れ違ったあとは振り向こうともしなかった。

彼はレストランを目指して歩き、ドアを押し開けた。

クロークルームでは母親が男の子に屈み込み、上衣のファスナーをいじっていた。二人とも、彼を見なかった。茶色のキャメルのコートはあるべきところに掛かっていて、その下のスーツケースもそのままだった。両方を持って洗面所へ行き、二つある個室の一つにふたたび入って鍵をするると、レインコートを脱いだ。ポケットに帽子を押し込み、キャメルのコートを着た。窓はなかったが、外からサイレンの音が聞こえた。無数のサイレンだった。彼は周囲を見回した。拳銃を処分しなくてはならない。選択肢はほとんどなかった。彼は便座に上がると、壁の白い換気用の隙間に手を伸ばし、拳銃をそこに押し込もうとした。が、すぐ奥に格子が嵌めてあって無理だった。

彼は便座を降りた。息が荒くなり、シャツの内側が熱くなりはじめていた。発車まで八分。

もちろん、一本遅らせることもできなくはない。予定していた列車に乗ることはさして重要ではない。重要なのは、すでに五分が過ぎていて、まだ拳銃を処分できていないことだ。何であれ四分以上超過するのは受け入れがたいリスクだと、彼女がいつも言っていたではないか。

もちろん拳銃を床に放置することもできるが、彼らは昔から、安全なところへたどり着く前に銃が発見されるべきではないという原則に基づいて仕事をしてきていた。

個室を出て、洗面台の前に立った。手を洗いながら、人気のない室内に目を凝らした。助かった(ウポモチ)！　その目は洗面台の上の液体石鹸のディスペンサーに留まった。

ヨーンとテアは腕を組んでトルグ通りのレストランを出た。

不安定な新雪の下に隠れている凍った路面に足を取られて、テアが悲鳴を上げた。ヨーンも引っ張られて道連れになりかけたが、ぎりぎりで何とか持ち堪えた。おかげで転ばずにすんだテアの明るい笑い声が、ヨーンの耳に響いた。

「きみはイエスと言ったぞ！」彼は空に向かって叫んだ。雪が顔に落ちて溶けるのが感じられた。「きみはイエスと言った！」

サイレンが夜を切り裂いた。いくつものサイレンがカール・ヨハン通りのほうから聞こえてきた。

「何だろう、様子を見に行こうか？」ヨーンは彼女の手を取った。

「嫌よ」テアが顔をしかめた。

「いや、行くべきだ。さあ！」

テアが足を踏ん張って抵抗したが、滑りやすい靴底ではなすすべがなかった。「嫌だって言ってるでしょう、ヨーン」

しかし、ヨーンは笑っただけで、彼女を橇のように引っ張った。

「嫌だってば！」

その声の大きさはヨーンを驚かすのに十分で、彼はすぐさま手を放し、びっくりした顔でテアを見た。

テアはため息をついた。「いま、火事は見たくない。ベッドに入りたいの。あなたと一緒にね」

ヨーンは彼女の表情をうかがった。「ぼくはとても幸せだよ、テア。それはこれまでもいまも、きみのおかげだ」彼女が何と言ったかは聞こえなかった。その顔はヨーンの上衣に埋められていた。

第二部　贖い主

9 雪

十二月十六日（火曜日）

エーゲルトルゲ広場に降る雪は、現場検証班の投光照明で黄色く染まっていた。

ハリーとハルヴォルセンはバー〈三人兄弟〉の前に立ち、警察の規制線を押し破らんばかりの野次馬とメディアの群れを眺めていた。ハリーはくわえていた煙草を口から取ると、喉に痰（たん）が絡んだような湿った咳をした。「すごいメディアの数だな」彼は言った。

「あっという間でしたよ」ハルヴォルセンが応えた。「何しろあいつらの仕事場の目と鼻の先だから、まあ、当然ですがね」

「願ってもない材料が出てきたわけだからな。ノルウェーで最も有名な通りで、クリスマスの賑（にぎ）わいの最中に殺人が起こった。被害者は救世軍の社会鍋のそばに立っていた男で、みんなが見ていた。その間、名の売れたバンドが演奏していた。まだ何か不足があるか？」

「あるとしたら、有名捜査官ハリー・ホーレへのインタビューぐらいじゃないですか？」

「とりあえずはここにいることにしよう」ハリーは言った。「犯行時刻は？」

「七時ちょっと過ぎです」

ハリーは時計を見た。「そろそろ一時間か。どうしてだれももっと早くおれに連絡を寄越さなかったんだろうな？」

「わかりません。おれが刑事部長からの電話を受けたのが、七時三十分になる少し前なんです。あなたのほうが早くここにきてるとばかり思ってたんですが……」

「それはおまえが独断でおれに電話したということか？」

「まあ、考えてみれば、あなたは警部……のよう……ですからね」

「のよう、だと」ハリーはつぶやき、煙草を弾き飛ばした。それは照明に照らされながら、降りしきる雪のなかに溶けていき、見えなくなった。

「すべての証拠があっという間に雪の下になってしまいそうですね」ハルヴォルセンが言った。「まあ、いつものことだけど」

「そもそも証拠なんかないんじゃないのか」ハリーは言った。

ベアーテがブロンドの髪の上に雪を頂いてやってきた。指でつまんで持っている小さなビニール袋に、空の薬莢が入っていた。

「間違えましたね、あるじゃないですか」ハルヴォルセンが勝ち誇った目をハリーに向けた。

「九ミリです」ベアーテが顔をしかめた。「一番ありふれている銃弾で、しかも、見つかっているのはこれだけです」

「証拠のことはとりあえず置いておいて」ハリーは言った。「おまえさんの第一印象はどうなんだ？　考えるな、とにかく言葉にしてみろ」

　ベアーテが微笑した。いまやハリーをわかっていた。まず勘、その次に証拠、なぜなら勘も事実を提供してくれるからだ。犯行現場はすべての情報を与えてくれるが、脳はすぐにはそれらを関連づけられない。

「取り立てての印象はありません。エーゲルトルゲ広場はオスロで最も人出の多い界隈ですから、被害者が殺されて二十分と経たないうちに到着したにもかかわらず、現場は保存されるどころかひどく荒れていました。でも、プロの仕事のように思われます。いま検死官が被害者を見ているんですが――発砲されたのは一発だけ、額のど真ん中が撃ち抜かれていますからね。犯人はプロ、それがわたしの勘です」

「われわれは勘で仕事をするのか、警部？」

　背後で声が聞こえて三人が振り返ると、グンナル・ハーゲンが緑の軍用ジャケットを着て、黒の毛糸の帽子をかぶって立っていた。笑みは口元に薄く見えるに過ぎなかった。

「何でも使うんですよ、ボス」ハリーは答えた。「どうしてここへ？」

「きても不思議のない場所じゃないのか？」

「ある意味ではそうですね」

「ビャルネ・メッレルはオフィスに閉じこもっているほうが好きだったらしいが、私はリーダーたる者は現場にいるべきだと信じている。発砲されたのは一回だけだったのか？　どうなんだ、ハルヴォルセン？」

ハルヴォルセンがたじろいだ。「目撃者に話を聞いた限りでは、一発でした」

ハーゲンが手袋をした手を広げた。「人相風体は？」

「男です」ハルヴォルセンの目が刑事部長とハリーのあいだを揺れ動いた。「いまのところ、わかっているのはそれだけです。人々はバンドの演奏に注意を向けていたし、すべてはあっという間の出来事だったということです」

ハーゲンが洟をすすり上げた。「これだけの人間がいるんだ、しっかり犯人を見た者がいるに違いない」

「それはそうでしょうが」ハルヴォルセンが言った。「犯人がどこに立っていたかがはっきりしていないんです」

「なるほど」ふたたび小さな笑みが浮かんだ。

「犯人は被害者と向かい合う形で立っていました」ハリーが言った。「距離は最大でも二メートルです」

「ほう？」ハーゲン、ハルヴォルセン、ベアーテが、同時にハリーを見た。

「小口径の武器でだれかを殺すときは頭を狙うんだということを、犯人は知っていました」ハリーはつづけた。「しかも、一発しか撃てないし、確実に殺さなくてはならない。だから、できるだけ標的との距離を縮めておかなくてはならなかった。それだけの至近距離だったから、標的の額に穴があいたのを自分の目で見て、目的が確実に達せられたのを知ることができた。被害者の衣服を調べたら、発砲時の細かい残留物が見つかって、私の言っていることを証明してくれるはずです。最大二メートルだということをね」

「一・五メートルほどのはずです」ベアーテが言った。「ほとんどの拳銃は薬莢を右側へ排出しますが、遠くまでは飛びません。この空薬莢は死体から一・四メートルの雪のなかで、埋まった状態で見つかったものです。それから、被害者のコートの袖でウールの糸屑（いとくず）が焼け焦げていました」

ハリーはベアーテをうかがった。彼が評価しているのは、そもそも彼女が生まれついて持っている人の顔を見分ける能力ではなく、彼女の知性、情熱、みんなが共有してもいる、自分たちは重要な仕事をしているという思いだった。

ハーゲンが雪の上で足踏みした。「よくやった、レン。しかし、いったいだれが救世軍の士官なんか撃つんだ？」

「彼は士官ではありません」ハルヴォルセンが言った。「兵士です。士官は恒久的な身分ですが、兵士はそうではありません」そして、手帳を開いた。「ロベルト・カールセン、二十九歳、独身、子供なし」

「敵はいないようだな」ハーゲンが言った。「きみの意見は、レン？」

ベアーテはハーゲンではなくハリーを見て答えた。「個人を狙ったのではない可能性もあるんじゃないでしょうか」

「ほう？」ハーゲンが笑みを浮かべた。「では、何を狙った可能性があるんだ？」

「救世軍かもしれません」

「そう考える根拠は？」

ベアーテは肩をすくめた。

「異論はあるかもしれませんが」ハルヴォルセンが言った。「狙いになっているのは同性愛、女性聖職者、妊娠中絶。あるいは狂信者かもしれないし、さらに……」

「仮説は承った」ハーゲンがさえぎった。「遺体を見せてくれ」

ベアーテとハルヴォルセンがどうしたものかとハリーを見た。ハリーはベアーテのほうにうなずいた。

「やれやれ」ハーゲンとベアーテが行ってしまうと、ハルヴォルセンが言った。「刑事部長は捜査を肩代わりするつもりなんですかね？」

ハリーはメディアのカメラのフラッシュが冬の闇を明るくしているなかで、警察の規制線を見て顎を掻きながら考えに耽(ふけ)っていたが、やがて言った。「プロ、か」

「何ですって？」

「犯人はプロだとベアーテが言っただろう、だから、そこから始めよう。プロが人を殺したら、そのあと真っ先に何をする？」

「逃走ですか？」

「必ずしもそうとは限らない。だが、いずれにしても発砲と自分がつながる可能性のあるものは処分するはずだ」

「凶器ですね」

「そうだ。エーゲルトルゲ広場の半径五街区以内の倉庫、コンテナ、ごみ容器、裏庭を徹底的に調べるんだ。必要とあれば制服警官の応援を要請しろ」

「了解」

「それから、七時前から七時過ぎまでを撮影している、区域内の店舗の監視カメラの映像を全部手に入れるんだ」

「それはスカッレにやってもらいます」

「もう一つ、〈ダーグブラーデ〉紙もストリート・コンサートを後援していて、記事にして載せている。あそこのカメラマンが観客の写真を撮っていないか確かめろ」

「そうですね、それは思いつきませんでした」

「その写真をベアーテに送って見てもらうんだ。明朝十時に刑事を全員、レッド・ゾーンの会議室に集めろ。みんなと連絡は取れるか？」

「はい」

「二人のリーはどこにいる？」

「署で目撃者の事情聴取をしています。発砲時に娘が二人、犯人の近くにいたんです」

「わかった。オーラに言って、被害者の友人と家族のリストを作らせるんだ。何らかのはっきりした動機があるかどうか、まずは友人や家族に確認することから始めよう」

「これはプロの仕事だと、さっきそう言いませんでした？」

「おれたちは常に複数の可能性を頭に留めておいて、ハルヴォルセン、何であれ見込みのありそうなものから始めるんだ。概して家族や友人は見つけやすい。殺人事件十件のうちの八件は——」

「——被害者を知っている者が犯人なんですよね」ハルヴォルセンがため息をついた。

ハリー・ホーレを呼ぶ声が二人をさえぎった。振り返ると、雪のなかをメディアが迫ってきていた。

「さあ、面白い見せ物の始まりだぞ」ハリーは言った。「あいつらにハーゲンを指さしてやれ。おれは駅へ行く」

彼はスーツケースを預け終えて、保安検査場へと歩いていた。高揚していた。最後の仕事をやり遂げた。あまりに気分がいいので、危ない橋を渡ってみることにした。内ポケットから搭乗券の入っている青い封筒を出すと、保安検査場の女性係員がうなずいた。

「携帯電話はお持ちですか？」彼女が訊いた。

「いや、持っていない」彼はX線カメラと金属探知器のあいだにあるテーブルに封筒を置き、キャメルのコートを脱いだ。ネッカチーフをしたままなのに気づき、それを外してポケットに入れると、係員が渡してくれたトレイにコートを置き、さらに二人が警戒の目を光らせている金属探知器をくぐった。コートを検めている一人と、コンベアベルトの端にいる一人を加えると、総勢五人が、武器になりそうなものを絶対に機内に持ち込ませないという、たった一つの目的のために仕事をしていた。金属探知器をくぐると、彼はコートを着直し、テーブルの上の搭乗券を取りに戻った。制止する者はいなかったから、そのまま係員の前を通り過ぎた。ナイフの刃を封筒に入れてこっそり持ち込むのがこんなに簡単だったとは。広々とした出発ロビーに入ってまずびっくりするのは、百八十度を見渡せる巨大な窓からの風景のはずだった。が、それは見えなかった。外のその景色を、雪のカーテンが白くさえぎっていた。


ワイパーがフロントガラスを打つ雪を払いのけるなか、マルティーネはハンドルに覆い被さるようにして前方を睨んでいた。

「大臣は前向きだったな」ダーヴィド・エークホフが満足そうに言った。「とても前向きだった」

「それはあらかじめわかっていたことでしょう」マルティーネは言った。「後ろ向きな発言をするんだったら、ああいう人たちはメディアを呼んでスープを飲んで見せたりしないわよ。今度もまた当選したいんだもの」

「そうだな」エークホフがため息をついた。「落選するわけにはいかないだろうからな」そして、窓の向こうを見た。「リカールはいいやつだろ?」

「それはもう聞いたわよ、お父さん」

「われわれにとって本当にいいやつになるためには、ほんの少しの導きが必要なだけなんだ」マルティーネは本営の地下へ車を入れ、リモコンのボタンを押した。ガレージの鉄の扉が音を立てて開いた。車をなかに入れると、スタッド・タイヤがコンクリートの床を嚙む音が人気のない空間に響いた。

天井の照明の一つの下、司令官の青いボルボの横に、つなぎ服に手袋という格好のリカールが立っていた。だが、マルティーネが見ているのは彼ではなく、彼の横に立っている金髪で長身の男性だった。だれなのかはすぐにわかった。

マルティーネはボルボの隣りに駐車したが、父親が車を降りるまで運転席にとどまり、バッグのなかを探っていた。父親がドアを開け放しにしたので、警察官の声が聞こえた。

「ヘル・エークホフ？」声が壁に反響した。

「そうだが、何かご用ですかな、お若い方？」

本来の父親の声ではないことに娘は気がついた。友好的だけれども、権威的な司令官のそれだった。

「オスロ警察のハリー・ホーレと言います。あなたが雇っておられる人物のことでちょっと。ロベルト……」

マルティーネは警察官の目が車を降りる自分に向けられているのを感じ取った。

「……カールセンですが」ホーレが司令官に視線を戻してつづけた。

「兄弟（ブラザー）です」

「はい？」

「私どもは同僚を家族の一員と考えるのを好むのですよ」

「なるほど。そうだとすると、残念ですが、あなたの家族の死をお知らせしなくてはなりません、ヘル・エークホフ」

マルティーネは胸が締めつけられるのを感じた。そのメッセージが伝わるのを待って、警察官がつづけた。「ロベルト・カールセンは本日の午後七時、エーゲルトルゲ広場で射殺されました」

「何ということだ」彼女の父親が言った。「どうして？」

「いまのところ、まだ特定されていないだれかが群衆に紛れて彼を撃ち殺し、逃走したことしかわかっていません」

彼女の父親が信じられないというように首を振った。「しかし……七時とおっしゃいましたね？　なぜ……いまになるまで知らせてもらえなかったんでしょう」

「こういう事件の場合にやるべき手順が決まっていて、まずは近親者に知らせることになっているんです。残念なことに、今回はまだ連絡が取れないでいるんですがね」

マルティーネは刑事の淡々とした辛抱強い対応から、死別を知ってこういう重要でない質問をする人々に彼が慣れていることに気がついた。

「わかりました」エークホフが頬を膨らませ、それを吐き出した。「両親はもうノルウェーにはいませんが、兄のヨーンには連絡がつくはずです」

「彼は自宅にいなくて、携帯電話にも出ないんです。この本営で残業をしているかもしれないと聞いたんですが、会えたのはここにいるこの青年だけでした」刑事はリカールのほうへ顎をしゃくった。リカールは落胆したゴリラのような生気のない目で、両腕をだらりと垂らして立っていたが、大きな作業用手袋をした手で帽子を脱いだ。剃り跡の青い鼻の下で汗が光っていた。

「ヨーンがどこにいるか、心当たりはありませんか？」刑事が訊いた。マルティーネと父親は顔を見合わせ、首を横に振った。

「ロベルト・カールセンの命を奪いたがっていた人物についてはどうでしょう？」二人はもう一度首を横に振った。

「とりあえず、お知らせしたということで。そろそろ失礼しなくてはならないんですが、明日もう一度、色々お尋ねにうかがってもかまいませんか？」

「もちろんです」司令官が背筋を伸ばした。「ですが、その前に、何があったのかもう少し詳しく教えてもらえませんか？」

「メールをください。ともかく、もう行かなくちゃならないので」

マルティーネは父親の顔色が変わるのを見て、刑事に向き直って目を合わせた。

「申し訳ない」刑事が言った。「捜査のこの段階では時間が重要な要素なんです」

「あの……私の妹の住まいへ行ってみられたらどうでしょう。テア・ニルセンといいます」三人全員に見られて、リカールが息を呑んだ。「イェーテボルグ通りの救世軍の建物に住んでいますから」

刑事がうなずき、引き上げようとしてエークホフを見た。

「ご両親はなぜノルウェーにいないんですか?」

「話せば長くなりますが、過ちを犯したんです」

「過ちを犯したとは?」

「信仰を守れなかったのですよ。救世軍の流儀で育った人たちのなかには、異なる道を選んだときに信仰を持ちつづけるのが難しくなる人もいるのです」

マルティーネは父親を観察した。しかし、実の娘である彼女でさえ、確固たる彼の顔に嘘を感知することはできなかった。刑事が背を向けて歩き出して初めて、彼女は涙が流れるのを感じた。足音が遠ざかって消えてしまうと、リカールが咳払いをした。「夏用のタイヤはトランクに入れてあります」


ガルデモン空港の館内アナウンスがようやく知らせてきたとき、彼はすでにその内容を推測していた。

「気象条件悪化のため、一時的な措置として空港を閉鎖いたしております」事務的だな、と彼は思った。一時間前の、雪のせいで出発が遅れるという最初のアナウンスと同じだ。

待っているあいだにも、外に駐まっている機体に積もる雪が分厚くなっていた。無意識ではあったが、彼の目は制服を着た職員から離れなかった。空港で着替えるんだろうな、と彼は想像した。四二番ゲートのカウンターの青い制服の女性係員がマイクを取り上げたとき、彼はその顔を見ただけでどんな言葉が発せられるかを確信した。ザグレブ行きの便は欠航となりました。申し訳なさそうな声がつづいた——出発は明朝十時四十分を予定しております。待っていた乗客が一斉に、しかし、小さな呻きを漏らした。女性係員はさらに言葉をつづけて、オスロへ戻る鉄道料金を航空会社が負担し、トランジットと往復航空券の乗客にはＳＡＳホテルに部屋を用意すると告げた。

　事務的だな、と彼は黒々とした夜の景色のなかを疾走する列車のなかでまた思った。列車はオスロの手前、白い土地にさまざまな家が建ち並んでいるところで一度停まっただけだった。プラットフォームの照明の末広がりの明かりのなかを雪が舞い、ベンチの下で犬が震えていた。彼がヴコヴァルで子供だったころ、近所を走り回っていた元気のいい野良犬、ティントによく似ていた。ギオルギと年上の二人の少年が首に革の名札をつけてやった——〈名前：ティント　飼い主：みんな（スヴィ）〉。みんなが、文字通り全員が、ティントによくないことが起こらないように願っていた。が、願うだけでは十分でないことがときとしてあった。

　テアが玄関を開けに行くと、ヨーンは部屋の隅に移動した。そこなら、来訪者に姿を見られずにすむはずだった。やってきたのは隣人のエンマだった。「ごめんなさい、テア、でも、ヨーン・カールセンに大至急の用があるってこの人が言うものだから」

「ヨーンに？」

　男の声が聞こえた。「そうなんです。テア・ニルセンという人の住所を訪ねたら彼に会えるかもしれないと教えられたものですから。階下の呼び鈴はどれも氏名が記されていなかったんですが、このレディのおかげでここへたどり着けたというわけです」

「ヨーンがここにいるですって？　そんなこと、あり得ない――」

「私は警察官なんです、ハリー・ホーレと言います。ヨーンの弟さんのことなんですよ」

「ロベルトのこと？」

ヨーンは玄関のほうへ一歩進んだ。同じぐらいの背丈の、明るい青い目の男が玄関口でヨーンを見ていた。「ロベルトが何かしでかしたんですか？」彼は、警察官の後ろで爪先立ち、その肩越しになかを覗いている隣人を無視しようとしながら訊いた。

「それがわからないんです」男が言った。「入ってもいいですか？」

「どうぞ」テアが答えた。

刑事はなかに入ると、がっかりする隣人を尻目にドアを閉めた。「残念ながら、悪い知らせです。坐ったほうがいいかもしれませんよ」

三人はコーヒー・テーブルを囲んで腰を下ろした。警察官の話を聞くや、ヨーンの顔が反射的に前に飛び出した。まるで腹を殴られたかのようだった。

「死んだ？」テアがささやくのが聞こえた。「ロベルトが？」

警察官が咳払いをして話をつづけた。その言葉は謎めいた暗号のようで、ヨーンはほとんど聞き取ることができなかった。刑事の状況説明を聞いているあいだずっと、視線を一カ所に集中していた。半ば開いたテアの口、濡れてきらめいている赤い唇に。息遣いが短く速く、ほとんど喘ぐようになっていた。警察官が話し終えてしまっていることにヨーンが気づいたのは、テアの声が聞こえたときだった。

「ヨーン？　あなたに訊いておられるのよ」

「失礼。それで……何とおっしゃいました？」

「冷静でいるのは難しいと思いますが、弟さんを殺したいと思っているような人物に心当たりがないか、それを教えてもらえないかと思っているのですよ」

「ロベルトを殺したい人物、ですか？」周囲のすべて、自分が首を振る動きまでがスローモーションになったように感じられた。

「そうです」警察官が取り出したばかりの手帳にメモを取ることもなく答えた。「仕事や私生活で、敵ができるようなことはありませんでしたか？」

ヨーンはこの場にふさわしくないことに、自分が笑う声を聞いた。「ロベルトは救世軍にいるんですよ」彼は言った。「われわれの敵は貧困なんです。物質的、精神的、両面でのね。そういうわれわれのだれであれ、殺されるなんてことは滅多にありません」

「ふむ。それは仕事においてでしょう。私生活ではどうですか？」

「私が言ったことは仕事にも私生活にも該当します」

警察官がその続きを待った。

「ロベルトは優しいやつでした」ヨーンは自分が泣き声になりはじめているのがわかった。「誠実で、みんなに好かれていました。あいつは……」声がくぐもり、出なくなった。

警察官が室内を見回した。この状況に落ち着かない様子だったが、それでも待ち、さらに待った。

　ヨーンが唾を呑み込みつづけた。「多少乱暴になることがときどきありました。ちょっと……衝動的というか。少し皮肉っぽいところがあると見なす者もいたけれども、それはそう見せていただけで、根は無害なやつでした」

　警察官がテアに向き直り、手許のメモを見た。「あなたはテア・ニルセン、リカール・ニルセンの妹さんですね。ロベルト・カールセンについてのあなたの印象も同じですか？」

　テアは肩をすくめた。「わたしはロベルトをそんなによく知っているわけではありませんが。彼は……」そして腕を組むと、ヨーンの視線を避けた。「わたしの知る限りでは、だれも傷つけていません」

「だれかと諍いになっているというようなことをほのめかしたりしたことはありませんでしたか？」

　ヨーンが強く首を横に振った。取り除きたい何かが内にあるかのようだった――ロベルトが死んだこと、死。

「借金があったとかは？」

「ありません。いや、あります。私が貸していましたが、大した金額ではありません」

「本当にあなた以外から借りていませんか？」

「どういう意味ですか？」

「ロベルトがドラッグをやっていたとかは？」

ヨーンがぞっとしたような顔で警察官を見つめ、やがて答えた。「いや、やっていません」

「どうして断言できるんです？　必ずしも……」

「われわれは薬物依存の人間を相手にしているんです。兆候があればわかります。ロベルトはドラッグをやっていません。よろしいですね？」

警察官がうなずいてメモを取った。「失礼、しかし、聞いておかなくてはならないことになっているんですよ。もちろん、発砲したのが正気の人間ではなく、ロベルトがたまたま犠牲になったという可能性は排除できません。あるいは——クリスマスの社会鍋のそばに立っている救世軍兵士が象徴として殺された、すなわち、この殺人は救世軍という組織に向けられたものであるのかもしれません。後者の仮説を裏付けるようなことを何か知りませんか？」

あたかも示し合わせたかのように、若い二人が首を振った。

「ご協力、ありがとうございました」警察官が手帳をコートのポケットにしまって立ち上がった。「ご両親の住所も電話番号も調べがつかないでいるんですが……」

「両親には私が知らせます」ヨーンは虚空を見つめて言った。「でも、本当に間違いないんですね？」

「何がでしょう？」

「殺されたのがロベルトだということがです」

「残念ながら、間違いありません」

「でも、間違いないとわかっているのはそれだけで」テアがいきなり割り込んだ。「それ以外は何もわかってないんですね」

警察官は玄関に立ったまま彼女の言葉を考えた。

「まさしくそういう状況だと言うべきでしょうね」彼が応えた。

夜中の二時、雪がやんだ。重たくて黒い緞帳のように街を覆っていた雲が半分姿を消し、大きな黄色い月を登場させた。さえぎるもののなくなった空の下の気温がふたたび下がり出し、家々の壁が軋んだり呻いたりしはじめた。

10　疑いを抱く人

十二月十七日（水曜日）

　クリスマス・イブまであと一週間という日は、凍てつく寒さで明けた。オスロの通りにいる人々はまるで鋼鉄の手袋で絞り上げられているかのように感じながら、押し黙って足を速め、たった一つのことだけを考えていた——早く目的地に着いて、身体を強ばらせているこの酷寒から逃れたい。

　ハリーは警察本部のレッド・ゾーンの会議室に坐り、ベアーテ・レンのがっかりするような報告を聞きながら、自分の前のテーブルに置かれた新聞各紙を無視しようとしていた。一紙の例外もなくあの殺人事件が一面を飾り、冬の暗いエーゲルトルゲ広場の粒子の粗い写真を載せたうえで関連記事参照と注意書きを付けて、二ページから三ページの記事を掲載していた。〈ヴェルデンス・ガング〉と〈ダーグブラーデ〉は友人知己に手当たり次第、大急ぎで取材し、それに基づいて、ロベルト・カールセンの人となりと呼べなくもない多少好意的な物語を何とか間に合わせでものにしていた。〝いいやつ〟、〝いつも手を差し伸べてくれた〟、

〝悲劇〟。ハリーはそれらを注意深く読んでいったが、価値のあるものは何も見つけられなかった。両親と連絡を取った新聞は一紙もなく、〈アフテンポステン〉だけがヨーンの言葉を載せていた。〝理解できない〟という短いキャプションの上に、イェーテボルグ通りの救世軍のアパートの前で髪も梳かさずに困惑を顔に浮かべている、男性の写真があった。記事を書いたのはハリーの古い友人、ローゲル・イェンネムだった。

ハリーはジーンズの破れ目に指を入れて太腿を掻きながら、長いズボン下を穿いてくるべきだったと悔やんだ。七時三十分に出勤してハーゲンのところへ行き、だれが捜査を指揮するのかと尋ねたのだった。ハーゲンは彼を見て、署長とも相談したが、おまえに指揮を執らせることにしたと答えた。さらなる通知があるまでは、という条件がついていたが、それが何を意味するかを詳しく聞くことなく、ハリーはうなずいて退出した。

十時を過ぎて、刑事部の十二人の刑事とベアーテ・レン、そして、〝自分も一緒に事に当たりたい〟と言ったグンナル・ハーゲンが、会議の席に顔を揃えた。

昨夜のテア・ニルセンの評価は依然として正しかった。

まず、目撃者がいなかった。エーゲルトルゲ広場で価値のある何かを見た者は一人もおらず、監視カメラはいまも検められていたが、ここまでのところ何も見つかっていなかった。カール・ヨハン通りの店やレストランの従業員も、事情聴取をした限りでは、普段と違う何かに気づいた者はいなかったし、目撃したと名乗り出る者もいなかった。ベアーテは昨夜のうちに〈ダーグブラーデ〉が送ってくれた野次馬の写真を検証して、笑顔の女の子のクローズアップか、顔形をはっきり見分けることができないほどぼんやりとしか写っていない全体写真ばかりだと報告した。後者を区分けして拡大し、ロベルト・カールセンの前にいる聴衆に焦点を当ててみたものの、凶器も、自分たちが探している人物を識別できる手掛かりも写っていなかった。

次に、鑑識的証拠がなかった。例外は一つ、ロベルト・カールセンの頭に撃ち込まれた発射物が、発見された空薬莢と実際に一致したことを、犯罪鑑識課の弾道分析官が確認しただけだった。

さらに、動機がわからなかった。

ベアーテ・レンが報告を終えると、ハリーはマグヌス・スカッレに報告を求めた。

「今朝、ロベルト・カールセンが仕事をしていたキルケ通りの〈フレテックス〉の責任者に話を聞きました」スカッレが言った。彼の苗字は悪戯っぽいユーモアのセンスを運命的に背負い、〝舌を巻いてrを発音する〟という意味があって、本人も実際にそうしていた。「彼女はひどく打ちのめされていましたが、ロベルトはだれからも好かれていて、魅力が一杯で、快活だったそうです。ただ、ちょっと予測のつかないところがあって、仕事に出てこないときもときどきあったけれども、敵がいたとは想像できないとも言っていました」

「私が話を聞いた人たちの見方もほぼ同じです」ハルヴォルセンがつづけた。会議のあいだ、グンナル・ハーゲンは手を頭の後ろで組み、お手並み拝見といった様子の薄い笑みを浮かべてハリーを見ていた。まるでこれがマジック・ショウで、ハリーが帽子から兎を出してみせるのを待っているかのようだった。しかし、何も出てこなかった。出てくるのはありふれた不審だけ、仮説だけだった。

「皆目見当もつかないのか？」ハリーは言った。「いい加減にしろよ、おまえたち、これじゃ笑いものだ。この会議が終わったら、お役ごめんになってしまうぞ」

「オスロで最も繁華な、大勢の目があるところでの射殺事件です」スカッレが言った。「こういう種類の事件で考えられる線は一つしかありません。ドラッグを買う金を借りて返さない連中への警告としてプロがやったんです」

「しかし」ハリーは応えた。「薬物対策課の覆面捜査官の誰一人として、ロベルト・カールセンの名前を聞いていないんだ。あいつはきれいだよ。前科も何もない。逮捕歴のない薬物常用者なんて聞いたことがあるか？」

「法医学研究所の調べでは、被害者の血液から違法な物質は検出されていません」ベアーテが言った。「注射針をはじめとして、薬物使用を思わせる痕跡も見つかっていません」

ハーゲンが咳払いをし、全員が彼を見た。「救世軍の兵士はそういうことに関わらないだろう。つづけてくれ」ハリーはマグヌス・スカッレの額に赤い斑点が浮き上がっていることに気がついた。彼は元は体操の選手で背が低くがっちりしていて、まっすぐな茶色の髪を横で分けていた。最年少の刑事の一人で、尊大で野心的な成り上がり者で、多くの点で若いころのトム・ヴォーレルと似ていた。もっとも、ヴォーレルの特殊な頭のよさと、警察官としての仕事の才能には欠けていたが。しかし、この一年でスカッレの自惚れは大幅に消えてなくなっていて、結局のところ彼をまともな警察官にするのは不可能ではないかもしれないと、ハリーは考えはじめていた。

「その一方で、ロベルト・カールセンには何でも経験したがる癖があった」ハリーは言った。「そして、みんなも知ってのとおり、薬物常用者は〈フレテックス〉で刑期を務めることができる。好奇心があって手に入れやすいとくれば最悪の組み合わせだ」

「そのとおりです」スカッレが同調した。「〈フレテックス〉の女性にロベルトが独身かどうかを訊いたら、そうだと思うと言っていました。若い外国人女性に二度、彼のことを尋ねられたことがあったそうですが、いくら何でも若すぎるように見えたとのことでした。旧ユーゴスラヴィアのどこかの出身ではないかとも推測していましたね。きっとコソボ系アルバニア人ですよ」

「そう考える根拠は何だ?」ハーゲンが訊いた。

「コソボ系アルバニア人、薬物ですよ」

「待て待て」ハーゲンが苛立ち、椅子のなかでのけぞった。「いくら何でも偏見が過ぎるんじゃないのか、若いの」

「確かに」ハリーは言った。「ですが、偏見が事件を解決するんです。なぜなら、偏見は不足している知識に基づいているのではなくて、実際の事実と経験に基づいているからです。この部屋では、われわれは人種、宗教、性別にかかわらず、だれに対しても差別する権利を有しています。われわれが護るのは差別されている社会の最弱の構成員だけではないんです」

ハルヴォルセンがにやりと笑った。以前にも聞いたルールだった。

「同性愛者、狂信者、女性は、統計的に見ると、十八歳から六十歳の異性愛の男性より遵法(じゅんぽう)傾向が強いんです。しかし、そうであるにもかかわらず、女性で、同性愛者で、宗教的に堅固なコソボ系アルバニア人であれば、肥っていて、ノルウェー語を話し、額がタトゥーだらけの男性優越主義のろくでなしよりも、薬物売買をしている確率は高いんですよ。だから、どちらかを選ばなくてはならないとしたら——実際、そうしてもいるんですが——アルバニア人の女性を一番に尋問するでしょうね。法を守っているコソボ系アルバニア人の女性に不公平だって？　もちろんです。しかし、見込みと限られた人的資源しかないなかで仕事をしている以上、どこで見つけた知識だろうと無視する余裕はないんです。ガルデモン空港の税関で逮捕したなかで予想外に多かったのが、車椅子に乗り、自分の身体の穴という穴に薬物を隠して密輸しようとした連中だと経験が教えてくれたら、われわれはゴム手袋をして、一人残らず車椅子から引きずり下ろし、尻の穴に指を突っ込むでしょう。メディアに話すときに、そういう類いのことを黙っているだけなんです」

「興味深い哲学だな、ホーレ」ハーゲンが出席者を見回したが、みな無表情で、何も読み取れなかった。「ともかく、事件に戻ろう」

「いいでしょう」ハリーは言った。「われわれは捜査を現場周辺で続行し、凶器の発見に努めるが、範囲を半径六街区(ブロック)に拡大する。目撃者の発見と聞き込みをつづけ、昨夜は閉まっていた店を回って話を聞く。監視カメラについてはこれ以上時間を無駄にしたくない。探すべきものがはっきりするまで待つことにする。リーとリー、おまえたち二人は家宅捜索令状を持ってロベルト・カールセンのアパートへ行け。イェルビッツ通りだったな？」

　リーとリーがうなずいた。

「彼のオフィスも調べろ。興味深いものが見つかるかもしれんからな。自宅とオフィスにある新聞、雑誌、手紙の類い、ハードディスクも、全部持ってくるんだ。それを分析すれば、だれと連絡を取り合っていたかがわかるだろう。中央捜査局(クリポス)とすでに話して、ヨーロッパで類似の事件がないかどうか、今日、国際刑事警察機構(インターポール)に問い合わせてもらった。ハルヴォルセン、あとでおれと一緒に救世軍本営へ行こう。ベアーテ、この会議のあとでちょっと話がある。よし、かかれ！」

　椅子を引く音と、部屋を出ていこうとする足音が一斉に上がった。

「ちょっと待った、諸君！」

　音が消え、全員がグンナル・ハーゲンを見た。

「諸君のなかに、ぼろぼろのジーンズに、どうやらヴォーレレンガ・サッカーチームを宣伝しているとおぼしい服を着て仕事にきている者がいるな。前任の部長はそれをよしとしたかもしれないが、私は違う。メディアは鵜(う)の目鷹(たか)の目でわれわれのあら探しをするに決まっている。明日からは破れてもいなければ汚れてもいず、宣伝ロゴも入っていない服装で出勤してほしい。一般世間の目もあるし、中立な公僕だと見られたいからな。それから、警部以上の階級の者はここに残ってもらいたい」

みんなが出ていったあと、ハリーとベアーテだけがそこに残った。

「部内の警部全員の資料を作り、来週から武器を携行するよう彼らに指示するつもりだ」ハーゲンが言った。

ハリーとベアーテは信じられないという目で顔を見合わせた。

「オスロの戦争はエスカレートしつつある」ハーゲンが顎をしゃくった。「将来的には警察に武器が必要だという考えに慣れてもらわなくてはならない。というわけで、上位階級の警察官が手本となり、道を示す必要がある。武器は馴染んだ道具とは言えないかもしれないが、携帯電話やコンピューターと同じく、普通の仕事の道具だ。いいな?」

「しかし」ハリーは言った。「私は火器を携帯する免許を持っていません」

「冗談だよな?」ハーゲンが言った。

「今年の秋に試験を受け損なって、拳銃を取り上げられてしまったんです」

「それなら、私が免許を再発行しよう。そのぐらいの権限は持っているからな。ここのきみの郵便箱に火器携帯許可申請書を入れておくから、それを持って拳銃をもらいに行けばいい。拳銃所持に関しては例外は認めない。以上だ」

ハーゲンは出ていった。

「正気とは思えないな」ハリーは言った。「拳銃なんて、一体何に必要なんだ?」

「ジーンズの穴を塞いで、ガン・ベルトを買う時代、ですか?」ベアーテが面白そうに目をきらめかせた。

「ふむ。〈ダーグブラーデ〉が撮ったエーゲルトルゲ広場の写真を見るにやぶさかではないんだがな」

「どうぞ」彼女が黄色いフォルダーを渡した。「一つ、訊いてもいいですか、ハリー？」

「もちろん」

「なぜあんなことをしたんです？」

「あんなこととは？」

「どうしてマグヌス・スカッレを擁護したんですか？　彼は紛れもなく人種差別主義者だし、差別に関してあなたが言ったあれこれを、あなた自身、これっぽっちも信じていないでしょう。新しい刑事部長を怒らせるためなんですか？　それとも、一日目から本当に不興を買うと決めていたとか？」

ハリーは封筒を開いた。「写真はあとで返す」


彼はホルベルグス広場のラディソンSASホテルで窓の前に立ち、白く凍った街が明けるのを眺めていた。建物は低く、慎ましかった。これが世界で最も裕福な国の一つの首都だと思うとおかしかった。王宮は特徴のない黄色い建物で、敬虔な民主主義と貧乏な王制とのあいだの妥協の産物だった。葉を落とした木々の枝を通して、広いバルコニーが垣間見えた。王はあそこから国民に語りかけるにちがいない。彼は想像上のライフルを構え、片目を閉じて狙いを定めた。バルコニーがぼんやりと二つになった。

ギオルギの夢を見た。

初めてギオルギに会ったとき、彼はくんくん鳴いている犬の横にしゃがんでいた。犬はティントだったが、青い目とカールした金髪のこの少年はだれなのか？　力を合わせて何とかティントを木の箱に入れ、獣医のところ——川の近くの林檎(りんご)園にある、二部屋の灰色の煉瓦造りの家——へ連れていった。獣医は歯が痛いのだろうと診断し、自分は歯医者ではないと言った。残っている歯も間もなく抜けてしまうはずの年老いた野良犬のために治療費を出す者はいないだろうし、痛みを抱え、飢えてじわじわ死んでゆかせるよりも、いまここで眠らせて安楽死させた方がよい、と。それを聞いて、ギオルギが泣き出した。甲高くて悲痛な、ほとんど美しい旋律とも言うべき泣き声だった。そして、なぜ泣くのかと獣医に訊かれると、この犬はイエス・キリストかもしれないのだと答えた。なぜなら、イエスは自分たちのなかにいて、最も身分の低いだれかかもしれず、餌も住処(すみか)も与えられない可哀相な犬かもしれないと父に教えられたからだ、と。獣医はやれやれというように首を振り、歯医者に電話をしてくれた。放課後、ギオルギと一緒に戻ると、ティントは尻尾を振ってくれ、獣医はティントの口のなかの小さな黒い詰め物を見せてくれた。

ギオルギのほうが学年は上だったが、そのあと何度か一緒に遊んだ。が、それは夏休みが始まったために何週間かしかつづかず、秋に学校が始まったときには、ギオルギは彼のことを忘れてしまったようだった。いずれにせよ、関わりたくないかのように彼を無視した。

彼はギオルギのことは決して忘れなかったが、ティントのことは忘れていた。しかし、数年後、包囲のさなか、街の南の端の廃墟で痩せ衰えた犬に出くわした。犬は彼に駆け寄り、顔を舐めた。首についていたはずの革の名札がなくなっていたから、それがティントだとわかったのは、口のなかの黒い詰め物を見たときだった。

彼は時計を見た。空港行きのバスがやってくるまで十分、彼はスーツケースをつかむと、最後に部屋を見渡して忘れ物がないことを確かめた。ドアを開けたときに紙がこすれる音がした。廊下を見ると、いくつかの部屋のドアの下に同じ新聞が置いてあった。第一面の犯罪現場の写真が目に留まった。腰を屈めて、判読しにくいゴシック体で紙名が書かれている、分厚い新聞を手に取った。

エレベーターを待つあいだにその新聞を読もうとしたが、いくつかの単語がドイツ語を思い出させてくれたにもかかわらず、ほとんど何一つ理解できなかった。かわりに、第一面で関連記事として指示されている中のページを開いてみた。そのときエレベーターのドアが開き、彼は大きくてかさばる新聞を二台のエレベーターのあいだに置いてあるごみ箱に捨てようとした。が、だれも乗っていなかったから、捨てるのを思い直し、地階のボタンを押して、写真に集中した。一枚の写真の下の文章に目が釘付けになった。最初、自分が読んでいる内容が信じられなかった。しかし、エレベーターががくんと揺れて動き出したとき、ぞっとするような確信をもって気づいたことがあった。あまりのおぞましさに一瞬目眩がして、壁に手を突いて身体を支えなくてはならなかった。危うく新聞を取り落としそうになり、目の前でエレベーターのドアが開いたのが見えなかった。

ようやく顔を上げたとき、彼は闇を見つめていた。そこが地下で、フロントではないことがわかった。どういうわけか、この国では地階が地下を意味していた。

エレベーターを降りると、背後でドアが閉まった。彼は闇のなかに坐り、頭をはっきりさせて考えようとした。なぜなら、このせいで計画が丸ごと危殆に瀕しているからだ。空港行きのバスが出るのは八分後、それまでに決断しなくてはならなかった。


「いま、ここで、おれは写真を見ようとしているんだ」ハリーの声は切羽詰まっていた。ハルヴォルセンが向かいの机から見つめていた。「遠慮なくやってください」

「だったら、指を鳴らすのをやめろ。なぜそんなことをする?」

「これですか?」ハルヴォルセンが指を鳴らしてみせ、少し当惑して笑った。「昔からのただの癖なんです」

「ほう、そうかい」

「親父がレフ・ヤシンのファンだったんです、六〇年代のロシアのゴールキーパーですがね」ハリーは話の続きを待った。

「というわけで、おれをステインヒェル・クラブのゴールキーパーにしたかったんです。それで、子供のころ、いつもおれの目の前で指を鳴らしたんですよ。こんなふうにね。おれを鍛えるためだそうです、そうすればシュートされても怖くなくなるという理屈でした。どうやら、ヤシンの父親が同じことをしてたみたいなんですよ。おれの場合、瞬きしなかったら、角砂糖を一つもらえました」そのあと、オフィスに一瞬の、しかしまったくの静寂が落ちた。

「冗談だろ」ハリーは言った。

「冗談なんかじゃありません、上等のブラウン・シュガーでした」

「おれが言ってるのは、指を鳴らすことだ。本当なのか？」

「本当ですとも。四六時中やってたんです。飯を食ってるときも、テレビを観てるときも、おれの友だちがきてるときだってお構いなしでした。その結果、おれはとうとう自分でやりはじめたんです。学校へ行くときの鞄に〝ヤシン〟と書き、机に〝ヤシン〟と彫りつけました。いまでもコンピューターをはじめとして、パスワードが必要なときは〝ヤシン〟です。まあ、操られてるのはおれだとわかってるんですが、それでもね。どうです、わかってもらえましたか？」

「いや、わからんな。で、指を鳴らすのは役に立ったのか？」

「立ちましたよ、シュートが飛んできても怖くなくなりましたからね」

「だったら、どうして……」

「駄目だったんですよ、ボール・ゲームのセンスがないとわかったんです」

ハリーは上唇を指でつまんだ。

「写真を見て何かわかりましたか？」ハルヴォルセンが訊いた。

「おまえがそこに坐って指を鳴らし、おしゃべりしているあいだは無理だな」

ハルヴォルセンがゆっくりと首を振った。「おれたち、救世軍本営へは行かないんですか？」

「おれの仕事が終わったら行くよ。ハルヴォルセン！」

「何ですか？」

「そんな息の仕方をする必要があるのか？　妙な呼吸法だな」

ハルヴォルセンがしっかりと口を閉ざし、呼吸を止めた。ハリーの視線がいきなり上がり、また下がった。ハルヴォルセンは笑みのようなものをそこに見たような気がしたが、確信はなかった。いま、その笑みは消え、眉間に深い皺ができていた。

「これを見ろ、ハルヴォルセン」

ハルヴォルセンは机を回り、ハリーの前の二枚の写真を見た。二枚とも、エーゲルトルゲ広場の群衆が写っていた。

「わかるか、毛糸の帽子をかぶってネッカチーフを巻いた男がいるだろう？」ハリーが粒子の粗い顔を指さした。「バンドのすぐ横、ロベルト・カールセンのすぐ近くだ、いるだろ？」

「そうですね……」

「だが、この写真を見ろ。ほら。帽子もネッカチーフも同じだが、ここでは真ん中、バンドのすぐ前にいる」

「でも、そんなに妙ですか？　きっとバンドがよく見えて、演奏がよく聞こえるように移動したんですよ」

「だが、その順番が逆だとしたらどうだ？」ハルヴォルセンが答えないので、ハリーはつづけた。「そんないい場所から、バンドが見えないスピーカーの前にわざわざ場所を変えるか？何かよっぽどの理由がない限り、そんなことはしないだろう」

「だれかを撃つとか？」

「いい加減なことを言うのはやめろ」

「わかりました。だけど、どっちの写真が先に撮られたのかわからないじゃないですか。おれは真ん中へ移動したほうへ賭けますね」

「いくら？」

「二百」

「よし、受けた。街灯の明かりのなかを見ろ。両方の写真に写ってる街灯だ」ハリーは拡大鏡を渡した。「何か違いがわかるか？」

　ハルヴォルセンがゆっくりとうなずいた。

「雪だ」ハリーは言った。「こいつがバンドの横にいるときは雪が降ってる。降りはじめたのは昨日の夕刻で、夜遅くまで止まなかった。ということは、その写真があとで撮られたんだ。〈ダーグブラーデ〉のヴェードローグってやつに電話して訊いてみる必要があるな。あいつが時計を内蔵したデジタル・カメラを使っていたんなら、この写真を撮った正確な時間がわかるかもしれん」

〈ダーグブラーデ〉のハンス・ヴェードローグは、一眼レフカメラとフィルム信者の一人だった。というわけで、それぞれの写真が撮影された時間に関する限り、彼は警部を失望させるしかなかった。

「いいだろう」ホーレが言った。「一昨夜のコンサートも取材したのか？」

「もちろん、レードベルグとおれはストリート・ミュージックなら何でも取材するんでね」

「大量にフィルムを使うのであれば、まだ群衆を撮った写真はどこかに残ってるよな？」

「ああ、残してある。デジタル・カメラを使っていたら、もう消去してしまってるだろうけどな」

「おれが思案してるのはそれなんだ。それから、あんたに頼みごとをしたものかどうかも思案してる」

「頼みごとって？」

「一昨日からのフィルムを調べて、毛糸の帽子をかぶって首にネッカチーフを巻き、黒いレインコートを着た男を捜してほしい。いま、あんたの写真の一枚を詳しく調べているんだが、ハルヴォルセンにそれをスキャンさせて、あんたに送らせるよ。手近なところにコンピューターはあるか？」

ヴェードローグの声は気が進まないと言っているように聞こえた。「あんたに写真を送るのはかまわない、何の問題もない。だが、それを調べるのは警察の仕事だろう。おれもメディアの端くれだから、一線は越えたくないんだ」

「残念ながら、おれたちには時間がないんだ。警察の容疑者の写真を手に入れたいか？　それとも、いらないか？」

「それはその写真を載せてもいいってことか？」

「そういうことだ」

　ヴェードローグの声が柔らかくなった。「おれはいま現像室にいるんだ。だから、すぐに確認できる。群衆の写真なら山ほど撮ったから、見込みはある。五分待ってくれ」ハルヴォルセンがその写真をスキャンして送り、ハリーは指で机を叩きながら待った。

「事件の前日の夕刻、彼があそこにいたと、どうしてそこまでの確信が持てるんです？」ハルヴォルセンが訊いた。

「確信は何もない」ハリーは答えた。「だが、ベアーテが正しければ、犯人はプロだ。だとすれば、下検分をしないはずがない。下検分をするとしたら、できるだけ計画した本番に近いときのほうがいい。そして、前の日にもストリート・コンサートがあった」

　五分が経ち、過ぎていった。十一分後、電話が鳴った。

「ヴェードローグだ。申し訳ない――毛糸の帽子の男も、黒いレインコートの男も、ネッカチーフの男も見つからなかった」

「くそ」ハリーは大きな声ではっきりと吐き捨てた。

「すまんな。こっちが持っている写真を送ろうか？　そうすれば、あんたたちが自分で確認できるだろう。あの晩のおれは聴衆に焦点をしぼって照明を当てていたから、顔の写りももっといいはずだ」

ハリーはためらった。どう時間を配分するか、それを決めるのが大事だ。こういう決定的に重要な最初の二十四時間は特に。

「送ってくれ、われわれのほうでも再確認する」ハリーは言い、自分のメール・アドレスを教えようとした寸前で思いとどまった。「どうせなら、犯罪鑑識課のレンに送ってもらうほうがいいな。彼女は顔に関してすごい能力を持っているんだ。彼女なら何かを見つけられるかもしれない」そして、メール・アドレスを教えた。「それから、おれの名前を出すのは御法度だぞ、いいな？」

「当たり前だ。〝匿名の警察筋〟で通すに決まってるだろう。あんたとはこれからも仕事をしたいからな」

ハリーは受話器を置くと、目を丸くしているハルヴォルセンにうなずいた。「よし、ジュニア、救世軍本営へ行こう」


ハルヴォルセンはハリーをちらりとうかがった。警部は告知板に目をやり、聖職者訪問や音楽のリハーサル、勤務割当て表などに目を走らせて、焦れったさを隠せないでいた。白髪の多くなった制服姿の女性受付がひっきりなしにかかってくる電話の応対を終え、笑顔で二人を見た。

ハリーが要領よく手短に来訪の目的を告げると、彼女はあたかも二人を待っていたかのようにうなずき、どう行けばいいかを教えてくれた。

　エレベーターを待つあいだ、二人は言葉を発しなかったが、ハルヴォルセンは警部の額に汗の粒が浮かんでいるのを見て取ることができた。ハリーはエレベーターが嫌いだった。六階でエレベーターを降りると、ハリーはハルヴォルセンを従え、黄色い廊下を急ぎ足で歩いていった。その足取りはどんどん速くなり、ドアを開け放してあるオフィスの前で頂点に達し、そこでいきなり止まった。おかげで、ハルヴォルセンはその背中にぶつかりそうになった。

「どうも」ハリーが言った。

「あら」女性の声が応えた。「またあなたですか？」

　ハリーの巨躯（きょく）が入口を塞ぎ、彼が話している相手をハルヴォルセンは見ることができなかったが、ハリーの口調が変わったことはわかった。「そうなんです。司令官は？」

「お待ちですよ、どうぞ」

　ハルヴォルセンは机の向こうにいる少女とも娘とも取れる女性に急いで会釈をし、ハリーのあとから小さな控えの間に入った。司令官室の壁には木製の盾、仮面、槍が飾ってあり、ぎっしり詰まった本棚の上にはアフリカの木彫りの人形や、ハルヴォルセンの見たところ司令官の家族とおぼしき写真が置かれていた。

「急にお願いしたにもかかわらず時間を割いていただいて感謝します、ヘル・エークホフ」ハリーが言った。「こちらはハルヴォルセン刑事です」

「悲しいことです」机に向かっていたエークホフが立ち上がり、手振りで二人に椅子を勧めた。「メディアに一日じゅう追いかけられていましてね。ここまでにわかったことを教えてもらえますか？」

ハリーがハルヴォルセンとちらりと目を合わせた。

「それはまだ公にしたくないのですよ、ヘル・エークホフ」

司令官が威嚇するかのように眉をひそめ、ハルヴォルセンは静かにため息を漏らして、またもやハリーが闘鶏を始めるのだろうと覚悟した。が、司令官の眉はすぐに元に戻った。

「申し訳ない、ホーレ警部。職業上の必要悪ですな。ここの司令官をしていると、みんながみんな私に報告するわけではないのだということをときどき忘れるのです。で、ご用は何でしょう？」

「簡潔に言うと、どうしてああいうことが起こったのか、あなたなら潜在的な動機に心当たりがあるのではないかと、そう考えたというわけです」

「ふむ。もちろん、それについては考えました。しかし、それらしいことは思い当たりませんね。ロベルトは困った状態にはあるけれども、いい若者でした。兄とは全然違っていましたね」

「ヨーンはいい若者ではないんですか？」

「いや、困った状態にないという意味です」

「ロベルトはどういう種類の困った状態にあったんでしょう？」

「どういう種類？　あなたは何か私の知らないことを頭に置いておられるようだが、私が言っているのは、ロベルトは兄と違って生きる目的を持っていなかったということですよ。私はあの兄弟の父親をよく知っていました。ヨーセフは最高の士官の一人でしたが、信仰を捨てたんです」

「話せば長くなるとあなたは言われましたが、短くしてもらうことは可能でしょうか？」

「いい質問です」司令官は重たいため息をつき、窓の向こうを見た。「ヨーセフは洪水のときの中国で仕事をしていました。そこではわが主のことを知っている人はほとんどおらず、人々はばたばたと死んでいました。ヨーセフの聖書の解釈では、イエス・キリストを受け容れない限りだれも救われず、地獄の業火に焼かれるのです。ヨーセフは湖南省で医薬品の提供に従事していました。溢れ出た水にはラッセルクサリヘビがたくさん棲息していて、多くの人々が咬まれていました。ヨーセフたちのチームはあるだけの血清を取り寄せたのですが、届いたときには手後れということが多かったのです。というのは、あの蛇は出血毒を持っていて、赤血球を破壊し、犠牲者の目や耳をはじめとするあらゆる開口部からの出血を促して、一時間から二時間のあいだに死に至らしめるのです。私自身もタンザニアの修道院でその威力を見ています。ブームスラングという毒蛇に咬まれた人たちだったんですが、おそろしい光景でした」

　エークホフが東の間口を閉ざした。

「しかし、ヨーセフと看護婦がある村で肺炎の双子にペニシリンを投与していたとき、そのさなかに父親がやってきました。彼は水田でラッセルクサリヘビに咬まれた直後でした。ヨーセフ・カールセンは残っていた血清をその父親に投与することにし、看護婦に注射を指示しました。多くの人と同じく腹痛と下痢に悩まされていたヨーセフは、そのあいだに排泄をすませてしまおうと外に出ました。そして、溢れ出た水のなかでしゃがんでいるときに睾丸を咬まれたのです。その悲鳴の大きさに、何があったのか全員が知ることになりました。治療室へ戻ると、非キリスト教徒の中国人が注射を拒んでいると、看護婦から告げられたのです。ヨーセフが咬まれたのなら彼に血清を投与してほしいというのがその理由だと。彼が生きることを許されれば、とその中国人は説明しました。多くの子供たちの命を救うことができる、そして、自分はもはや耕すべき土地もなくなったただの農民に過ぎないのだ、と」

エークホフが息を継いだ。

「あまりに怯えていたためにその申し出を断わるという考えさえ浮かばなかった、とヨーセフは私に言いました。そして、すぐに血清を自分に注射するよう看護婦に命じたのです。そのあと、彼は泣き出し、農夫は彼を宥めようとしました。ようやく冷静さを取り戻したあと、その農夫にキリストのことを知っているか訊いてくれとヨーセフは看護婦に頼みました。しかし、看護婦にはその質問をする時間すらありませんでした。農夫のズボンが血で真っ赤になりはじめたからです。彼は数秒で死んでしまいました」

いまの話が理解されるのを待つかのように、エークホフが二人を見た。ベテランの聖職者が効果を狙って取る間ってやつだな、とハリーは思った。

「で、その農夫は地獄の業火に焼かれている、と」

「ヨーセフの聖書の解釈によればそうなります。しかし、ヨーセフは信仰を放棄しました」

「それが理由で彼は信仰を捨てて国を出たんですか？」

「それが彼が私に語ってくれたことです」

ハリーはうなずき、手帳に書き留めたメモに目を落としながら訊いた。「では、いまやヨーセフ・カールセンは地獄の業火に焼かれることになり……その理由は、彼が……何と言うか……信仰に関する矛盾を受け容れられなかったから、ということですか。この理解で正しいですか？」

「あなたは神学の難しい領域に入ろうとしていますよ、ホーレ。あなたはクリスチャンですか？」

「いえ、刑事です。信じるのは確たる証拠です」

「その意味は？」

ハリーはすぐに答えるのをためらい、腕時計を盗み見てから抑揚のない口調で言った。

「信じさえすれば天国へ行けると言っている宗教を、私は受け容れられないんです。言葉を換えるなら、自分の常識を操作して理性が拒否していることを受け容れる能力が理想だと言っている宗教をです。理性の従属という点では、独裁国家がずっと使ってきているのと同じパターンでしょう。上から言われた論理を信じてさえいれば、何らの証明をする義務を有しないという概念ですよ」

司令官がうなずいた。「よく考えられた異議申し立てですな、警部。そして、当然のことながら、そう考えたのはあなたが最初ではない。それどころか、あなたや私よりもはるかに聡明(そうめい)な人々で、信仰を持っている人はそれこそ大勢いるでしょう。それはあなたにとって矛盾ではないのですか?」

「ないですね」ハリーは言った。「私は自分より聡明な人にたくさん出会っています。そのなかには、私にもあなたにも理解できない理由で人を殺した者がいるんですよ。ロベルト殺しが救世軍に対する何らかの敵意の表われではないかとは思いませんか?」

司令官が思わず反応し、椅子のなかで跳び上がるようにして背筋を伸ばした。「この殺人が政治的な動機に動かされた集団の犯行だと考えておられるなら、私はそれに与(くみ)しません。政治的な事柄について、救世軍はいまも昔も常に、しかもかなり堅固に中立を保っています。第二次大戦時にドイツがわが国を占領したときも、公には非難しなかったほどです。それまでと変わることなく、自分たちがするべきことをしつづけたのですよ」

「祝福を与えることですか」ハルヴォルセンが真顔で皮肉を言い、ハリーから厳しい目でたしなめられた。

「われわれが侵攻に祝福を与えたことがあるとすれば、一八八八年のそれです」エークホフは怯(ひる)まなかった。「スウェーデン救世軍がノルウェーに進出してくると決めたとき、われわれはオスロの最も貧しい労働者が暮らしている地区に最初の給食施設を作りました。いま、そこには警察本部が建っていますが、ご存じですか?」

「そのことであなたたちに恨みを持つ者はいないでしょうね」ハリーは言った。「救世軍はいつになく人気があるように私には見えますよ」

「まあ、それはそうでもあり、そうでもないのです」エークホフが応えた。「われわれはノルウェーの人々からの信頼を享受していると感じています。しかし、求人についてはまずまずといった程度にとどまっているのですよ。この秋、アスケルの士官学校に入学したのはたった の十一名でした。六十人分の宿舎があるにもかかわらず、です。それに、われわれの方針として、たとえば同性愛に関して聖書の保守的な解釈を支持しているが故に、言うまでもないことですが、すべての方面で人気があるというわけにはいきません。われわれは遅れを取り戻すつもりですし、取り戻します――われわれよりリベラルな団体と較べて少し動きが遅いだけなのですから。ですが、いいですか。色々なことが変わりつつあるいま、私の考えでは、いくつかのことについて動きが少しぐらい遅くてもどうということはないんです」そして、同意を得たかのような笑みを浮かべてハリーとハルヴォルセンを見た。「いずれにせよ、救世軍も若い世代に引き継がれます。彼らが若い目で見て、若い考え方をしてくれると、私は思っているんです。いま、私は運営管理責任者を新たに任命しようとしているのですが、とても若い候補者が何人も手を挙げてくれているのですよ」

そして、腹に手を置いた。

「ロベルトもその一人だったんですか？」ハリーは訊いた。

司令官が笑顔で首を横に振った。「確信を持って言いますが、違います。が、彼の兄のヨーンは候補です。任命されたら、かなりの額のお金を管理することになります。そのなかには、われわれのすべての不動産も含まれます。ロベルトはそういう種類の責任を負わせたくなるタイプではありませんでしたし、士官学校出身者でもありません」

「イェーテボルグ通りの不動産もその一つですか？」

「救世軍は多くの不動産を持っていますからね。イェーテボルグ通りの施設には職員が居住していますし、それ以外のところ、たとえばヤーコブ・オルス通りの建物などはエリトリア、ソマリア、クロアチアからの難民の収容施設として使われています」

「ふむ」ハリーは手帳を見ると、ペンで椅子の腕を叩いて立ち上がった。「時間をいただいてありがとうございました、ヘル・エークホフ、もう十分だと思います」

「いや、どういたしまして。だって、これは私どもにも関係することですから」司令官が部屋の出入口まで送ってきた。

「一つ、個人的な質問をよろしいかな、ホーレ？」司令官が訊いた。「どこかでお会いしましたかね？　というのは、私は人の顔は絶対に忘れないのですよ」

「テレビか新聞でご覧になったのかもしれません」ハリーは答えた。「オーストラリアでノルウェー人が殺された事件の関連で、私のことがメディアに溢れたことがありますから」

「いや、私はそういうところで見た顔は忘れるんです。生で見たに違いないんですよ」

「先に行って待っていてくれ」ハリーはハルヴォルセンに言い、彼が部屋を出ていくと司令官に向き直った。

「わかりませんが、私は一度、救世軍に助けられたことがあります」彼は言った。「ある冬の日に、酔っぱらって前後不覚になっていたところを通りの外れで見つけてもらいました。私を発見した兵士は最初は警察へ通報しようとしたんです、警察のほうがちゃんと処理できると考えたんでしょうね。ですが、自分は警察官で、これがばれたら馘になると私が説明すると、野戦病院へ連れていってくれました。そこで注射をしてもらい、眠ることを許されたんです。いくら感謝してもし足りないぐらいの借りがありますよ」

ダーヴィド・エークホフがうなずいた。「そういうようなことだろうと思っていましたが、私からは言いたくなかったんです。それから、感謝に関しては、当面は忘れるべきだと思います。ロベルトを殺した犯人が見つかったら、それはあなたのおかげですからね。あなたとあなたの仕事に神の祝福がありますように、ホーレ」

ハリーは会釈をして控えの間に戻り、一瞬そこにとどまって、エークホフが閉めたドアを見た。

「そっくりだな」ハリーは言った。

「はい？」女性の深い声が返ってきた。「彼は手厳しかったですか？」

「写真のことですよ」

「あの写真のわたしは九歳ですよ」マルティーネ・エークホフが言った。「よくわたしだとわかりましたね」

ハリーは首を振った。「それはともかく、連絡をするつもりでいたんですよ。話を聞きたかったものでね」

「そうですか」

　返事の口調を聞き取って、ハリーは急いで付け加えた。「ペール・ホルメンについてなんですが」

「話すことなんてあるかしら」彼女はどっちでもいいというように肩をすくめて答えたが、声の温度は下がっていた。「あなたがあなたの仕事をなさるように、わたしはわたしの仕事をしているだけですけど」

「そうかもしれないが、私は……その……彼の件に関しては、見えている形と実際の形はまったく違うと言いたかったんです」

「見えている形って、どんなふうに見えているんですか？」

「あなたに言ったとおり、私はペール・ホルメンを気にかけていました。そして、最後には彼の家族の名残りともいうべきものまで破壊してしまいました。私の仕事では時としてあることなんです」

　彼女が答えようとしたとき、電話が鳴った。彼女は受話器を取って耳を澄ませた。

「ヴェストレ・アーケル教会で」彼女は言った。「二十一日の日曜日、十二時です。はい、そうです」

　彼女が受話器を置いた。

「みんながお葬式に参列するつもりなんです」彼女が書類をめくりながら言った。「政治家、聖職者、有名人。全員がわたしたちの悲しみの時を大勢で分かち合いたいと思っているんです。デビューしたての歌手のマネージャーが電話をしてきて、その歌手にお葬式で歌わせてほしいとまで言っているぐらいです」

「それは――」ハリーはそのあとの言葉を探しあぐねた。「その――」

しかし、適切な言葉を見つけられないでいるうちに、ふたたび電話が鳴った。ぐずぐずしないで引き下がる潮時だと悟り、会釈をして出口へ向かった。

「水曜日のエーゲルトルゲ広場の担当はオーレよ。わたしがそうしたの」背後で彼女の声が聞こえた。「そう、ロベルトの代わりです。だから、問題は、今夜、あなたがわたしと一緒に移動給食車の仕事ができるかどうかなの」

エレベーターのなかで、ハリーは小声で悪態をつき、両手で顔を撫でた。そのあと、絶望的な笑いが飛び出した。恐ろしくへたくそな道化師を見たときと同じ笑いだった。


今日のロベルトのオフィスは、そういうことがあり得るのであれば、小さくなったようだった。散らかり具合はいつもと変わらないが。氷が模様を作っている窓の隣りに救世軍の旗が位置を占め、折りたたみ式のナイフが机の上に積み上げられた書類や未開封の封筒の横に突き立てられていた。ヨーンはその机に向かって坐り、壁に視線を彷徨わせた。それがロベルトと自分自身が写っている写真で止まった。いつ撮られたものだろう？　場所はもちろんエストゴールだが、どの夏だ？　写真のなかのロベルトは真面目な顔をしようとしているけれども、笑みをこらえられないでいる。自分の笑みは不自然で、強いられたもののように見える。

今日、ヨーンはすでに新聞各紙を読んでいた。だから、詳細はすべてわかっていたが、それでも現実とは思えなかった。何から何まで他人事で、ロベルトのことではないように感じられた。

ドアが開いた。ミリタリー・グリーンのパイロット・ジャケットを着た、背の高い金髪の女性が立っていた。唇は薄く、血の気がなかった。目は厳しく、敵か味方かわからず、顔には表情がなかった。彼女の後ろに赤毛のがっちりした体格の男が見えた。少年のような丸顔で、ある人々によくある、顔に刻まれたような種類のにやにや笑いを浮かべていた。あらゆる知らせを、よいものも悪いものも引っくるめて、その笑い顔で出迎える人々。

「あなたは？」女が訊いた。

「ヨーン・カールセン」女の目が厳しさを増すのを見ながら、彼はつづけた。「ロベルトの兄です」

「失礼」女が抑揚のない声で謝り、部屋へ入ってきて握手の手を差し出した。「オスロ警察刑事部のトーリル・リーです」彼女の手は骨張って硬かったが、温かかった。「こちらはオーラ・リー巡査です」

男が会釈をし、ヨーンも会釈を返した。

「弟さんのことはお気の毒でした」女が言った。「ですが、これは殺人事件です。したがって、この部屋を封鎖しなくてはなりません」

ヨーンはうなずきながら、壁の写真に目を戻した。

「申し訳ないのですが、それはつまり……」

「ええ、わかっています、もちろんです」ヨーンは言った。「申し訳ない――心ここにあらずだったもので」

「よくわかります」トーリル・リーが笑顔で応じた。心底からの豊かな笑顔ではなかったが、この状況にふさわしい、友好的で控えめな笑顔だった。警察はこういう種類のこと、殺人などについては慣れているんだろうな、とヨーンは思った。聖職者や、おれの父親のように。

「何かに手を触れましたか？」彼女が訊いた。

「手を触れた？　いや、触れていませんが、どうして私がそんなことをするんです？　私はずっとこの椅子に坐っていました」ヨーンは立ち上がると、自分でもなぜかわからなかったが、机の上のナイフを抜いて折りたたみ、ポケットにしまった。

「あとはどうぞご自由に」ヨーンはそう言って部屋を出た。背後で静かにドアが閉まった。階段へたどり着いたとき、ナイフを持って出てくるなんて馬鹿なことをしたと気づいて、それを返そうと後戻りした。ドアの前までくると、女の笑い声が聞こえた。「まったく、わたし、仰天したんだから！　彼ったら、まるっきり弟に生き写しじゃない。最初は、亡霊を見てるんだと思ったわよ」

「そんなには似てないと思うけどな」

「あなたは写真しか見てないから……」

ぞっとするような考えがヨーンを襲った。


スカンジナヴィア航空六五五便ザグレブ行きは十時四十分ちょうどにガルデモン空港を離陸し、フルダール湖上空で旋回して針路を南へ取ると、デンマークのオルボー管制塔を目指した。異常に寒い日だったために、圏界面と呼ばれる大気層が大幅に低いところまで下がっていた。そのため、マクダネル・ダグラスMD81はまだオスロ中央部の上空にいるのに、早くもその層のなかを上昇していた。圏界面を飛ぶ航空機は空に飛行機雲と呼ばれる蒸気の航跡を残すから、彼は自分が乗るはずだった便のそれを——オスロ中央駅前広場の電話ボックスで寒さに震えながら上を見上げていれば——見たはずだった。

彼はオスロ中央駅のコインロッカーに荷物を入れた。いまはホテルの部屋が必要だった。仕事を最後まで終わらせなくてはならず、そのためには拳銃が必要だった。しかし、連絡できる人間が一人もいない街で、どうやってそれを手に入れるのか?

電話番号案内の女性の歌うようなスカンジナヴィア訛り（なま）りの英語に耳を澄ませた——オスロの電話帳に載っているヨーン・カールセンという名前の方は十七人いらっしゃいます。残念ながら全員の番号は教えてくれなかったが、救世軍の番号は教えてくれたから、まずはそれでよしとすることにした。

救世軍本営に電話をすると、ヨーン・カールセンという人物はいるが、彼は今日は休みだと、またもや女性の声が教えてくれた。ヨーンにクリスマス・プレゼントを贈りたいのだが、住所はわかるだろうか、と彼は訊いた。

「ええと、イェーテボルグ通り四番地、郵便番号は0－5－6－6です。彼のことを思っていただいているなんて、嬉しいです。彼はいま気の毒なことになっているんですもの」

「気の毒なことになっている？」

「そうなんです、昨日、弟さんが撃ち殺されたんですよ」

「弟が？」

「ええ、エーゲルトルゲ広場で。今日の新聞に出ていますよ」

彼は礼を言って電話を切った。

肩に何かが触れて、彼はくるりと振り返った。

それはその若者が何を欲しているかを説明している紙コップだった。確かにデニムのジャケットはちょっと汚れているが、髭はきれいに剃っていて、ヘアスタイルも今風で、下に着ているものもしっかりしており、目はちゃんと焦点を結んできちんと開いていた。若者は何か言おうとしたが、彼が肩をすくめてノルウェー語は話せないのだと伝えると、完璧な英語で話しかけてきた。

「おれはクリストッフェルと言います。今夜の宿賃がいるんですよ。さもないと凍死しちまいます」

マーケティングの講義で習ったような話し方だった。メッセージは簡潔に短く、自分の名前を明らかにして、感情に直接訴える緊急性を加える。笑顔とともに。

彼は首を横に振って立ち去ろうとしたが、物乞いが紙コップを持って行く手をさえぎった。

「頼みますよ、旦那さん。こんな凍りつくような恐ろしい晩に通りで寝たことはありませんか？」

「ある、実際にだ」奇妙な一瞬だった。セルビア人勢力の戦車を待ち受けて四日も水の溜まった蛸壕に潜んでいたことを彼に話しているような気がした。

「だったら、おれの頼みはわかってもらえますよね、旦那さん」

彼はゆっくりとうなずくと、ポケットから紙幣を一枚出して、クリストッフェルを見ずに渡した。「だけど、どっちにしても通りで寝るんだろ？」

クリストッフェルが紙幣をポケットにしまい、うなずいて、悪びれるでもなく言った。

「まず薬を手に入れなくちゃならないんですよ、旦那さん」

「普段はどこで寝ているんだ？」

「あそこです」ジャンキーが指をさし、彼は長くて細い人差し指の先を目でたどった。「コンテナ・ターミナルです。夏には、あそこにオペラハウスが建つそうですがね」クリストッフェルがまた破顔した。「おれはオペラが大好きなんですよ」

「この時季だからな、あそこだって結構寒いんじゃないのか？」

「今夜は救世軍の助けを借りなくちゃならないかもしれません。あそこの宿泊施設は無料なんです」

「無料？」彼は若者を観察した。身なりもそれなりにきちんとしているし、笑うときれいに並んだ真っ白な歯が見える。それなのに、腐敗臭がしている。聞き耳を立てると、無数の顎がばりばりと嚙み砕く音が、肉が内側から食い尽くされようとしている音が聞こえるようだった。

11 クロアチア人

十二月十七日（水曜日）

ハルヴォルセンは運転席に坐り、自分の前にいるベルゲン・ナンバーの車が進むのを辛抱強く待っていた。そのとき、その車のタイヤが凍った路面で激しく回転し、運転手が一気に加速した。ハリーはベアーテと携帯電話で話していた。

「それはどういうことだ？」エンジンの轟音に負けまいと、ハリーは声を張り上げた。

「あの二枚の写真ですけど、写っているのが同一人物ではないように思えるんです」ベアーテが繰り返した。

「毛糸の帽子も、レインコートも、ネッカチーフも同じなんだぞ。同一人物に決まってるだろう」

答えがなかった。

「ベアーテ？」

「顔がはっきりしていませんが、妙なところがあるんです。それが何だかはよくわかりません。明かりに関係があるのかもしれません」

「ふむ。おれたちは見込みのない追跡をしてるということか？」

「わかりません。その人物がカールセンの前にいるときの位置は、証拠と一致しています。ところで、それはいったい何の音ですか？」

「つるつるに凍った通りで踊ってるのさ。じゃあな」

「待ってください！」ハリーは待った。

「もう一つあるんです」ベアーテが言った。「ほかの写真も見たんです、その前の日の」

「それで？」

「一致する顔は見つからなかったんですが、一人、細かいところが気になる人物がいたんです。もしかしたらキャメルかもしれませんが、黄みがかったコートを着て、スカーフを……」

「ふむ。ネッカチーフってことか？」

「いえ、普通のウールのスカーフに見えますね。でも、結び方があなたがおっしゃっている人物の――あるいは、二人の人物の――ネッカチーフのそれと同じです。右手の側が立った結び方なんですよ。見てないんですか？」

「見てない」

「あんな結び方をする人は見たことがありません」ベアーテが言った。

「その写真をメールで送ってくれ、見てみるから」

オフィスへ戻ってハリーがまずやったのは、ベアーテが送ってくれた写真をプリントすることだった。

それを取りにプリントルームへ行くと、すでにグンナル・ハーゲンがそこにいた。

ハリーは会釈をし、二人は黙って立ち尽くして、灰色の機械がプリントした写真を次々と吐き出すのを見守った。

「何か新たな発見があったのか?」ハーゲンがついに訊いた。

「あるとも言えるし、ないとも言えますね」ハリーは答えた。

「メディアに張りつかれてる。あいつらに何でもいいからくれてやればいいんだがな」

「ああ、そうだ、危うく伝えるのを忘れるところでした。われわれがこの男を捜していることを彼らに教えてやりました」ハリーはプリントアウトの一枚を手に取り、ネッカチーフの男を指さした。

「何をしたって?」

「メディアに情報を流してやったんです。正確には、〈ダーグブラーデ〉ですがね」

「私に無断でか?」

「普通のことですよ、ボス。建設的情報漏洩(ろうえい)というやつです。匿名の警察筋からの情報だということにして教えてやるんです。そうすれば、新聞は自分たちが真剣に捜査の取材をしている振りができるでしょう。彼らはそれが気に入ってるんです。だから、われわれが写真を公開してくれと頼んだら、より多くのスペースを割いてくれるというわけです。そしていま、われわれは目当ての男を特定するために公衆の力を借りられるわけです。みんなが幸せになれるじゃないですか」

「私は幸せじゃないぞ、ホーレ」

「それは心底残念ですね、ボス」ハリーは言い、懸念を顔に表わして〝心底〟を強調した。

ハーゲンは上顎と下顎をそれぞれ逆方向に横に動かしながらハリーを睨んだが、ハリーはそれを見て、牛の反芻を思い出した。

「この男の何がそんなに特別なんだ？」ハーゲンがハリーからプリントアウトをひったくって訊いた。

「それはまだはっきりしていません。特別な人物は一人ではないかもしれません。ベアーテ・レンの考えでは……そう……彼らのネッカチーフの結び方が特殊なんだそうです」

「これはクラヴァット結びだ」ハーゲンがプリントアウトを見直して言った。「それが何なんだ？」

「いま何と言いました、ボス？」

「クラヴァット結び」

「それはネクタイの結び方のことですか？」

「クロアチアの結び方だ」

「はい？」

「基本的な歴史じゃないのか？」

「おれの蒙を啓いていただけるとありがたいんですが、ボス」

ハーゲンが両手を腰に当てた。「三十年戦争のことは知っているか？」

「よくは知らない、と思います」

「三十年戦争のとき、スウェーデン国王のグスタフ・アドルフはドイツへ進攻する前、規律正しいけれども小さな自分の軍に、ヨーロッパでも最精鋭と見なされる兵士たちを補充した。最精鋭と見なされる所以は、彼らがまったく恐れを知らないと考えられていたことにある。グスタフ・アドルフが雇ったのはクロアチア人傭兵だったんだ。ノルウェー語の〝クラバート〟が元々はスウェーデン語で、そもそもの意味は〝クロアト〟、つまり、〝恐れを知らない人〟だと、きみは知っていたか？」

知らなかった、とハリーは首を振った。

「クロアチア人傭兵は外国で、グスタフ・アドルフ王の軍服を着て戦わなくてはならなかったにもかかわらず、彼ら以外の兵士と区別するための印を身につけることを許された。その印が騎兵のネッカチーフで、クロアチア人傭兵はそれを独特の結び方をして身につけた。それはフランス軍に採用されて改良されたが、名前はそのまま引き継がれて、〝クラヴァット〟になった」

「それがクラヴァット、ですか」

「そういうことだ」

「ありがとうございました、ボス」ハリーはプリントアウトの最後の一枚をペーパー・トレイから手に取り、ベアーテが特定した男のネッカチーフを検めた。「あなたのおかげで、たったいま手掛かりが見つかったかもしれません」

「お互いに礼は無用だ、ホーレ。仕事をしているだけなんだからな」ハーゲンが残りのプリントアウトを取ると、そっくり返って出ていった。


オフィスへ飛び込んできたハリーを、ハルヴォルセンは顔を上げて凝視した。

「手掛かりが出てきたぞ」ハリーが言うのを聞いて、ハルヴォルセンはため息をついた。この言葉は大量の仕事をしなくてはならず、徒労に終わる場合が多いことを意味していた。

「欧州刑事警察機構(ユーロポール)のアレックスに電話する」ハリーが言った。

ユーロポールが国際刑事警察機構(インターポール)の妹分で、一九九八年にマドリードで起こったテロ攻撃のあと、欧州連合(EU)が国際的テロと組織犯罪対策に特化して設立した、ハーグに本部を置く警察機関であることは、ハルヴォルセンも知っていた。知らないのは、ノルウェーはEU加盟国ではないのに、このアレックスなる人物がハリーに力を貸すのを厭わない理由だった。しかも、たびたび。

「アレックスか？　オスロのハリーだ。ちょっと調べてもらいたいことがあるんだが、頼めるかな？」ハルヴォルセンが聞いていると、ハリーはぎくしゃくしているけれども無駄のない英語で、過去十年間のヨーロッパで国際的犯罪者と疑われている人物が犯した犯罪をデータベースで調べてほしいと頼んでいた。検索のためのキイワードは〝契約殺人〟と〝クロアチア人〟。

「このまま待ってるから」ハリーは実際に待っていたが、やがて、驚きの声を上げた。「そんなに多いのか？」そして顎を掻いたあとで、〝拳銃〟と〝九ミリ〟を付け加えて調べてくれるようアレックスに頼み直した。

「二十三件だって、アレックス？　クロアチア人が犯したと思われる殺人事件が二十三件もあるのか？　くそ！　そりゃ、戦争がプロの殺し屋を作り出してることはおれだって知ってるが、それにしてもだ。〝スカンジナヴィア〟でやってみてくれ。一件もない？　よし、名前は出てないか、アレックス？　ない？　ちょっと待っててくれ」

いくつかの時宜を得た言葉を期待するかのようにハリーがハルヴォルセンを見たが、ハルヴォルセンは肩をすくめただけだった。

「よし、アレックス」ハリーが言った。「これが最後だ」

ハリーは〝赤いネッカチーフ〟あるいは〝スカーフ〟を付け加えて調べてほしいと頼み、電話の向こうでアレックスが笑うのがハルヴォルセンにも聞こえた。

「感謝する、アレックス。また電話するよ」ハリーは受話器を置いた。

「どうでした？」ハルヴォルセンは訊いた。「手掛かりは煙になって消えてしまったとか？」

ハリーがうなずいた。彼は椅子に沈み込んで背もたれを傾がせていたが、はっとした様子で背筋を伸ばした。「新しい線を考えなくちゃならん。何が手に入ってる？　何もない？　結構じゃないか――おれは白紙が大好きなんだ」

ハルヴォルセンはハリーのかつての言葉を思い出した――優秀な刑事と凡庸な刑事の違いは忘れる能力があるかどうかだ。優秀な刑事は自分の勘が外れたときをすべて忘れるし、自分が信じていた手掛かりが役に立たないとわかったらすべて忘れてしまう。そして、衰えを知らない熱意を持って、過去に拘泥せず、もう一度まっさらな状態から再開する。

電話が鳴った。ハリーが受話器をひったくった。「ハリ――」しかし、電話の向こうの声がすでに滔々（とうとう）と話しはじめていた。

ハリーが机の向こうで上半身を起こし、受話器を握っている拳が白くなるのがハルヴォルセンにもわかった。

「待ってくれ、アレックス。いま、ハルヴォルセンにメモを取らせるから」

ハリーが送話口を手で塞いで、ハルヴォルセンに言った。「アレックスのやつ、おれたちに最後のお楽しみをやらせてやろうと頑張ってくれたぞ。〝クロアチア人〟や〝九ミリ〟、そのほかのキイワードを外して、〝赤いスカーフ〟だけで検索したら、二〇〇〇年と二〇〇一年にザグレブ、二〇〇二年にミュンヘン、二〇〇三年にパリが出てきたんだ」

ハリーは電話に戻った。「その男だ、アレックス。いや、確証はないが、おれの勘がそう言ってるんだ。それにおれの頭も、クロアチアでの二件の殺人は偶然ではないと言ってる。ほかにハルヴォルセンが書き留められるような情報はあるか？」

ハルヴォルセンが見ていると、ハリーが仰天して息を呑んだ。

「〝人相風体不明〟とはどういうことだ？　スカーフを憶えているんなら、ほかの部分だって見ていないはずはないだろう。何？　中背？　それだけか？」

　ハリーが受話器に耳を当てたまま首を振った。

「何て言ってるんです？」ハルヴォルセンは小声で訊いた。

「それぞれの供述に大きな食い違いがあるんだそうだ」ハリーも小声で答えた。ハルヴォルセンは書き留めた――〝食い違い〟。

「わかった、すごいな――詳細はメールで送ってくれ。ともかく、とりあえず礼を言うよ、アレックス。ほかに何か、たとえば怪しいやつとか、そんなのが見つかったらすぐに電話をくれ、いいな？　何？　はは。いいだろう、おれと女房のコピーを送ってやるよ」

　ハリーが受話器を置き、ハルヴォルセンの怪訝な視線に気づいて言った。

「古い冗談だよ。アレックスのやつ、スカンジナヴィアのカップルは例外なく自分たちのポルノ・フィルムを作ると信じてるんだ」

　ハリーは別の番号をダイヤルして相手が出るのを待っていたが、依然としてハルヴォルセンに見られていることに気づいてため息をついた。「おれは結婚したことがないんだ、ハルヴォルセン」

　コーヒーメーカーが立てる、よほど肺の状態が悪い病人のような喘鳴に負けないよう、マグヌス・スカッレは声を張り上げなくてはならなかった。「これまでに知られていない、赤いスカーフを制服のようなものとして身につけている悪党の一味がいて、そこに大勢の殺し屋がいるのかもしれませんよ」

「馬鹿馬鹿しい」自分もコーヒーを飲もうとスカッレの後ろに並びながら、トーリル・リーが物憂げに言った。彼女が手にしている空のマグには、〝世界一のママ〟とロゴが入っていた。

オーラ・リーが小さく笑った。彼は刑事部と風俗部のカフェテリア代わりになっている、キチネットの内側のテーブルのそばに坐っていた。

「馬鹿馬鹿しい？」スカッレが反論した。「テロの可能性だってあるんじゃないですか？キリスト教徒に対する聖戦とか？　そうだったら、大変ですよ。あるいは、〈剣(ロス・ダゴス)〉かもしれない。あいつら、赤いスカーフを巻いてますよね？」

「彼ら(バスクス)なら〝スペイン人(スパニアーズ)〟と呼ばれたがっているわ」トーリル・リーが言った。

「バスク人だ」テーブルを挟んでオーラ・リーの向かいに坐っているハルヴォルセンが言った。

「え？」

「牛追い祭、パンプローナのサン・フェルミン祭、バスク地方」

「〈バスク祖国と自由(ETA)〉だ！」スカッレが叫んだ。「くそ――どうしてもっと早く思いつかなかったんだ？」

「あなた、映画の台本を書くほうが向いてるんじゃないの？」トーリル・リーが言った。オーラ・リーはいまや声を上げて笑っていたが、いつものとおり、何も言わなかった。

「あんたたち二人はロヒプノールでおかしくなった銀行強盗を専門にしてるほうが向いてるんじゃないか？」スカッレがつぶやいた。トーリル・リーとオーラ・リーは夫婦でもなく親戚でもなかったが、ともに強盗部の出身だったから、彼はそれを引き合いに出したのだった。

「些細なことに過ぎませんが、テロリストは自分たちがやったと犯行声明を出す傾向がありますハルヴォルセンが言った。「われわれがユーロポールから受け取った四件についてはほんのわずかなことがわかっただけで、それ以降はなしのつぶてです。それに、その四人の被害者は総じて殺される理由があった。ザグレブの二人の被害者はセルビア人で、戦争犯罪を問われて無罪になっていた。ミュンヘンの被害者は、地元の人身売買の大物の支配権を脅かしていた。パリの被害者は二件の前科がある小児性愛者だった」

ハリー・ホーレがマグを手にしてふらりと入ってきた。スカッレ、リーとリーは、それぞれにコーヒーをカップに注ぐと、腰を下ろすことなく、さりげなく出ていった。同僚がハリーを避ける傾向があることに、ハルヴォルセンは気づいていた。彼は腰を下ろした警部を見て、その額に問題が生じたことを示す皺が刻まれていることに気づいた。

「間もなく二十四時間ですよ」ハルヴォルセンは言った。

「そうだな」ハリーが空のままのマグを見つめて応えた。

「何か問題でも？」

一拍あって、ハリーが言った。「わからん。ベルゲンのビャルネ・メッレルに電話したんだ。何か建設的な考えを手に入れられるんじゃないかと思ってな」

「彼は何と？」

「大したことは言わなかった。が、あの口振りは……」ハリーは言葉を探した。「寂しそうだったな」

「家族は一緒じゃないんですか？」

「いずれ合流することになっているようだな」

「トラブルですか？」

「わからん。何もわからない」

「だったら、何を気にしているんです？」

「酔ってたんだ」

ハルヴォルセンはマグを取り落としそうになり、コーヒーがこぼれた。「メッレルが？　仕事中に飲んでる？　冗談でしょう」

ハリーは答えなかった。

「体調がよくないとか、そんなところだったのかもしれませんよ？」ハルヴォルセンは付け加えた。

「おれには酔っている男の話し方がわかるんだ、ハルヴォルセン。ベルゲンへ行かなくちゃならん」

「いまですか？　あなたは殺人事件の捜査の指揮を執っているんですよ、ハリー」

「一日で戻ってくる。そのあいだの留守を頼むぞ」

ハルヴォルセンは微笑した。「あなた、年を取りはじめてませんか、ハリー?」

「年を取る?　どういう意味だ?」

「年を取って、人間らしくなってるってことですよ。あなたが死んだ人間より生きている人間を優先するのを初めて聞きました」

ハリーの顔を見た瞬間、ハルヴォルセンは後悔するしかなかった。「いや、おれの言った意味は……」

「いいんだ」ハリーが立ち上がった。「この数日のすべてのクロアチア発着便の乗客リストを手に入れてくれ。その申請を検察官にしてもらう必要があるかどうか、ガルデモン空港警察に問い合わせるんだ。裁判所の命令がいるようなら、裁判所へ急行して、その場で令状を作ってもらえ。乗客リストが手に入ったら、ユーロポールのアレックスに電話をして、その名前を調べてもらうんだ。おれがそう頼んでると伝えろ」

「本当に力になってもらえるんですね?」

ハリーがうなずいた。「そのあいだに、おれとベアーテはヨーン・カールセンと話をしに行く」

「はい?」

「これまでのところでわれわれが聞いているのは、ロベルト・カールセンは純粋にいいやつだったたって話ばかりだ。だが、おれはそれ以上の何かがあると睨んでる」

「どうしておれを連れていってくれないんです?」

「なぜなら、ベアーテはおまえと違って、相手が嘘をついているときにはそうとわかるからだ」

彼は一つ息をしてから、〈ビスケット〉というレストランの階段を上りはじめた。

昨夜と違うのは、周囲にほとんど人がいないところだった。が、同じウェイターがダイニングルームへつづくドアに寄りかかっていた。ギオルギを思わせるカールした髪と青い目を持った、あのウェイターだった。

「いらっしゃいませ」ウェイターが言った。「あなただとはわかりませんでした」

それはわかられていたということだと気づいて面食らい、彼は思わず二度、瞬きをした。

「でも、そのコートはわかりましたよ」ウェイターが言った。「すごくいいじゃないですか。キャメルですか？」

「そうならいいんだがね」彼は笑みを浮かべて口ごもった。

ウェイターが笑い、彼の腕に手を置いた。彼は相手の目に恐れの痕跡がないのを見て取り、不審に思われてはいないのだと結論した。そして、それは警察がまだここへきておらず、拳銃も発見されていないことを意味しているのを願った。

「食事をしたいわけではないんだ」彼は言った。「洗面所を使わせてもらいたいだけなんだがね」

「洗面所を？」ウェイターが繰り返した。青い目が自分の目を探るように見ているのが、彼にもわかった。「洗面所を使うためにここへ見えたんですか？　本当ですか？」

「急いでいて」彼は唾を呑んだ。ウェイターのせいで落ち着かなくなっていた。

「急いでいて」ウェイターが繰り返した。「なるほど」

男性用洗面所はだれもおらず、石鹼の匂いがした。が、自由の匂いではなかった。液体石鹼のディスペンサーの蓋を開けると、石鹼の匂いはさらに強くなった。彼は袖をまくり上げ、冷たい緑の粘液のなかに手を差し込んだ。一瞬、ある不安が頭をよぎった――ディスペンサーが交換されているのではないか。が、手に触れるものがあった。ゆっくりとそれを引き上げた。緑の液体が白い陶器の洗面台に細長く垂れた。ゆすいだあとで少し油をくれてやれば、拳銃は大丈夫のはずだった。弾倉にはいまも六発の銃弾が収まっていた。急いで拳銃をゆすぎ、コートのポケットにしまおうとしたとき、ドアが開いた。

「どうも」ウェイターが満面に笑みをたたえてささやいたが、その笑みは拳銃を見た瞬間に強ばった。

彼はそれをポケットに滑り込ませると、失礼とつぶやいて、狭い入口に立っているウェイターの脇を無理矢理に擦り抜けようとした。早い息遣いが顔にかかり、勃起しているウェイターのペニスが腿に触れた。

ふたたび冷たい外に出て、初めて心臓を意識した。それは早鐘を打っていた。まるで怯えていたかのようだった。血が全身を巡りはじめ、温かく、楽になった。

ハリーがイェーテボルグ通りに着いたとき、ヨーン・カールセンは出かけようとしているところだった。

「遅くありませんか？」ヨーンが困惑顔で時計を一瞥した。

「私がちょっと早いんです」ハリーは言った。「もうすぐ同僚がくるはずです」

「牛乳を買う時間はありますか？」ヨーンは薄い上衣を着て、髪を撫でつけていた。

「もちろんです」

　通りの反対側の角に店があり、ヨーンが低脂肪牛乳の一クォート・パックを買う小銭をまさぐっているあいだ、ハリーはトイレット・ペーパーとシリアルの箱のあいだに並べて売られている豪華なクリスマス飾りのセットを観察した。二人とも何も言わなかったが、レジの脇では新聞各紙がエーゲルトルゲ広場の殺人について太い大文字で叫んでいた。〈ダーグブラーデ〉の一面はヴェードローグの撮った粒子の粗いぼんやりとした群衆の写真を載せ、スカーフを巻いた人物の顔を円く囲って、〝警察、この人物を追跡〟と見出しを打っていた。

　店を出ると、ヨーンは七十代とおぼしき赤毛で山羊鬚（やぎひげ）の物乞いの前で足を止めた。そして、時間をかけてポケットを探り、茶色の紙コップに入れてやることのできるものを見つけた。

「大したもてなしはできませんよ」ヨーンがハリーに言った。「実を言うと、コーヒーをパーコレーターで保温してはあるんですが、かなり時間が経っていて、たぶんタールのような味がするんじゃないでしょうか」

「それはいい――そういうコーヒーが好きなんです」

「あなたもですか？」ヨーン・カールセンが薄い笑みを浮かべた。「痛い！」彼は頭に手を当てて物乞いを見ると、驚きを顔に表わして訊いた。「どうしてぼくに金を投げつけるんだ？」

物乞いが鬚のなかで腹立たしげに鼻を鳴らし、はっきりした声で叫んだ。「受け付けているのは法定貨幣だけなんだ、悪いな！」

ヨーン・カールセンのアパートはテア・ニルセンのそれと同じだった。きれいにしてあって片づいていたが、内装や調度は間違いなく独身者のものだった。ハリーはとりあえず三つの仮定を思いついた。古いけれどもよく手入れされている家具は自分と同じところ、すなわちウッレヴォール通りの中古品店〈エレベーター〉で買ったものだろう。居間に貼ってあるのがポスター一枚であるところからして、ヨーンは美術展愛好者ではないらしい。食事はキチネットのそのための場所より、テレビの前のロウ・テーブルで背中を丸めてとることが多いようだ。ほとんど空の本棚の上に、救世軍の軍服を着て、威厳を漂わせながら宙を見ている男の写真が飾ってあった。

「お父上ですか？」ハリーは訊いた。

「そうです」ヨーンがキッチンの食器棚からマグ・カップを二つ出し、茶色に汚れたポットからコーヒーを注ぎながら答えた。

「あなたとそっくりだ」

「ありがとうございます」ヨーンが言った。「それが本当ならいいんですけど」そして、二つのマグ・カップをコーヒー・テーブル上の開けたばかりの牛乳パックの隣りに置いた。ハリーはロベルトの死を両親はどう受け取ったかを訊こうと考えていたのだが、作戦を変更した。

「まずは」ハリーは言った。「弟さんが殺されたのはだれかに何かをしたからだ、という仮定から始めましょうか。だれかを騙した、だれかに借金があった、だれかを侮辱した、だれかを脅していた、だれかを傷つけた、などなどです。弟さんは〝いいやつ〟だったと、全員が口を揃えて言っています。が、殺人事件でそういう評判が聞こえてくるのは珍しいことではないんです。人々はいい面を強調する傾向があるんですよ。だけど、われわれのほとんどは暗い面を持っていますからね。そうですよね？」

ヨーンがうなずいたが、それが同意を示したものなのか、あるいはそうでないのか、ハリーは判定できなかった。

「われわれに必要なのは、ロベルトの暗い面に光を当てることなんです」

何を言っているのかわからないといった様子で、ヨーンがハリーを見つめた。

ハリーは咳払いをした。「では、金から始めましょう。ロベルトは経済的な問題を抱えていましたか？」

ヨーンが肩をすくめた。「その質問に対する返事はノーであり、イエスです。あいつは特に贅沢な暮らしをしていたわけではありませんからね、あなたのおっしゃっている意味がそういうことであるなら、大きな借金を背負っていたとは、私には想像できません。金が必要なときは、たいてい私から借りていたと思います。借りるというのは、つまり……」ヨーンが哀しげな笑みを浮かべた。

「そういうときの金額はどのぐらいだったんでしょう」

「大きな額ではありません。ただし、この秋を除いてですが」

「そのときはどのぐらいの額でしたか?」

「ええと……三万クローネでした」

「目的は?」

ヨーンが頭を掻いた。「ある計画があるんだと言っていましたが、詳しいことは教えてくれず、外国へ行く必要があると言っただけです。いずれわかるから、とね。そう、私にしてみればずいぶんな大金ですが、まあ、私は車もないし、金のかからない暮らしをしていますからね。でも、あのときの弟はとても熱がこもっていました。何をしようとしているのか興味をそそられたんですが、そうしたら……その……今度のことが起こったんです」

ハリーはメモを取った。「ふむ。ロベルトのもっと暗い面についてはどうでしょう、人としての?」

ハリーは待った。コーヒー・テーブルを観察し、静寂という真空を作り出しながら考えさせた。その真空には、遅かれ早かれ必ず何かを誘い出す効果があった。嘘、必死の言い逃れ、あるいは、最高にうまくいった場合には真実を。

「若いころのロベルトは……」ヨーンがようやく口を開き、ふたたび閉ざした。ハリーは身じろぎもせずに黙っていた。

「……抑制が欠けていました」

　ハリーはうなずいたが、顔は上げなかった。静寂という真空の効果を阻害することなく、先をつづけるよう促したのである。

「弟はどんな大人になるんだろうと、私は恐れていました。ひどく暴力的だったんです。一つの身体のなかに二人の人間がいるようでした。一方は冷静で、自制的で、探求心があるタイプで……何と言えばいいか……反応とか感覚について好奇心を持っていました。もしかすると、苦痛についてもそうだったかもしれません。そういうようなことについてです」

「何か具体的な例を挙げてもらうことはできますか？」ハリーは訊いた。

　ヨーンが唾を呑んだ。「一度、私が家に帰ると、地下の洗濯室で面白いものを見せてやると弟が言ったんです。ついていくと、以前父親がグッピーを飼っていてもう使われていなかった小さな水槽にうちの飼い猫が入れられ、庭仕事用のホースの先が突っ込まれて、その上から木の蓋がしてありました。そのとき、弟がホースをつないだ蛇口を全開にしたんです。すべてがあまりにあっという間のことで、水槽は瞬く間にほとんど水が溢れんばかりになり、私はすんでのところで蓋を開けて猫を助け出しました。猫がどんな反応をするかを見たかったんだと弟は言いましたが、彼が観察していたのは実は私の反応ではなかったのかと、いまでもときどき考えることがあるんです」

「ふむ。弟さんにそんな一面があるのだとしたら、だれもそういう部分に言及しないのは妙ですね」

「ロベルトのそういう側面を知っている人は多くありませんからね。それは一部分、私のせいでもあるのかもしれません。まだ小さいときから、私はロベルトが本当に厄介なことに巻き込まれないよう見ているからと、父親に約束しなくてはなりませんでした。そして、全力を尽くしました。いまも言ったとおり、ロベルトは抑制できないわけではありませんでした。同時に熱くも冷たくもなれるんです、おわかりになりますか？　というわけで、ロベルトのそういう……もう一つの側面を知っているのはよほど近しい者だけなんです。それから、ときどき蛙を玩具にすることがありました」ヨーンが微笑した。「ヘリウムガスの風船にくくりつけて空中に飛ばすんです。あるとき、父親に咎められると、蛙は可哀相だ、だって、鳥の目を持てないんだから、と答えたんです。私は……」ヨーンが宙を見つめ、ハリーはその目が濡れていることに気がついた。「私は思わず笑ってしまいました。父親は激怒しましたが、私は笑いをこらえることができませんでした。ロベルトはそんなふうにして私を笑わせることができたんです」

「ふむ。弟さんは大人になってからはそういうことをしなくなった？」

ヨーンが肩をすくめた。「正直なところ、ロベルトが近年何をしていたのか、詳しく知っているわけではないんです。両親がタイへ行ってしまってからは、お互いに疎遠になってしまいましたから」

「それはなぜ？」

「どんな兄弟でもありがちなことでしょう。特に理由はいらないんじゃないですか」

ハリーは応えず、ただ待った。建物の入口でドアの閉まる大きな音が聞こえた。

「女の子とのことがいくつかあったんです」ヨーンが言った。

遠くで救急車のサイレンが鳴り、エレベーターの金属的な低い唸りが聞こえた。ヨーンがため息をついた。「若い女の子です」

「どのぐらい若いんです？」

「わかりません。ロベルトが嘘をついていなければ、ずいぶん若い女の子です」

「どうして弟さんが嘘をつくんです？」

「言ったでしょう、私の反応を見たかったからじゃないですか？」

ハリーは立ち上がると、窓際へ行った。男が一人、ソフィーエンベルグ公園の、子供が白い紙に茶色で描いたような蛇行する小径をぶらぶらと歩いていた。教会の北側にユダヤ人コミュニティだけのための墓地があった。心理学者のストーレ・アウネが教えてくれたのだが、何世紀か前は、この公園全体が墓地だったらしい。

「弟さんがそういう女の子のだれかに暴力を振るったということですか？」ハリーは訊いた。

「違います！」ヨーンの強い否定が剝き出しの壁に反響した。ハリーは何も言わなかった。男はいまや公園を出て、ヘルゲセンス通りをこの建物のほうへと渡ってきていた。

「私が知る限りでは、そういうことはありませんでした」ヨーンが言った。「暴力を振るったと仮に弟が言ったとしても、私は信じなかったでしょう」

「そういう女の子をどなたかご存じですか？」

「いいえ。そもそもだれとも長続きしなかったんです。実を言うと、弟が本気だったのは、私が知っている女の子一人だけでした」

「ほう？」

「テア・ニルセンです。子供のころ、弟は彼女に夢中でした」

「あなたのガールフレンドの？」

ヨーンが物思わしげにマグ・カップを見つめた。「弟がその女の子を自分のものにすると決めたのであれば私なら諦めることができると、あなたはそう考えるんじゃないですか？どうしてこんなことを思うのか、自分にもわからないんですがね」

「それで？」

「私にわかるのは、これまでに出会ったなかで、テアは飛び抜けて素敵な人だということだけです」エレベーターの唸りが不意に止んだ。

「弟さんはあなたとテアのことを知っていたんですか？」

「弟は私とテアが何度か会ったことを突き止めましたからね、疑いは持ったでしょう。でも、テアも私も自分たちのことは秘密にしておこうとしていました」

ドアにノックがあった。

「私の同僚のベアーテでしょう」ハリーは言った。「私が出ます」

ハリーは手帳を伏せると、横にペンを置き、何歩か離れているだけの玄関へ行った。ドアが内側に開くことに気づくのに何秒かかかった。そこにあった顔に驚きが浮かび、ハリーも同じぐらい驚いて、二人は一瞬顔を見合わせたまま立ち尽くした。ハリーは甘い匂いに気がついた。そこにいる人物は香りの強い消臭剤でも使っているかのようだった。

「ヨーンは？」男がためらいがちに訊いた。

「いますよ」ハリーは答えた。「失礼――てっきり待ち人現わるだと思ったもので。ちょっと待ってください」

ハリーはソファに戻った。「あなたのお客さんでした」

柔らかいクッションに勢いよく腰を落とした瞬間、たったいま、この数秒のあいだに何かがあったような気がした。ペンはいまも手帳の横にそのまま置かれていて、触った様子はない。が、何かがあった。頭脳は何かを感知していたが、それが何であるかがわからなかった。

「こんばんは」背後からヨーンの声が聞こえてきた。丁重で、他人行儀で、抑揚がはっきりしていて、見知らぬだれかへの、あるいは用向きがわからないときの、挨拶の仕方だった。また、それが頭をもたげた。何かがあった、何かが気になった。いま玄関にいる人物についての何かだ。あの男はヨーンのことを訊いたとき、彼のファーストネームを使った。だが、ヨーンのほうはその人物を知らないらしい。

「どんなメッセージでしょう？」ヨーンが言った。

そのとき、〝何か〟の正体がわかった。首だ。あの男は首に何かを巻いていた。ネッカチーフだ。しかも、クラヴァット結びだった。ハリーは思わず力任せにコーヒー・テーブルに両手を突き、その勢いでマグ・カップを宙に飛ばしながら立ち上がりざまに叫んだ。「ドアを閉めろ！」

しかし、ヨーンはまるで催眠術にでもかかっているかのように玄関の外を見つめたまま、何かを聞こうと首を差し伸ばすようにしていた。

ハリーは一歩下がるとソファを飛び越え、玄関へ突進した。

「やめて――」ヨーンが言った。

ハリーは狙いを定めて飛びかかった。そのとき、すべてが停止したように思われた。憶えのある経験だった。アドレナリンが噴き出し、時間の感覚が変わる。水のなかで動いているかのようだった。間に合わないことはわかっていた。右肩がドアにぶつかり、左肩がヨーンの尻に当たった。火薬が爆発し、弾丸が銃を離れる音波が鼓膜を打った。

そして、銃声が聞こえ、銃弾が飛来した。ドアが音を立てて閉まり、ロックされた。ヨーンが食器棚とユニット式キッチンに叩きつけられた。ハリーが横に転がって顔を上げると、ドアの取っ手が押し下げられているところなのがわかった。

「くそ」ハリーは小声で吐き捨て、膝立ちになった。ドアが二度、激しく震えた。

ハリーはヨーンのベルトをつかむと、寄木張りの床の上を寝室まで、ぐったりした彼を引きずっていった。

外からドアを引っ掻く音が聞こえ、また銃声がした。ドアの真ん中が弾け飛び、ソファのクッションの一つが跳ねて、灰黒色の水鳥の羽根が一本の柱のようになって天井まで噴き上げられ、牛乳パックがゴボゴボ音を立て始めた。

九ミリの弾丸の破壊力をおれは過小評価していたぞと思いながら、ハリーはヨーンを仰向けに横たえた。血が一滴、額の傷から滴った。

三度目の銃声が響き、ガラスの割れる音がした。

ハリーはポケットから携帯電話を出し、ベアーテの番号を打ち込んだ。

「わかってます――わかってますから急かさないでください。いま、そっちへ向かっているところです」最初の呼出し音でベアーテが応えた。「もうすぐそこまで――」

「よく聞くんだ」ハリーはさえぎった。「無線でパトカーを全部ここへ呼んでくれ。サイレンを鳴らして急行させるんだ。だれかがアパートの外からおれたちを銃撃してる。だから、とりあえずは近づくな。わかったな？」

「わかりました。このまま電話を切らずにいてください」

ハリーは自分の前の床に携帯電話を置いた。壁を引っ掻くような音が聞こえた。本当に壁を引っ掻く音か？　ハリーは坐ったまま動かないでいた。引っ掻く音が近づいてきた。一体どんな壁なんだ？　頑丈な玄関のドアを貫通できる弾丸なら、間柱で支えられているだけの石膏板とファイバーグラスの壁を撃ち抜くのなんか造作もないはずだ。音はさらに近くなり、止まった。ハリーは息を止めた。そのとき、それが聞こえた――ヨーンが息をしていた。

そして、さまざまな音が入り混じった街の騒音のなかで一つの音がとりわけ大きくなり、ハリーにはそれが耳に心地いい音楽のように聞こえた。パトカーのサイレン、しかも二台。

ハリーは引っ掻く音に耳を澄ませた。聞こえなかった。早く逃げてしまえ、とハリーは祈った。とっとと失せろ。そして、それが聞こえた。足音が廊下を遠ざかり、階段を下りようとしていた。

ハリーは仰向けになって天井を見つめた。ドアの下から空気が流れ込んでいた。目を閉じた。十九年。くそ。定年退職できるまであと十九年か。

12　病院と廃墟

十二月十七日（水曜日）

背後の通りに一台のパトカーが入ってくるのが店のウィンドウに映った。彼はそれを見て、走り出したいのを何とかこらえて歩きつづけた。何分か前は走っていた。ヨーン・カールセンのアパートの階段を駆け下り、舗道へ飛び出して、携帯電話を手にしている若い女性と危うく衝突しそうになりながら公園を西へ、いまいる人通りの多い通りへと突っ走ったのだった。

パトカーは彼と同じ速度で動いていた。彼はドアを見つけてそれを開けた。映画のなかに入り込んだような気がした。キャデラック、ループ・タイ、そして、若いエルヴィス。アメリカ映画。スピーカーから流れ出ている音楽は三倍速でかけられている昔のカントリー・ミュージックらしく、バーテンダーのスーツはＬＰレコードのジャケットからそのまま取り出したように見えた。

びっくりするほど人が多いわりに狭いカウンターを見渡していると、バーテンダーが自分に話しかけていることに気がついた。

「失礼、何だろう?」

「何か一杯作りますか、サー?」

「もちろんだ、何がある?」

「そうですね、スロー・カンファタブル・スクリューあたりか、お客さんなら、オークニー諸島のスコッチウィスキーなんかいいんじゃないですか」

「では、それをもらおう」

パトカーのサイレンが近づいてきて、また遠ざかった。店内のあまりの暑さに、いまや毛穴から汗が噴き出していた。彼はネッカチーフを乱暴に外すと、コートのポケットに突っ込んだ。煙草の煙がありがたかった。コートのポケットの拳銃の臭いをごまかしてくれる。

飲み物を受け取り、壁際の窓に面した席を見つけた。

あの部屋にいた男は何者だろう? ヨーン・カールセンの友人か? 親戚か? それとも、あのアパートをカールセンと共有しているだれかか? 彼はウィスキーに口をつけた。病院と廃墟の味がした。それにしても、なぜこんな愚かな自問をする? おれのしようとしたことをあんなふうに反射的に邪魔できるのは警官だけだ。あんなに早く助けを呼べるのも警官だけだ。あいつらはおれがだれを狙っていたかをもう知っているんだ。だとすれば、仕事はもっと難しくなる。撤退を考えなくてはならない。彼はもう一口飲んだ。

あの警察官はおれのキャメルのコートを見ている。

彼は洗面所へ行き、拳銃、ネッカチーフ、パスポートを上衣のポケットに移すと、コートを洗面台の下のごみ箱に突っ込んだ。外へ出て、両手を擦り合わせ、寒さに震えながら通りの左右をうかがった。

最後の仕事、最も大事な仕事、すべてがかかっている仕事。

慌てるな、と彼は自分に言い聞かせた。おれの正体はまだばれていない。最初へ戻るんだ。建設的に考えろ。

それでも、どうにもあの疑問が頭から離れなかった。アパートにいたのはだれなんだ？

「わかりません」ハリーは言った。「わかっているのは、あの男がロベルトを殺したのと同一人物かもしれないということだけです」

彼は両脚を折り曲げて引っ込め、狭い通路を看護師が空のベッドを押して通れるようにしてやった。

「かも――かもしれない？」テア・ニルセンの舌が一瞬もつれた。「それはほかにもいるかもしれないということですか？」そして、椅子から落ちるのを怖がっているかのように木の座面をしっかりと握り締めて、わずかに前に身を乗り出した。

ベアーテ・レンが横から身体を傾けて、テアの膝に宥めるように手を置いた。「まだそれはわからないんです。何より重要なのは、大事にならずにすんだことです。脳震盪（のうしんとう）にすぎない、それだけだ、というのがお医者さまの診断ですからね」

「脳震盪は私のせいなんです」ハリーは言った。「キッチンの角に頭をぶつけさせてしまいましたからね。額の小さな傷もそのときにできたんです。銃弾は逸れたんです。壁に食い込んでいるのが見つかりました。二発目は牛乳パックのなかにありました。ちょっと想像してみてください、牛乳パックのなかですよ。三発目はキッチンの食器棚の干し葡萄と……」

ベアーテがハリーを目顔で諫めた。いまのテアは弾道特性にほとんど関心はないのだと言おうとしているのだろう、とハリーは推測した。

「それはまあいいでしょう。ヨーンは大丈夫ですが、ちょっとのあいだ意識を失っていましたからね、しばらくは医師の観察下にいてもらうことになります」

「わかりました。いま、会えますか？」

「もちろんです」ベアーテが言った。「でも、その前にこれらの写真をちょっと見てもらえませんか？　このなかに、以前に会ったことのある人物がいたら教えてください」そして、フォルダーから三枚の写真を取り出し、テアに渡した。エーゲルトルゲ広場の写真が大きく引き伸ばされていて、そこに写っている顔は白黒の点のモザイクのように見えた。

テアが首を横に振った。「これでは無理です。みんな同じ顔にしか見えません」

「それは私も同様なんですが」ハリーは言った。「ベアーテは顔の識別の専門家で、これは二人の異なる人物だと言っているんです」

「〝言って〟はいません、〝そう考えて〟いるんです」ベアーテが訂正した。「それに、わたしはイェーテボルグ通りの建物から飛び出してきた犯人に危うくぶつかられそうになっているんです。わたしにはこの写真のなかのだれのようにも見えませんでした」

ハリーはびっくりした。この種類のことについて、ベアーテが疑いを口にするのはこれまで聞いたことがなかったからだった。

「何てこと」テアがささやいた。「本当は何人いると考えておられるんですか？」

「心配はいりません」ハリーは言った。「ヨーンの病室の前に監視を立てます」

「何ですって？」テアが目を丸くしてハリーを見つめた。ウッレヴォール病院でヨーンに危険が及ぶ可能性をいままで思ってもいなかったんだ、とハリーは気がついた。驚きだな。

「さあ――彼の様子を見にいきましょう」ベアーテが友好的な口調で促した。そうだな、とハリーは内心で同意した。そして、〝人員配置〟の構想はこの愚か者にここでじっくり考えさせればいい。

そのとき、廊下の突き当たりからだれかが走ってくる足音が聞こえて、ハリーはそのほうを見た。

ハルヴォルセンが患者、面会人、看護師といった騒々しい邪魔者のあいだを縫うようにして走ってきた。そして、ハリーの前で足を止め、息を切らしながら、一枚の紙を差し出した。むらのある黒い文字とてかてかした紙質から、それが刑事部のファクスから出てきたものだとわかった。

「乗客リストの一ページです。あなたに電話したんですが――」

「ここでは携帯電話の電源を切っておかなくちゃならないんだ」ハリーは言った。「何か面白いことが出てきたか?」

「乗客リストは問題なく手に入り、それをアレックスにメールで送って、すぐに作業にかかってもらいました。小さな前科がある者が何人かいましたが、疑うような材料はありませんでした。ただ、ちょっと妙なことが一つあって……」

「何だ?」

「乗客のなかに一人、二日前に安い往復航空券でオスロへきて、本来なら昨日発つはずだったけれども今日まで出発が延びた便で帰ることになっていた男がいるんです。クリスト・スタンキッチというんですが、今日、その便に乗っていないんです。それがなぜ妙かというと、その男の航空券は安いということがあって、ほかの便に振り替えが利かないからなんです。乗客リストによればクロアチア国籍だったんで、アレックスに頼んで、クロアチアの国籍登録局を調べてもらったんです。現時点ではクロアチアはEUの加盟国ではありませんが、何とかして仲間に加えてもらおうと必死ですからね、とても協力的なんですよ、ただし——」

「要点を言え、ハルヴォルセン」

「クリスト・スタンキッチは存在しないんです」

「面白いじゃないか」ハリーは顎を掻いた。「まあ、そのスタンキッチはおれたちが追ってる事件と関係がないかもしれないがな」

「そうですね」

ハリーは乗客リストの名前を検めた。クリスト・スタンキッチ。ただの名前だ。だが、チェックインのときに航空会社に見せなくてはならないパスポートにはその名前が書かれていたに違いない。なぜなら、乗客リストに載っているのだから。ホテルで見せるのも同じパスポートのはずだ。

「オスロのホテル全部の宿泊客リストを調べたい」ハリーは言った。「この二日の宿泊客のなかに、クリスト・スタンキッチの名前があるかどうか見てみよう」

「すぐに手に入れます」

ハリーは背筋を伸ばし、ハルヴォルセンにうなずいた。ハルヴォルセンと組んだことを喜んでいることが伝わってくれるよう願いながら。

「おれは心理学者に会いに行く」ハリーは言った。

心理学者のストーレ・アウネはスポールヴェイ通りと呼ばれる一画に診療所を構えていた。そこに路面電車は走っていなかったが、舗道はさまざまな歩き方をする者たちを見ることができて興味深かった。たとえば、ＳＡＴＳフィットネス・クラブで身体の線を維持している主婦の、自信に溢れた弾むような歩き方、視覚障害研究所の盲導犬の所有者たちの用心深い歩き方、まだ出歩くことはホスピスから禁じられていない薬物常用者の、惨めで投げやりな歩き方。

「では、このロベルト・カールセンは承諾年齢以下の女の子が好きだったわけだ」アウネが言い、ツイードの上衣を椅子の背に掛けて、二重顎を無理矢理ボウ・タイに埋めようとした。

「もちろん、その原因はいくつも考えられる。だが、禁欲的な環境で育ったのではないかな？私はそう見ているんだが、違うか？」

「いや、違ってない」ハリーは個人的な相談もし、仕事の上での相談もする医師の、書籍がぎっしりと、しかし不規則に並んでいる本棚を見上げた。「だけど、禁欲的なコミュニティで育ったら人は歪んでしまうというのは事実じゃないんじゃないか？」

「そんなことはない」アウネが言った。

「それはどうして？」

アウネは指先を合わせると、嬉しそうに自分の唇に押し当てた。「子供のころ、あるいは十代のころに、自然な性的反応を見せたことでたとえば両親から罰せられたり、屈辱を味わわされたりした場合、人格のその部分が抑圧されることがある。その場合、本来あるべき性的な成熟が不自然な形で阻害され、進むべき方向が歪められて、いわゆる逸脱した出口を見つける。そして、成人になると、多くが自分の性を解放しようと、それまでの人生で自然であることが許されていた時期へ戻ろうと試みる」

「おむつを着けるとか？」

「そうだ。あるいは排泄物を弄ぶというようなこともある。カリフォルニアの上院議員の件を憶えているんだが、彼は——」

ハリーは咳払いをした。

「つまり、成人になると、彼らは〝核となる出来事（コア・イベント）〟と呼ばれているものへ戻るんだ」アウネがつづけた。「それは彼らが自らの性的努力のなかで最後に成功したことである場合が往々にしてある。つまり、彼らにとっての性が最後に満足したときだ。それはティーンエイジャーのころののぼせ上がりかもしれないし、何らかの種類の性的接触かもしれないが、とにかく、だれにも知られることがなく、罰せられることもなかったときのそれだ」

「そこには性的暴行も含まれる？」

「そういうことだ。それは自分がその場を支配していて、それゆえに自分は強いと感じる、屈辱とは正反対の状況だ。だから、それからの人生を、その状況をまた作り出そうとして過ごすんだよ」

「そういうことなら、痴漢になるのもそう簡単ではないわけか」

「そのとおりだ。そういう者の多くは十代のころにポルノ雑誌を眺めるという、いたって普通で健康な性的欲求を満たしているところを見つかって、したたかに折檻（せっかん）されているんだ。だから、一人の子供が性的虐待者になる確率を最大にしたければ、その子に暴力的な父親と、過干渉で性にまつわることに神経質な母親と、真実が抑圧され、肉欲がひどく罰せられる環境を与えればいいのさ」

　携帯電話が鳴り、ハリーはハルヴォルセンからのメッセージを読んだ。それによると、クリスト・スタンキッチという人物が殺人事件の前夜、オスロ中央駅の近くのスカンディア・ホテルに泊まっていた。

っているか？」

「アルコール依存救済会はどんなふうかな？」アウネが訊いた。「禁酒をつづける助けにな

「まあ」ハリーは立ち上がった。「その答えはイエスでもあり、ノーでもあるかな」

悲鳴がいきなり彼を現実へ引き戻した。

振り向くと、大きな丸い目と開いた口の黒い穴が、わずか数センチのところにあった。その子供はバーガーキングのプレイルームのガラスの仕切りに鼻を押し当てていて、赤と黄色と青のプラスティックのボールのプールへと、叫声を発しながら後ろ向きに倒れていった。

彼は口についているケチャップの名残りを拭き取り、トレイに載っている残りをごみ箱に捨ててから、カール・ヨハン通りへ飛び出した。薄いスーツの上衣の下の身体を丸めたが、寒さは容赦がなかった。スカンディア・ホテルでまともな部屋にありつけたら、すぐに新しいコートを買おう。

六分後、彼はホテルのロビーのドアをくぐり、チェックイン手続きをしているらしいカップルの後ろに並んだ。女性のフロント係がちらりと視線を寄越したが、彼だと気づいた様子はなかった。そのあと、彼女はノルウェー語で話しながら、新しい客の書類に覆い被さった。そのとき、女性客が彼を見た。ブロンド。特にいい格好をしているわけではないのに魅力的。彼は笑みを返した。せいぜいそこまでしかできなかった。なぜなら、見たことがあったからだ。ほんの数時間前に。イェーテボルグ通りのあの建物の前で。

彼はその場を動かず、俯いたまま両手を上衣のポケットに入れた。拳銃のグリップの確かな手触りが安心感を与えてくれた。細心の注意を払って顔を上げ、フロント係の背後の鏡を見つけて凝視した。だが、そこに映っているものはぼんやりと二重になっていた。目を閉じ、深呼吸をして、また目を開けた。長身の男が徐々にはっきりと見えてきた。髪を極端に短く刈り込んだ頭蓋、透き通るような白い肌に赤い鼻。決然として厳めしい容貌、その容貌にそぐわない繊細さを感じさせる口。あいつだ。アパートにいたもう一人の男。警官。フロントの周囲を確かめた。そこにいるのは彼らだけだった。そして、疑いの最後の影を剝ぎ取るかのように、ノルウェー語でしか話されていない言葉のなかに、馴染みのある言葉を聞き取ることができた。クリスト・スタンキッチ。彼は何とか冷静さを保った。どうしてここまで追跡できたのかは見当がつかないが、その意味の重大さはわかりはじめていた。

ブロンドの女性がフロント係からキイを受け取り、道具箱のようなものを持ってエレベーターへ歩いていった。長身の男がフロント係に何事か言い、彼女はそれを書き留めた。そのとき男が振り向き、一瞬彼と目が合ったものの、そのまま出口へ向かった。

フロント係が笑顔で彼を見て、何度も練習した友好的で歯切れのいいノルウェー語で用向きを尋ねた。彼は最上階に禁煙の部屋を用意できるかどうか訊いた。

「少しお待ちいただけますか、サー」彼女がキイボードを叩いた。

「ところで、いまあなたと話していた男性だが――新聞に写真が載っていた警察官ではないのかな？」

「さあ、どうでしょうか」彼女が笑顔で応えた。

「そうだったと思う。有名で——名前は何といったかな……？」

彼女がちらりとノートを見た。「ハリー・ホーレさまとおっしゃいましたが、有名なんですか？」

「ハリー・ホーレ？」

「はい」

「そういう名前じゃなかったな。きっと私の思い違いだ」

「一部屋空いております。よろしければ、このカードに記入していただいて、パスポートをご提示願えるでしょうか。お支払いはどのようになさいますか？」

「料金は？」

値段が告げられた。

「申し訳ないが」彼は微笑した。「私には高すぎるな」

ホテルを出て鉄道駅へ行き、トイレの個室に入って鍵をかけると、便器に腰を下ろして考えをまとめようとした。名前はつかまれた。まず、パスポートを見せずに泊まれるところを探さなくてはならない。クリスト・スタンキッチは飛行機、船や列車の予約、さらに、国境を越えることも不可能になった。これからどうする？　ザグレブへ電話をして、彼女と話さなくてはならないだろう。

彼は駅前の広場へゆっくりと入っていった。さえぎるもののない空き地を感覚がなくなるような寒風が吹き抜けるなか、歯の根も合わない状態で公衆電話ボックスを探した。広場の真ん中で、ホットドッグを売る白い車に男が寄りかかっていた。キルトのダウンジャケットとズボンという格好が宇宙飛行士を思わせた。おれが勝手にそう思っているだけなのかもしれないが、あの男は公衆電話を監視しているのではないか？　おれの電話を追跡して、ここへ戻ってくるのを待っている可能性があるだろうか？　いや、それはあり得ない。彼はためらった。もし盗聴されていたら、彼女の所在がばれる恐れがある。彼は腹を決めた。電話はいまでなくてもいい。いま必要なのはベッドと暖房のある部屋だ。おれが探しているようなところなら現金払いを望んでいるはずだが、なけなしの現金はハンバーガーに使ってしまった。

天井の高いコンコースの下、軒を連ねる商店とプラットフォームのあいだに、キャッシュ・ディスペンサーがあった。彼はクレジットカードを出して、英語で書かれた指示を読んだ——磁気帯を右側にしてカードを挿入口に差し込むこと。その指示を実行しようとしたとき、手が止まった。そのカードの名義もクリスト・スタンキッチだった。データベースに登録されていて、使えばどこかで警報が鳴るに違いない。カードを財布に戻し、コンコースをぶらりぶらりと歩いていった。そろそろ商店が閉まる時間だったが、暖かさを確保する上衣を買う金もなかった。警備員が彼を見て品定めを始めた。そのつもりはなかったが、ふたたびオスロ中央駅前広場に出た。北風が広場を吹き抜けていた。ホットドッグ売りの男はもういなかったが、虎の像のそばに別の男がいた。

「今夜の宿賃を必要としているんですよ」

ノルウェー語を知らなくても、その男が何を言っているかはわかった。今日、まだ早い時間に金をくれてやった、あの若いジャンキーだった。いまとなっては、彼自身が切実に必要としている金。彼は首を横に振り、最初はバスの停留所だと思ったもののそばに固まって震えている、ジャンキーの一団を一瞥した。白いバスが到着していた。

ハリーは胸と肺が痛かった。心地いい痛みだった。腿は熱かった。心地いい熱さだった。いまやっているのは、行き詰まったときにときどきやること――警察本部の地下にあるフィットネスルームへ行ってバイクを漕ぐことだった。もっとよく考えられるからではなく、考えることを止めさせてくれるからだ。

「ここにいると教えてもらったんだ」グンナル・ハーゲンがハリーの隣りの固定バイクにまたがった。身体にぴったりした黄色のTシャツにサイクリング・ショーツといういでたちが、刑事部長の痩せた、ほとんど荒廃していると言っていい身体の筋肉を、隠すどころか強調していた。「いまやっているのは何番だ？」

「九番です」

ハーゲンがサドルの高さを調節し、ペダルに足を乗せると、バイクのコンピューターのボタンを押して必要なセッティングをした。「だいぶんドラマティックな一日だったんじゃないか？」

ハリーはうなずいた。

「病気休暇を申請したければ受理するぞ」ハーゲンが言った。「考えてみれば、いまは平時だからな」

「ありがとうございます。ですが、結構元気だと感じてるんですがね、ボス」

「それはなによりだ。さっき、トールレイフと話したんだが」

「署長と？」

「例の一件がどうなっているか、それを知る必要がある。電話がかかってきているんだ。救世軍は人気があるからな、クリスマスまでに解決できるかどうか、この街の影響力のあるみなさんが知りたがっているというわけだ。平和とかクリスマスの季節の善意とかなんやかや言ってな」

「去年のクリスマスの時期も、政治家たちは六人の薬物過剰摂取による死亡者を上手に処理しましたからね」

「私は今回の件の情報を更新してくれと頼んでいるんだ、ホーレ」ハリーは汗が乳首に染みるのを感じた。

「今日、〈ダーグブラーデ〉が写真を掲載してくれたにもかかわらず、一向に目撃者が出てきてくれないんですよ。それから、あの写真はわれわれが対応すべきは一人の殺人者ではなくて、少なくとも二人であると示唆していると、ベアーテ・レンは言っています。おれも同意見ですね。ヨーン・カールセンのアパートにやってきた男はキャメルのコートを着て、首にネッカチーフを巻いていました。あの殺人事件の前夜にエーゲルトルゲ広場にいた男も、それと同じ服装でした」

「服装だけか？」

「顔はよく見えなかったんです。ヨーン・カールセンも大したことは憶えていません。ヨーン・カールセンの部屋の前にクリスマス・プレゼントを置きたいというイギリス人を建物のなかに入れてやったと、アパートの居住者の一人が認めています」

「わかった」ハーゲンが言った。「だが、複数犯の可能性についてはわれわれだけの秘密にしておこう。つづけてくれ」

「これ以上報告すべきことはそんなに多くないんですが」

「何もないのか？」

ハリーはスピードメーターを確認し、冷静に決断すると、ペースを時速三十キロに上げた。

「あるクロアチア人名義の偽造パスポートを見つけました。クリスト・スタンキッチという名前なんですが、本来なら搭乗しているはずの、今日のザグレブ行きの便に乗っていないいんです。スカンディア・ホテルに泊まっていたことを突き止めて、レンがその部屋を調べてDNA鑑定の材料を捜しました。あのホテルの宿泊客はそんなに多くないので、フロント係に写真を見せたらわかるのではないかと期待したんですが」

「それで？」

「残念ながら、期待はずれでした」

「それなら、そのスタンキッチがわれわれの追うべき対象だと考える根拠は何なんだ？」

「偽造パスポートです」ハリーはハーゲンのスピードメーターを盗み見ながら答えた。時速四十キロだった。

「で、どうやってそいつを見つけるんだ？」

「情報化時代ですからね、名前は痕跡を残すんです。通常警戒すべきところへはすでに例外なく連絡して、注意を促してあります。クリスト・スタンキッチなる名前の人物がホテルに現われたり、航空券を買ったり、クレジットカードを使ったりしたら、即座にわれわれの知るところとなります。ホテルのフロント係の話だと、公衆電話ボックスの所在を訊かれたのでオスロ中央駅前広場にあると教えたとのことです。過去二日間のそこの公衆電話からの発信記録が、テレノルから提供されることになっています」

「では、現時点でわれわれが手にしているのは、予定されていた搭乗便に乗らなかった、偽造パスポートを持ったクロアチア人ということだけなんだな」ハーゲンが言った。「それはつまり、行き詰まっているということじゃないのか？」

ハリーは答えなかった。

「見方を変えて考えてみよう」ハーゲンが言った。

「わかりました、ボス」ハリーは渋々受け容れた。

「道は常にほかにもあるんだ」ハーゲンがつづけた。「日本軍とコレラの大発生について話したことがあったかな？」

「いや、そういう栄誉に浴したことはないと思いますよ、ボス」

「彼らはそのときラングーンの北のジャングルにいて、食べ物や水が原因で嘔吐が止まらない状態にあった。兵士に脱水症状が出はじめていたが、指揮官は横になったままに死ぬことを拒否し、注射器に入っているモルヒネをすべて廃棄させると、代わりに飲料水を満たして自分で注射させた」

ハーゲンがペダルを踏むピッチを上げ、ハリーは息切れの兆候がないかと耳を澄ませたが虚しかった。

「それは功を奏した。だが、数日後にはボウフラだらけの水が一樽残っているだけになった。そのとき副官が、周囲にいくらでもある果物から注射器で水分を抽出して、それを血管に注射することを提案した。理論的には果汁の九十パーセントは水分であり、いずれにせよ自分たちに失うものはもうないのではないかというわけだ。結果的に、部隊はそれで救われたんだ、ホーレ。想像力と勇気だよ」

「想像力と勇気ですか」ハリーは喘いだ。「ありがとうございます、ボス」

ハリーは限界までペダルを踏みつづけ、ついには自分の息遣い——ストーブの開け放した焚き口の向こうで炎が弾けるような乾いた音——が聞こえた。スピードメーターは四十一キロを示していた。刑事部長のそれは四十八キロ。息遣いは？　まったく乱れていなかった。

ハリーは銀行強盗にもらった二千年以上前の書物、『孫子の兵法』の一節を思い出した——〝戦いを選べ〟。そして、これは撤退すべき戦いの一つだと認識した。なぜなら、何をしようと負けが明らかだから。

　ハリーはペダルを踏むピッチを落とした。スピードメーターが三十キロに戻った。自分でも驚いたことに、腹立たしさは感じず、力のない諦めがあるだけだった。もしかすると大人になりつつあるのかもしれなかった。もしかしたら、赤い布を持っている相手なら見境なく角を振りかざして襲いかかるという、愚かなことをしなくなったのだろうか？　ハリーは横目でハーゲンを見た。刑事部長の脚はいまやピストンのように動いていて、顔一面を濡らしている汗が照明の白い明かりに光っていた。

　ハリーは汗を拭き、二度深呼吸をすると、もう一度ペダルを踏みはじめた。すぐに素晴らしい痛みが戻ってきた。

十二月十七日（水曜日）

13　こ、ち、こ、ち、いう音

プラータの広場は地獄への降下階段に違いないと、マルティーネはしばしば思うことがあった。にもかかわらず、このところ聞こえてきている、ある噂を恐れていた。薬物の公然取引を認めるという計画を、春になったら市議会福祉委員会が取り下げるというのである。反対する側の主張は、水面下ではあるけれども、そういう区域を作ると若者を引き寄せることになるというものだった。マルティーネに言わせれば、人がプラータで人生を終えるのを見て、そこに魅力を感じるような者は、だれだろうと頭がおかしいか、実際に足を踏み入れたことがないか、どちらかに決まっていた。

　水面下の主張というのは、オスロ中央駅前広場に隣接し、舗道に白線を引いて境界を画定されたこの区域が街のイメージを損ねているというものだった。首都のど真ん中でドラッグと金を公然と交換することを許すなど、世界で最も成功している——少なくとも、最も豊かではある——社会民主主義の紛れもない失敗ではないのか、と。

それにはマルティーネも異論がなかった。この街は確かに過去に失敗していた。薬物撲滅の戦いに敗れたのだ。一方で、ドラッグのさらなる拡散を阻止したいのであれば、二十四時間作動している監視カメラが注意深く見ているところで取引させるほうが、アーケル川に架かる橋の下やロードフース通りの暗い裏庭、アーケルスフース城址の南側でやられるよりましに決まっていた。何らかの形で〝薬物のオスロ〟と関わる仕事をしている者――警察官、ソーシャル・ワーカー、通りの聖職者、売春婦――は、例外なく同じ考えであることを、マルティーネは知っていた。どの選択肢よりもプラータがまだしもましだ、である。

しかし、そうだとしてもきれいな眺めではないが。

「ランゲマン！」彼女はバスの外の暗がりに立っている男に向かって叫んだ。「今夜はスープはいらないの？」

しかし、ランゲマンはこそこそと立ち去った。たぶん一回分のドラッグを買って、それをやりに行ったのだろう。

青い上衣の地中海沿岸の出身らしい男のためにスープをよそっていると、かちかちという音が聞こえた。見ると、薄いスーツの上衣を着た男が歯の根が合わずに震えながら、自分の番を待っていた。「さあ、どうぞ」マルティーネはその男にスープを注いでやった。

「あら、かわいこちゃん」しわがれた声が聞こえた。

「ヴェンケ！」

「こっちへきて暖まりなさいよ、可哀相な人」年配の売春婦が心から笑ってマルティーネを抱擁した。身体にぴったり張りついて波打っている豹柄のドレスの下の肌と身体の匂いが他を圧倒していたが、マルティーネはもう一つ、別の匂いを嗅ぎ分けていた。ヴェンケの香水の一斉攻撃がほかのすべての匂いを蹴散らすまではそこにあった匂いを。

二人は空いているテーブルに腰を下ろした。

去年からこのあたりで大勢見かけるようになった外国からきて働いている女の子のなかにもドラッグをやっている者はいたが、ノルウェーで生まれてノルウェーで育った同業者ほど多くはなかった。ヴェンケはドラッグ漬けになっていない、数少ないノルウェー人の一人だった。そのうえ、彼女の言葉を信用するなら、固定客がついてここに立たなくてもよくなったから、マルティーネと会うのも間遠になっているとのことだった。

「実は女友だちの息子を捜しにきたの」ヴェンケが言った。「クリストッフェルと言うんだけど、ひどいことになってるらしいの」

「クリストッフェル？　知らないわね」

「そうか！」ヴェンケが声を上げた。「その話はもういいわ、忘れてちょうだい。あなた、ほかのことに気を取られてるでしょう、わたしにはわかるのよ」

「わたしがほかのことに気を取られてる？」

「隠そうとしても無駄よ。恋をしている女の子は見ればわかるんだから。お相手は彼？」

ヴェンケが薄いスーツの上衣の男の隣りにたったいま腰を下ろした、片手に聖書を持っている救世軍の軍服姿の男へ顎をしゃくった。

マルティーネは頬を膨らませた。「リカール？　いいえ、残念でした」

「ほんとに？　わたしがここへ着いてからずっと、彼はあなたから目を離さなかったわよ」

「リカールはとてもいい人よ」マルティーネはため息をついた。「いずれにしても、急に頼んだのに、今夜のシフトを嫌な顔もしないで代わってくれたしね。本来なら今夜の担当だった人が死んでしまったの」

「ロベルト・カールセン？」

「彼を知ってたの？」

ヴェンケが暗い顔でうなずき、すぐにまた気を取り直して言った。「でも、死んだ人のことは置いておいて、あなたが恋してる相手のことを教えてよ。ついでに言うと、そろそろ潮時でもあるわよ」

マルティーネは苦笑した。「恋をしているなんて、本人も知らなかったわ」

「お願いだから」

「残念でした、恋なんかしていません。馬鹿馬鹿しいにもほどがあるわよ。わたしは――」

「マルティーネ」別の声が聞こえた。

顔を上げると、リカールの探るような目がそこにあった。

「あそこに坐っている男性なんだが、着るものも、金も、泊まるところもないらしい。ホステルに空きがあるかどうかわからないかな」

「電話して訊いてみて」マルティーネは言った。「冬物の衣服ならもちろんあるはずよ」

「わかった」マルティーネはヴェンケと向かい合ったままでいたが、リカールは動かなかった。彼が鼻の下に汗を掻いていることは見るまでもなくわかった。

やがて、リカールはありがとうとつぶやくように言い、スーツの上衣の男のところへ戻っていった。

「教えなさいよ」ヴェンケが小声で急かした。

外では、北風が小口径砲のように狙いを定めていた。


ハリーはスポーツ・バッグを肩に掛け、鋭さを増して吹きつける風に目を細くして歩いていた。ほとんど目に見えないほどの雪片がぶつかって、角膜が針を刺されたように痛んだ。ピーレストレーデ通りの不法居住者が居坐っている〈ブリッツ〉の前を通り過ぎようとしたとき、携帯電話が鳴った。ハルヴォルセンからだった。

「過去二日間でオスロ中央駅前広場の公衆電話からザグレブへの通話は二本ありました。いずれも同じ番号へかけられています。その番号へ電話をしてみたんですが、出てきたのはホテルのフロント係でした。ホテル・インターナショナルです。オスロからかけてきたのがだれか、その人物がだれと接触しようとしていたか、それは教えてもらえませんでした。また、クリスト・スタンキッチという名前は聞いたことがないとのことでした」

「ふむ」

「まだこの線を追いますか?」

「いや」ハリーはため息をついた。「このスタンキッチに関心を持ってもいいかもしれないと何かが教えてくれるまで待つことにしよう。明かりを消して帰れ。話は明日にしよう」

「待ってください！」

「おれはどこへも行かないよ」

「まだあるんです。制服警官が〈ビスケット〉のウェイターから通報を受けました。そのウェイターによると、今朝、彼が洗面所に行ったときに客の一人と遭遇して――」

「そいつはそこで何をしていたんだ？」

「いま、それを話そうとしていたんですよ。いいですか、その客は手に何かを持っていて、それ――」

「おれが言ってるのはウェイターのほうだ。レストランの従業員は専用のトイレを使うと決まってるんだぞ」

「それは訊きませんでした」ハルヴォルセンの声が焦れはじめていた。「聞いてください、その客が持っていたのは何か緑色のもので、そこから同じ色の液体が滴っていたんだそうです」

「そいつは医者に診てもらったほうがいいんじゃないか？」

「実に面白いお答えですがね、その緑色のものとは液体石鹸に覆われた拳銃だったと、ウェイターが断言しているんですよ。液体石鹸のディスペンサーの蓋が開いていたんだそうです」

「〈ビスケット〉だな」ハリーは繰り返し、その情報を記憶に刻んだ。「カール・ヨハン通りのレストランか」

「犯行現場から二百メートルです。あれはおれたちが捜している拳銃に間違いありません、ビールを一箱賭けてもいい。いや……すみません、別のものを賭けます――」

「因みに教えておいてやるが、おまえはまだおれに二百クローネの借りがあるぞ。先をつづけろ」

「ここからが最高の部分です。人相を訊いたんですが、はっきりしないとのことでした」

「人相がわからないというのが、この事件の共通項みたいだな」

「ただ、着ているコートでその客だとわかったと言っていました。ひどく汚れたキャメルのコートだったそうです」

「よし！」ハリーは思わず声を上げた。「カールセンが撃たれた前の晩のエーゲルトルゲ広場の写真に写っていた、スカーフを巻いたあの男だ！」

「ところで、そのキャメルのコートは模造品ではないかとウェイターが言っていました。それから、そっち方面に詳しいような話し方でした」

「それはどういう意味だ？」

「わかってるでしょう。彼らの言葉の使い方ですよ」

「〝彼ら〟とはだれだ？」

「まあ、色々言い方はあるでしょうが、同性愛者ってやつです。拳銃を持った男は洗面所を出ていって、そのまま姿を消したそうです。現時点でわかっているのはここまでですが、実はいま、〈ビスケット〉へ向かっているところなんですよ、ウェイターに写真を見てもらおうと思いましてね」

「いいだろう」ハリーは言った。

「何を思案してるんです？」

「思案してる？」

「あなたのことが色々とわかりはじめているんですよ、ハリー」

「ふむ。そのウェイターが今朝、どうしてすぐに通報しなかったか、その理由がわからないんだ。それを訊いておいてくれ。いいな？」

「実はおれもそのつもりでいたんですがね、ハリー」

「そりゃそうだよな。失礼した」

携帯電話を切った数分後に、また鳴りはじめた。

「何か言い忘れたことでもあるのか？」ハリーは訊いた。

「はい？」

「ああ、おまえさんだったか、ベアーテ。どうした？」

「いい知らせです。スカンディア・ホテルの調べが終わりました」

「ＤＮＡ鑑定で何かわかったのか？」

「それはまだです。長い髪の毛を二本採取したんですが、メイドか、前夜の宿泊客のものかもしれませんからね。でも、三十分前に弾道検査の結果が出たんです。ヨーン・カールセンのアパートの牛乳パックのなかにあった銃弾は、エーゲルトルゲ広場でわれわれが見つけた銃弾と同じ拳銃から発射されたものです」

「ふむ。それは複数の殺し屋がいたという仮説が成立しにくくなるということだな」

「そうですね。それから、まだ報告することがあるんです。スカンディア・ホテルのフロント係が、あなたが引き上げたあとで、あることを思い出してくれました。このクリスト・スタンキッチの着ているものがひどく不格好だったというんです。たぶん模造品だったのではないかとのことで――」

「ちょっと待ってくれよ、それはキャメルのコートだったんじゃないか?」

「彼女はそう言っていました」

「よし、あとは仕事にかかるだけだ」ハリーは叫んだ。その声があまりに大きかったので〈ブリッツ〉の落書きだらけの壁に跳ね返り、人気のないダウンタウンの通りに響いた。

ハリーは電話を切り、ハルヴォルセンにかけ直した。

「何ですか、ハリー?」

「クリスト・スタンキッチはおれたちにとって重要な捜査対象だとわかった。キャメルのコートの見てくれを制服組と指令室に教えて、全パトカーに知らせるよう頼んでくれ」老婦人が流行のアンクル・ブーツの底に取り付けた滑り止めのスパイクのせいでよろけたりつまずいたりするのを見て、ハリーは笑みを浮かべた。「それから、二十四時間態勢で遠距離通信の監視をしたい。オスロからザグレブのホテル・インターナショナルへの通話と、どの番号からかけたかを捕捉する。テレノルのオスロ地区担当のクラウス・トルキルセンに電話をしろ」

「それは盗聴でしょう。令状がいるし、手に入るまでに何日もかかる可能性がありますよ」

「盗聴なんかであるもんか。入ってくる電話の住所が必要なだけだ」

「残念ながら、テレノルはその考えに同意できないと思いますよ」

「おまえはいま言ったことをトルキルセンに話してみろ、いいな？」

「どうして彼があなたのために自分の仕事を危うくしてもいいと考えるのか、その理由を教えてもらっていいですか？」

「昔の話だ。何年か前、分署でひどく痛めつけられているあいつを助けてやったんだよ。トム・ヴォーレルとその一派からな。露出狂が連行されたらどうなるかは、おまえも知ってるだろう」

「それじゃ、彼は露出狂なんですか？」

「いまはもうやめてるけどな。黙っててやる代わりのサービスだ、喜んでやってくれるさ」

「なるほど」

ハリーは電話を切った。これで動ける、もう動き出している。もはや北風も、針を突き刺すような雪の猛攻撃も気にならなかった。この仕事はときどき純粋な喜びを与えてくれる。

ハリーは踵（きびす）を返して警察本部へ戻っていった。

ウッレヴォール病院の個室で、ヨーンはシーツ越しに振動を感じ、すぐに携帯電話を手に取った。「もしもし」

「わたしよ」

「ああ、やあ」彼は応え、何とか失望を隠そうとしたが、まったくできなかった。

「わたしじゃなくて、だれかほかの人からの電話を待っていたみたいね」ラグニルが明るすぎるぐらい明るい声で言ったが、それがかえって傷ついていることを露呈していた。

「長くは話せないんだ」ヨーンは言い、出入口を一瞥した。

「ロベルトのことでお悔やみを伝えたかったの。ほんとに気の毒に」ラグニルが言った。

「あなたにも心から同情しているわ」

「ありがとう」

「辛いでしょうね。いま、実際にはどこにいるの？　あなたの自宅へ電話したんだけど？」

ヨーンは答えなかった。

「マッツは残業だから、あなたさえよかったらわたしが行ってあげてもいいわよ？」

「いや、ありがたいけど、それには及ばないよ、ラグニル——一人で大丈夫だ」

「あなたのことを考えていたの。それに、ここはとても暗くて、とても寒いの。わたし、怖い」

「きみは怖がったことなんかないじゃないか、ラグニル」

「ときどき怖くなることがあるの」彼女が陰鬱(いんうつ)な声で言った。「ここは部屋がたくさんあるのに、だれもいないんだもの」

「だったら、もっと小さな家に引っ越せばいい。そろそろ切らなくちゃ。ここでは携帯電話の使用が禁じられているんだ」

「待って！　どこにいるの、ヨーン？」

「軽い脳震盪を起こして、病院にいるんだ」

「どの病院の何科なの？」

ヨーンはびっくりした。「大抵だれでも、まずは脳震盪の原因を訊くんじゃないのか？」

「知ってるでしょう、わたしはあなたの居場所がわからないのが嫌なの」

明日の面会時間にラグニルが大きな薔薇の花束を抱えていそいそとやってくるところが、ヨーンは目に見えるようだった。そして、テアが訝しげに彼女を見、次に自分を見るところが。

「看護師がやってくる」ヨーンはささやいた。「切らなくちゃ」そして〈終了〉ボタンを押し、携帯電話からファンファーレが流れて画面の表示が消えるまで、天井を見つめた。彼女は正しい。実際に暗い。だけど、実際に怖いのはおれだ。


　ラグニル・ギルストルプは目を閉じて窓辺に立っていたが、やがて時計を見た。マッツは重役会があるから遅くなると言っていた。この何週間か、彼はそういうことを言うようになっていた。以前は必ず帰る時間を伝えてきて、きっちりそのとおりに、ときにはそれより少し早いぐらいに帰ってきた。早く帰ってきてほしいわけではないけれども、何かが妙だ。何かが妙――それだけ。さらに、この前の固定電話の請求書にすべての通話が箇条書きされていたのも妙だ。わたしのほうからそういうことを頼んだ憶えはない。でも、こんな具合だ。その請求書は五ページもあって、情報も多すぎるぐらい多い。ヨーンに電話するのをやめるべきだったけれど、やめられなかった。それは彼の目のせいだ。ヨハンネスの目。親切でもないし賢くもない、優しいとかそういうものは一切ない目。でも、わたしの考えていることにわたしより早くたどり着く目。ありのままのわたしを見る目。いまもわたしのことを好ましく思っている目。

彼女はふたたび目を開けると、六千平方メートルの汚れない自然を見渡した。その景色はスイスの寄宿学校を思い出させた。月を照り返す雪のきらめきが広い寝室に入り込み、天井と壁が青白色の光に覆われる。

ここのこの建物を主張して譲らなかったのは彼女だった。街を睥睨(へいげい)している――実際には森のなかなのだが――ところがいい、閉じ込められているような気もあまりしないし、制約されているような感じもそれほどないから、と。夫のマッツ・ギルストルプは、街というのは彼女の言うところの制約そのものだと考えて、自分の持っている金のいくらかを喜んでこの建物に注ぎ込んだ。二千万クローネの濫費(らんぴ)だった。ここへ引っ越してきたとき、ラグニルは独房から刑務所の庭へ出てきたような気がした。太陽、空気、空間。それでも、まだ閉塞感は残っていた。寄宿学校のように。

たまに――今夜のようなとき――、自分はここでどんな終わり方をするんだろうと考えることがあった。ラグニルの外的環境は簡単にまとめるとこうなる――マッツ・ギルストルプはオスロ一の富豪の跡取りで、彼女はイリノイ州シカゴ郊外の大学で彼と出会った。二人ともその二流の大学――とはいっても、アメリカの大学であるせいでノルウェーの大学よりずいぶん恵まれていたが――で経営学を勉強していた。いずれにせよ、アメリカの大学のほうがずっと楽しかった。二人とも金持ちの一族の出だったが、彼のほうがもっと金持ちだった。彼の一族は五代にわたる船主で、世襲の財産があったが、彼女のほうはさほどの家柄ではなく、財産と言えばいまだにインクと養殖魚の臭いがする紙幣しかなかった。以前は農業補助金と傷ついた誇りの狭間(はざま)で暮らしていたのだが、ついに彼女の父親と叔父がトラクターを売り、その金を元手に、自宅の居間の窓の向こうのフィヨルド、ヴェスト・アグデル県の風の強い海岸線の南端にある、小さな養魚場に賭けたのだった。それは見事に時宜を得ていて、競争相手はほとんどおらず、一キロ当たりの価格は天文学的になり、四年間儲(もう)かりつづけるなかで大金持ちに成り上がったのである。ごつごつした岩山の上の家は取り壊され、城もどきに建て替えられた。それは納屋より大きく、八つの張出し窓(ベイ・ウインドウ)と、車を二台駐められる車庫が自慢だった。

　ラグニルは十六になるとすぐに、母親によって一つの岩山から別の岩山へ移された。私立アーロン・シュスター女子校、海抜九百メートルの、鉄道駅が一つ、教会が六つ、ビア・ホールが一つの、スイスの町にあった。表向きの理由は、養殖魚が記録的な高値を維持しているあいだに、フランス語、ドイツ語、美術史を勉強させておけば彼女の役に立つと考えたからだった。

が、故郷を離れた本当の理由は、もちろん、ボーイフレンドのヨハンネスだった。ヨハンネスの温かい手、優しい声、彼女が考える限り、何であれ彼女の考えていることに本人より早くたどり着ける目。ヨハンネス、そこで埋もれてしまうだけの田舎者。ヨハンネス以後、すべてが変わった。ヨハンネス以後、彼女は変わった。

アーロン・シュスター女子校で、彼女は悪夢、罪悪感、魚の臭いから解放され、自分と同じかもっと上流の夫を獲得するために若い娘が必要とすることすべてを学んだ。ノルウェーの岩山を生き延びることができた遺伝的生存本能をもって、ゆっくりとではあるが確実に、ヨハンネスにうまく胸の内を読まれていたラグニルを葬り去って、さまざまなところへ行き、自分のしたいことをし、だれに対しても——田舎くささと品のなさを除いてすべてを身につけようとするラグニルのような女の子の無駄な企てを陰で冷笑している、上流階級のフランス人や甘やかされたデンマーク人の小娘に対しては特に——気後れしないラグニルになっていった。

彼女のささやかな復讐は、女の子の全員がのぼせ上がっている若いドイツ人教師、ヘル・ブレーメを誘惑することだった。教員は生徒の寄宿舎の向かいの建物を宿舎としていたから、石畳の広場を横切って、彼の小さな部屋のドアをノックするだけでよかった。ラグニルはそこを夜に四度訪ね、四度とも、石畳を打つハイヒールの音を生徒の寄宿舎と教員宿舎の壁に響かせながら、自分の部屋へ戻っていった。

噂が広まりはじめたが、彼女はそれを打ち消す努力をほとんど、あるいは一切しなかった。ヘル・ブレーメがここを辞めてすぐにチューリヒの学校へ移ったという話を聞いたとき、ラグニルはクラスの全員が悲しみに打ちひしがれるのを尻目に、一人だけ勝利の笑みを浮かべた。

スイスの学校の最終学年を終えると、ラグニルは実家に戻った。ようやく帰ってきた、と彼女は思った。が、そこにはまたもやヨハンネスの目があった。フィヨルドの銀色のなかに、青緑の森のなかに、礼拝堂の磨き上げた黒い窓の奥に、あるいは、口のなかがざらざらと苦くなる埃(ほこり)を舞い上げながら走り去る車のなかに。経営学を学ぶなら席を用意する——学士過程で四年、修士課程で五年——という手紙がシカゴから届くと、彼女はすぐに授業料を振り込んでくれるよう父親に頼んだ。

それはこの地を離れるための救済、もう一度新しいラグニルになるための救済だった。すべてを忘れるのが楽しみだったが、そのためには計画——ゴール——がなくてはならなかった。そのゴールはシカゴで見つかった。マッツ・ギルストルプである。

簡単にいくだろう、と彼女は高をくくっていた。だって、上流階級の男の子を誘惑する理論も、実際的な技も、わたしは持っているんだもの。それに、自分で言うのも何だけど、美人でもある。ヨハンネスだけでなく何人もそう言ってくれている。とりわけ、目が素敵だって。母のライトブルーの虹彩と、それを囲んでいる尋常でなく白い強膜を受け継いだことに感謝しなくては。そういう目は本人も遺伝子もとても健康であることを示していて、異性がそれを魅力的だと感じることが科学的に証明されている。というわけで、異性の目があるとき、ラグニルは滅多にサングラスをかけなかった。もっとも、特に狙いを定めた機会に、それを外すことによって作り出される効果をあらかじめ計算しているときは別だったが。

彼女がニコール・キッドマンに似ているという者もいて、ラグニルはそれがどういうことかわかっていた。厳めしそうな容貌の美人、である。もしかすると、それ――〝厳めしさ〟――が、廊下やキャンパスのカフェテリアでマッツ・ギルストルプと接触しようとしたときに、彼が怯えた野生馬のようになり、目を合わせないようにして前髪を後ろへなびかせながら、安全なところまで逃げていく理由かもしれなかった。

最終的に、彼女は一枚のカードにすべてを賭けた。

いくつもある恒例の、伝統はあるらしいけれども馬鹿馬鹿しいパーティの一つの前の晩、ラグニルはルームメイトに、新しい靴を買ってホテルに泊まれるだけの金を渡し、鏡の前で三時間を費やした。そして、そのパーティだけは早い時間に会場入りした。なぜなら、マッツ・ギルストルプがライバルになりそうな連中を出し抜くために、すべてのパーティに早く行くことを知っていたからである。

彼はうろたえ、口ごもり、ライトブルーの虹彩と透き通るように白い強膜という魅力的な目を覗き込む勇気をほとんど持てないでいた。絶対に無視できないようわざと大きく開けた襟元に目を向ける勇気はもっとないようだった。彼女はそれまでとはまったく逆の結論――お金を持っているから自信も持っているわけでは必ずしもない――に達した。後に、マッツの自信のなさは、聡明で要求が厳しく弱さを嫌う父親のせいだと考えるに至った。父親は父親で、どうして息子が自分と同じようでないのか、その理由を理解できないでいた。

だが、ラグニルは諦めず、マッツ・ギルストルプの前にまるで餌のように自分をぶら下げた。それがあまりにあからさまだったので、気がついてみると、彼女が友だちと呼んでいる女の子たちも、その逆の女の子たちも、顔を寄せ合って色々言っていた。が、だからといって、彼女たちに何ができるわけでもなかった。アメリカのラガー・ビールを六杯飲み、マッツ・ギルストルプは同性愛者ではないかという疑いが募ってきたころ、野生の馬が勇気を奮って本性を見せ、さらに二杯飲んだあと、彼女を連れてパーティ会場をあとにした。

彼を上に乗せてやったのは、親友のベッドのなかだった。このために高い靴を彼女に買ってやったのだ。三分後、ルームメイトの手編みのベッドカバーで彼を拭いてやっているとき、ラグニルはこの野生馬を投げ縄でからめ捕ったことを確信した。あとは頃合いを見計らって手綱と鞍を着ければいい。

学業を終えると、二人は婚約したカップルとして故郷へ戻った。マッツ・ギルストルプは一族の富の自分の取り分を管理していればよく、きびしい生存競争にさらされる必要のないことがわかっていた。彼の仕事は正しい助言をしてくれる人を集めることだった。

ラグニルは仕事を探して、あるトラスト・マネージャーのところで採用された。彼はあの二流大学を知らなかったが、シカゴのことは知っていた。そして、聞いたことが気に入り、見たものも気に入ったというわけである。そう頭のいい男ではなかったが、要求が厳しく、ラグニルに運命を感じていた。かくして、彼女はあっという間に知的な要求が過剰に厳しい証券アナリストの仕事から、〝キッチン〟――彼らは〝トレーダーズ・ルーム〟と呼んでいたが――のモニターと電話が置いてあるテーブルの向こうに移った。そこでラグニル・ギルストルプ（婚約するとすぐにギルストルプに姓を変えたのだが、そのほうが〝便利〟だったからだ）は本領を発揮した。証券会社そのものに助言するには力が足りないとしても、おそらくプロの投資家と推測される個人にであれば、オプティコムの株を買うよう甘い声で誘い、おだて、ささやき、騙し、嘘をつき、泣いて見せることができた。ラグニル・ギルストルプは男の脚を――やれと言われれば女の脚も――愛撫することで、これまでの自分のどんな分析よりもはるかに効率よく株を動かす気にさせることができた。だが、彼女の一番の才能は、株式市場を動かす最大の動機が〝強欲〟であることを、だれよりもよくわかっていることだった。

その後のある日、彼女は妊娠した。そして、自分でも驚いたことに、気がついてみると中絶を考えていた。そのときまでは、子供が欲しいと本気で信じていた。できれば複数、せめて一人は。八カ月後、アマリエが生まれた。あまりの幸せに満たされて、中絶しようと考えた記憶を抑え込んだ。二週間後、アマリエが高熱を出したので病院へ連れていった。医師たちが落ち着きをなくすのがわかったが、娘のどこがどう悪いのかは教えてもらえなかった。

ある晩、神に祈ろうかと思ったが、すぐにその考えを放棄した。次の日の午後十一時、小さなアマリエは肺炎で死んだ。ラグニルは鍵をかけて閉じこもり、四日間泣きつづけた。

「ハンプトン病でした」医師がこっそり打ち明けてくれた。「遺伝性の肺疾患なんですが、それはあなたかご主人のどちらかがその病気のキャリアであることを意味します。あなたの一族やご主人の一族のどなたかがそうであるかどうか、ご存じですか？　喘息とかそれに似たような形で現われることがしばしばあるんですが」

「いいえ、知りません」ラグニルは答えた。「もちろん、患者についての守秘義務のことはご存じですよね」

悲嘆の時期はプロの助けを借りて何とか乗り越えることができた。二カ月後には、また人と会って話せるようになった。夏がくると、スウェーデンの西海岸にあるギルストルプ家の山小屋へ行き、二人目の子供を作る努力をした。しかし、ある日の夜、マッツは寝室の鏡の前で妻が泣いているのを目にした。これは罰なのよ、と彼女は言った。中絶を考えたことの罰なのよ。マッツは妻を宥めようと優しく撫でてやっていたが、その手の動きが大胆になっていくと、彼女が彼を押しのけて言った。しばらくはこれを最後にしましょう。マッツはそれを聞いて、彼女は子供を持つことを諦めたのだと考え、即座に同意した。だから、行為そのものを控えたがっているのだとわかったときには失望もしたし、落胆もした。マッツ・ギルストルプはセックスの味を知っていたし、ささやかだけれども紛(まが)いようのないオーガズムと自分が解釈しているものを彼女に与えたと感じたときは特に満足を味わった。それでも、子供を亡くした悲しみと、子供を産んだあとのホルモンの変調のせいだという彼女の説明を受け容れた。しかし、ラグニルのほうから明らかにできることではなかったが、この二年というもの彼女にとってそれは義務でしかなく、彼のためなら掻き立てることができた歓びも、分娩室で恐怖に怯えて喘ぐ彼の間抜け顔を見たときに、消えてなくなってしまっていた。そして、自分がすべての新しく父親になった男たちの代わりに勝利のテープを切ったかのようにうれし泣きしながら鋏を置くのを見たときには、彼を殴ってやりたくなった。それに、これも胸にしまっておくしかないことではあったが、セックスという分野に関しては、一年前から聡明とは言えない上司と、互いの切羽詰まった要求を満たし合っていた。

ラグニルは育児休暇を取るにあたり完全な共同経営者の地位を提示された、オスロでたった一人の株式ブローカーだった。しかし、だれもが驚いたことに、それにもかかわらず彼女は会社を辞めてしまった。別の仕事をしないかと誘われたのである。それはマッツ・ギルストルプの一族の資産管理だった。

最後の夜、彼女は上司に、そろそろブローカーのほうがわたしにごまをする潮時であって、その逆ではないと思うからだと説明した。本当の理由はおくびにも出さなかった。それは不幸にもマッツ・ギルストルプが唯一任されている任務――優秀な助言者を見つけること――をやり遂げられないでいること、一族の資産が危機的な速度で縮小しているので、彼女と義理の父親のアルベルト・ギルストルプが二人して介入せざるを得なくなったこと、である。それが彼女が上司と会った最後だった。何カ月か経って、彼が何年も苦しんでいた喘息のせいで病気休暇を取ったという話が聞こえてきた。

ラグニルはマッツの社交仲間が好きではなかったし、マッツも同じであることに彼女は気づいていた。が、二人とも招かれたパーティにはそれでも出席した。そうしないと、重要であったり何であれ所有していたりする人々の外に置かれてしまうことになり、最終的に状況を悪化させることにしかならないからだ。心の奥底で金の力があれば尊大でも独りよがりでもいいのだと感じている男たちと時間を潰すのはまあいいとしても、彼らの妻――ラグニルは内心〝あばずれ〟と呼んでいた――についてはそうはいかなかった。おしゃべりで、買い物中毒で、胸をいかにも本物らしく見せている健康オタクの主婦。肌ももちろん日焼けしているように見えたが、実はそれは本物で、オーペア（外国の家庭に住み込んで家賃を支払う代わりに家事を手伝う若い外国人、通常は外国語を学ぶ女子留学生）や、スイミング・プールやキッチンの終わることのない保守営繕に携わるうるさい職人から逃れ、子供たちと一緒に二週間、〝日々の緊張〟をほぐしにサントロペへ逃れていたからである。その女たちは一年前からヨーロッパの買い物事情が悪くなってきたことを心底心配している様子で話題にしていたが、それ以外では彼女たちの話の範囲は、オスロに近いスレムダールでのスキーかボーグスタでの遊泳より遠くへ広がることはなく、せいぜいが南のクラーゲレー止まりだった。洋服、美容整形、エクササイズ・マシンが共通の話題になったが、それは金持ちで気取った夫を逃がさないための手段だからであり、言うまでもないことだが、彼女たちにとってはそれこそがこの世で唯一の本当の任務だからである。

そういうふうに考える自分が、ラグニルはわれながら意外だった。わたしはあの人たちとそんなに違うんだろうか？　違っているとすれば、わたしが仕事を持っているからかもしれない。ヴィンデレンのコーヒー・ショップでかすかながら小馬鹿にした調子で〝社会〟と呼んでいるところの福祉の濫用や脱税について不満を口にするときの、あの人たちのしたり顔に我慢できないのはそれが理由なのだろうか？　それとも、ほかに理由があるのか？　何かが起こったからか。革命が。もう自分以外のだれのことも気にならなくなりはじめていた。アマリエ以降、それを感じなくなっていた。あるいは、ヨハンネス以降。

全体が一つの計画とともに始まっていた。株の価値はマッツのまずい投資のおかげで下落しつづけていて、何か思い切った手を打たなくてはならなかった。すでに資産をよりリスクの少ない基金へ移せばすむという問題ではなかった。清算しなくてはならない負債が増えつづけていた。要するに、財政を激変させる必要があるということだった。義理の父親がある考えをひねり出していた。それはまさに激変を可能にする一撃であり、もっと正確に言えば、〝盗む〟ということだった。もっとも、盗む相手は警備の厳重な銀行ではなく、年老いた女性たちだが。そして、狙いを付けた老女は救世軍だった。ラグニルは救世軍の不動産をすでに検討していたが、印象に不足はなかった。つまり、非常な好条件下にあるだけでなく、将来的な可能性も立地も素晴らしいということである。とりわけ、オスロ中心部、なかんずくマイヨルストゥーエンのそれがよかった。救世軍の銀行残高は少なくとも二つのことをはっきり示していた。金を必要としていること、不動産が不当に過小評価されていること、である。自分たちの持っている資産の価値が本来はどのぐらいのものか、彼らはたぶん知らないのではないか。あの組織の意思決定者たちがそこで最も頭の切れる人々だとはまず思えないし、買うにはいまが絶好のタイミングかもしれない。なぜなら、不動産市場も株価と同時に下がっているのだが、ほかの先行指標は、また上がりはじめているからだ。

そのあとの電話一本で、彼女は打ち合わせの段取りをつけた。

素晴らしい春の日、彼女は救世軍本営へ車を乗りつけた。

ダーヴィド・エークホフ司令官が彼女を迎え、三秒後には、ラグニルは相手の快活さの裏にあるものを見抜いていた。群れを率いる尊大なリーダーで、彼女が操るのを得意とするタイプでもあったから、うまくいくかもしれないと思った。彼に案内された会議室では、ワッフルとびっくりするほどまずいコーヒー、年配の救世軍職員が一人、若い救世軍職員が二人、待っていた。年配のほうは運営管理責任者で、退役を間近に控えている中佐だった。若いほうの一人はリカール・ニルセン、一瞥したところでは、マッツ・ギルストルプに似ていて、内気そうに思われた。が、その認識はもう一人の青年に挨拶されたときのショックに較べれば何でもなかった。彼は控えめな笑顔で握手をし、ヨーン・カールセンだと自己紹介をした。そのショックの原因は、背を丸めるほどの長身でもなく、開けっぴろげで少年のような顔でもなく、優しい声でもなく、目だった。彼はまっすぐにラグニルを見た。彼女の内側を。彼がしたように。それはヨハンネスの目だった。

会議の冒頭、運営管理責任者がノルウェー救世軍の財務内容を説明した――総収入は十億クローネを少し下回っていて、それに大きく寄与しているのが救世軍所有の二百三十カ所の不動産の賃貸料収入だと。その間、ラグニルは半ばわれを失った状態で、何とかしてあの若者を見つめるのをやめようとした。あの髪を、静かにテーブルに置かれたままじっと動かない手を、肩を。その肩を包んでいる黒い軍服はまるでサイズが大きすぎ、ラグニルは子供のころを思い出した。死ぬ前の生を信じていないくせに主を讃える歌を笑顔で歌う年老いた男女を。救世軍はほかのどこにも足掛かりを得られない人たちのためのものであり、ほかにはだれも相手にしてくれないような単純な人たち、生気に欠ける人たち、鈍い人たちでも、救世軍になら要求を満たし得る——バックアップ・コーラスを歌うこと——共同体があると知っている場所だと、きっとわたしは思っていたのだろう。もちろん、本気でそう考えたわけではないけれど。

運営管理責任者の説明が終わると、ラグニルは礼を言い、持参したフォルダーを開いて、一枚の紙を司令官に渡した。

「これがわたしどものご提案です」彼女は言った。「わたしどもがどの不動産に関心を持っているかが、それでおわかりいただけると思います」

「ありがとう」司令官が文書に目を通した。

ラグニルはその表情を読み取ろうとしたが、そこにはほとんど何も表われなかった。読書用の眼鏡も、彼の前のテーブルに置かれたままだった。

「まず、われわれのほうの専門家が計算をしなくてはなりません。そのうえで、どれがいいかを推薦させてもらいましょうか」司令官が笑顔で言って文書を渡した。ヨーン・カールセンに。リカール・ニルセンの頬がぴくりと動いたのを、ラグニルは見逃さなかった。

彼女はテーブル越しに、名刺をヨーン・カールセンに差し出した。

「ご不明な点があったら、わたしに電話をください」彼女は言い、彼の目が実際に撫でるように自分を見るのを感じた。

「話を聞かせていただいてありがとうございました、ギルストルプさん」エークホフ司令官が言い、手を叩いた。「ご返事をすることは約束しますが、どのぐらいお待ちいただくことになるか……ヨーン？」

「そう長くはかかりません」

司令官が快活な笑みを浮かべた。「長くはかかりません」

四人全員がエレベーターまで彼女を送った。エレベーターを待っているあいだ、だれも口を開かなかった。

エレベーターのドアが開くと、ラグニルはヨーンのほうへ半ば身体を傾け、小声で言った。

「いつでもかまいません。携帯電話の番号のほうへかけてください」

彼女はもう一度あれを味わおうと彼の目を捉えようとしたが、うまくいかなかった。独り、エレベーターで階下へ下りているとき、不意に心臓が爆発したかのように早鐘を打ちはじめ、苦しくなって、どうしようもなく身体が震えだした。

三日後、彼から断わりの電話があった。提案を検討した結果、売らないという結論に達した、と。ラグニルは提示価格の正当性を熱を込めて訴え、いまのままでは救世軍は不動産市場で無防備に過ぎる、そもそもプロのやり方で運用されていない、賃貸料が安すぎて損をしているし、投資を分散させるべきだと指摘した。ヨーン・カールセンは最後まで黙って聞いていた。

ラグニルが話し終えると、ヨーン・カールセンが言った。「この案件をそこまで徹底的に調べてもらったことに感謝します、ギルストルプさん。私もエコノミストとしてはあなたの意見に同意しないわけではありません。ですが――」

「ですが、何かしら？　計算に間違いはないはずよ……」彼女は自分の声にわずかながら興奮を聞き取った。

「ですが、人間という側面があるんです」

「人間？」

「借りている側です。人間ですよ。そこに住んでいる老人たちはみな生きているんです、退役した軍人も、難民も、みな人間で、安心が必要なんです。わたしたちが気にかける〝人間という側面〟は、そういう人たちのことなんです。あなたたちは彼らを追い出してアパートを修理し、貸すなり売るなりして儲けを出すつもりでおられるんでしょう。計算に――あなた自身がおっしゃったとおり――間違いはありません。あなた方が考えておられるのは、経済的な側面一辺倒です。私はその考え方を否定しません。あなたは私の考えを否定されますか？」

ラグニルは息ができなかった。

「わたしは……」彼女は答えようとした。

「よかったら、そういう人々のところへ私と一緒に行ってみませんか？　そうすれば、あなたにももっとよくわかってもらえるかもしれない」

ラグニルは首を横に振りながら言った。「わたしどもの意図に関していくつか誤解があるようだから、それを解かせてもらいたいんですけど、木曜の夜はお忙しいかしら？」

「いえ、でも——」

「それなら、八時に〈フェインスメッケル〉で会いましょう」

「フェインスメッケルとは何ですか？」

微笑しないわけにはいかなかった。「フログネルにあるレストランです。大丈夫、タクシーの運転手ならだれでも知っていますから」

「フログネルなら、バイクで行きます」

「わかりました。それでは」

彼女はマッツと義理の父親を呼んで会議を持ち、結果を報告した。

「問題はその助言者のようだな」アルベルト・ギルストルプが言った。「彼をこっちにつけることができれば、あの不動産はわれわれのものだ」

「でも、申し上げたとおり、彼はこっちがいくら払うかには関心がないんです」

「いや、あるとも」義理の父親が言った。

「いえ、ありません！」

「救世軍にいくら払うか関心がないのであって、自分にいくら払うかに関心がないわけではないさ。彼はあそこで倫理の旗を好きなだけ振れればいいんだ。われわれは彼の個人的な強欲に訴えなくてはならないな」

ラグニルは首を横に振った。「強欲に訴えても、あの人には無駄ですよ。彼は……そういうことをする種類の人じゃないんです」

「人はだれでも自分の値段を持っているんだ」アルベルト・ギルストルプが哀しげな笑みを浮かべ、彼女の顔の前で人差し指をメトロノームのように左右に振った。

「救世軍は敬虔主義に由来していて、敬虔主義は実際的な考えの持ち主が宗教へ接近する道でもある。だから、敬虔主義が不毛の北の地方であんなに人気が出たんだ。パンが最初、祈りは二番目でいいんだからな。私は彼に二百万を提示するつもりだ」

「二百万？」マッツ・ギルストルプが息を呑んだ。「……売ることを彼らに進言させるために？」

「もちろん、売れれば、という条件付きでだ。売れなかったら、払わないさ」

「それでも正気の沙汰とは思えない金額ですよ」息子が抵抗した。

ラグニルの義理の父親が目もくれずに応えた。「唯一正気の沙汰でないことがあるとすれば、何から何まで右肩上がりのときに、われわれが一族の資産をなぜか目減りさせていることだ」

マッツ・ギルストルプは水槽のなかの魚のように口を開けたが、そこから言葉は出てこなかった。

「この助言者は、最初の提示額が低すぎると思ったらそもそも価格交渉をする気にならないだろう」アルベルト・ギルストルプが言った。「だから、最初のパンチでノックアウトする必要があるんだ。二百万だ。おまえはどう思う、ラグニル？」

ラグニルはゆっくりとうなずいた。目は窓の外の何かに集中していた。なぜなら、読書灯の向こうの影のなかで俯いている夫を見ることができなかったから。

ラグニルが着いたとき、ヨーン・カールセンはすでにテーブルで待っていた。記憶にあるより小さいように感じられたが、それは軍服を脱いで、〈フレテックス〉で買ったと思われるスーツに着替えているせいかもしれなかった。それに、慣れない洒落たレストランにまごついているようでもあり、彼女を迎えて立ち上がった弾みで花瓶を倒した。二人は協力して花を救い出し、二人して笑った。そのあと、色々な話をした。子供はいるのかと訊かれたとき、彼女は首を横に振っただけだった。

あなたはどう？　お子さんはいるの？　いない。そうなの。でも、もしかして……奥さんは？　そう、奥さんもいないの。

会話は救世軍が持っている不動産へ移っていったが、彼の口調にはこれまでの熱っぽさがなく、慇懃（いんぎん）な笑顔でワインを口にするだけだった。彼女は提示額を十パーセント上乗せした。彼は依然として笑顔のまま首を横に振り、肌の色との対比がいいとラグニルが確信しているネックレスを褒めた。

「母からのプレゼントなの」ラグニルは苦もなく嘘をついた。彼が見とれているのはわたしの目なんだ、と彼女は思った。ライトブルーの虹彩と、それを取り巻く透き通るように白い強膜だ。

主菜とデザートの合間に、あなた個人への報酬として二百万クローネを考えていると提示した。ラグニルは相手の目を覗き込まずにすんだ。ヨーン・カールセンがいきなり血の気を失い、何も言わずにワイングラスを見つめていたからだ。

しばらくして、彼がささやくような声で訊いた。「それはあなたの考えですか？」

「わたしの考えでもあり、わたしの義理の父の考えでもあるわ」ラグニルは息が苦しくなるのを感じた。

「アルベルト・ギルストルプですか？」

「そうよ。わたしたちと夫を別にすれば、このことを知っている人は一人もいないわ。これが公になったら、あなたも失うものが大きいでしょうけど、わたしたちも同じぐらいのダメージを受けることになるでしょうからね」

「それは、私が何かを言ったとか、何かをしたからですか？」

「え？」

「私が金と引き換えにあなた方の申し出に同意するだろうと、あなたとあなたの義理のお父上が考えた理由は何なんでしょう？」

彼に見られて、ラグニルは自分の顔が赤くなるのがわかった。赤くなるなんて、思春期以降、覚えがなかった。

「デザートは省略しますか？」彼が膝のナプキンを取り、ディナーの皿の横に置いた。

「返事はゆっくりでいいわ、ヨーン」彼女は口ごもりながら言った。「あなた自身のために時間をかけて考えてちょうだい。でも、同意してくれたら、いくつかの夢を実現させられるわよ」

　その言葉はラグニルの耳にさえ不快極まりなかった。ヨーンがウェイターに支払いの合図をした。

「夢って、どんな夢です？　金で転ぶ堕落した僕、惨めな脱走兵になることですか？　自分が成し遂げようとすることすべてが周囲を荒廃させているのに、そんなことはおかまいなしにいい車に乗ることですか？」激しい怒りで身体まで震えていた。「そんなことがあなたの夢ですか、ラグニル・ギルストルプ？」

　彼女は答えられなかった。

「私は目が眩んでいたに違いない」彼が言った。「なぜだかわかりますか？　あなたに会ったときは……まったく違う人だと思ったんですがね」

「そのとおりよ」ラグニルはささやいた。身体が震える兆しが感じられた。エレベーターのなかでのあのときと同じだった。

「何ですって？」

　彼女は咳払いをした。「わたしはあなたが見たとおりの人間よ。でも、いまはあなたを嫌な気持ちにさせているわね。本当にごめんなさい」

それにつづく沈黙のなかで、彼女は熱さと冷たさが交互に層をなしている水に沈んでいくような気がした。

「これはすべてなかったことにしましょう」ウェイターがやってきて、彼女が片手に持っていたカードを取った。「どうでもいいことだわ。あなたにとっても、わたしにとってもね。少しフログネル公園を歩かない？」

「私は……」

「お願い」

彼が驚いた様子で彼女を見た。いや、気のせいか。

あの目——すべてを見通す目——は、驚くことがあるのだろうか？ いま、ラグニル・ギルストルプはホルメンコーレンの自室の窓から眼下の暗い広場を見下ろしていた。フログネル公園。あそこであの狂気が始まった。


夜半を過ぎて移動給食車はガレージに戻り、マルティーネは心地いい疲れを感じながら、同時に幸せでもあった。闇のなか、狭いヘイムダール通りに建つホステルの前の舗道で、車を取りにいったリカールを待っていた。そのとき、背後で雪を踏みしめる音が聞こえた。

「こんばんは」

振り返って、心臓が止まったかと思った。たった一つしかない街灯の下に、長身の人影が聳えていた。

「私です、わかりませんか？」

一度、心臓が打った。二度。三度、そして、四度。声の持ち主がだれなのか、やっとわかった。

「ここで何をしているんですか？」どんなに怖かったかが声に表われていないことを願いながら、彼女は訊いた。

「今夜、あなたがあのバスの担当で、夜半にここに戻ってこられるとわかったものですからね。言うならば、捜査に進展があったんです。それで、ちょっと考えていたんですが」彼が一歩前へ出てきて、街灯の明かりが顔を照らした。彼女の記憶にあるより、厳しくて、老けて見えた。妙なことに、たった一日も経っていないのに結構忘れていた。「疑問がいくつかあるんです」

「いまでないと駄目ですか？」マルティーネは笑顔で訊き、その笑顔で警察官の表情が和らぐのがわかった。

「だれかを待っているんですか？」ハリーが訊いた。

「ええ、リカールに車でうちまで送ってもらうんです」

彼女は警察官が肩に掛けているバッグを見た。片側に〈JETTE〉とロゴが読み取れたが、あまりに古くてくたびれていて、いま流行しているレトロ・モデルではあり得なかった。

「いまあなたが履いているスニーカーですけど、中敷きを新しくしたほうがいいですよ」彼女は指をさした。

　警察官がびっくりして彼女を見た。

「その臭いを嗅ぎ分けるのに、ジャン＝バティスト・グルヌイユである必要はありませんよ」マルティーネは付け加えた。

「パトリック・ジュースキント」警察官が言った。「『香水』」

「本を読む警察官ですか」彼女は応じた。

「人殺しのことを読む救世軍兵士」ハリーが言った。「残念ながら、それが私がここにいる理由へ導いてくれたというわけです」

　サーブ900がやってきて停まり、窓が音もなく下がった。

「用意はいいかな、マルティーネ？」

「ちょっと待って、リカール」彼女はハリーを見た。「あなたはどちらへ？」

「ビスレットですが、どっちかというと――」

「リカール、ビスレットまで乗せてあげてもいいかしら？　あなたもあそこに住んでるんでしょ？」

　リカールは暗闇を覗き込んでいたが、やがて、気乗りのしない声で答えた。「もちろん」

「どうぞ」マルティーネはハリーに手を差し伸べた。警察官がまた驚きを顔に浮かべて彼女を見た。

「その靴だといつ滑って転ぶかわからないでしょ？」彼女は彼の手を取ってささやいた。彼の手は温かくて乾いていて、彼女の手を反射的にしっかりと握り返した。いまにも転ぶのではないかと恐れているかのようだった。

リカールの運転は慎重で、目はサイドミラーからサイドミラーへと、後ろから襲われるのを心配しているかのように忙しく往復した。

「どんな疑問なんでしょう？」助手席のマルティーネが訊いた。

ハリーは咳払いをした。「今日、ヨーン・カールセンが撃ち殺されそうになったんです」

「何ですって？」マルティーネが叫んだ。

ハリーはルームミラーに映るリカールと目が合った。

「もう知っておられた？」

「いや、知りませんでした」リカールが答えた。

「だれが……？」マルティーネが訊こうとした。

「わかりません」ハリーは答えた。

「でも……ロベルトが撃たれて、ヨーンも撃たれそうになったなんて。カールセンの一族と何か関係があるんですか？」

「彼らが追っているのは二人のうちの一人だったと、私はそう考えています」

「どういうことですか？」

「犯人は帰りの旅を延期しました。自分が間違った相手を撃ったことを知ったに違いありません。ロベルトは本来狙っていた標的ではなかったんです」

「では、ロベルトは死なずにすんだはずだった――」

「だから、あなたに話を聴かなくてはならなくなったんです。私の仮説が正しいかどうか、あなたならわかると思うんですよ」

「仮説って？」

「ロベルトが死んだのは、運悪くエーゲルトルゲ広場の仕事をヨーンと代わってやったからだ、という仮説です」

マルティーネがさっと後ろを振り向き、驚きの目でハリーを見た。

「あなたは勤務シフトの割当てをしていますよね」ハリーは言った。「あなた方に会いに行ったとき、受付の告知板にその割当て表が掛かっているのに気がつきました。あそこなら、あの晩のエーゲルトルゲ広場の担当がだれなのかがみんなにわかりますよね。で、そのときの担当はヨーン・カールセンだったんです」

「どうやって……」

「病院へ行ったあとで、ちょっと立ち寄って調べたんです。ヨーンの名前がそこにありました。でも、ヨーンとロベルトがシフトを入れ替わったのは、リストがタイプされて確定したあとだったんですよね？」

リカールがステーンスベルグ通りからビスレットのほうへハンドルを切った。

マルティーネが下唇を嚙んだ。「シフトが代わるのはしょっちゅうだし、勝手にやられたら、わたしには知りようがありません」

リカールの運転する車はソフィー通りへ入っていた。

マルティーネの目が大きくなった。「そうだ、いま思い出しました！　ロベルトが電話をしてきて、シフトをヨーンと代わったと教えてくれました。それで、わたしは何もする必要がなかったんです。だから、考えなかったんだと思います。でも……それはつまり……」

「ヨーンとロベルトはとてもよく似ています」ハリーは言った。「軍服を着ていたら……」

「それに、暗くて、雪も降っていたし……」マルティーネが低い声で、ほとんど独り言のように言った。

「私が知りたいのは、だれかがあなたに電話をしてきて、シフトの割当てのことを尋ねなかったかどうかです。特にあの晩の割当てについて」

「わたしが憶えている限りでは、そういうことはありませんでした」マルティーネが答えた。

「考えてみてもらえませんか？　明日、電話しますから」

「わかりました」マルティーネが言った。

ハリーは街頭からの明かりでふたたび彼女の目を見つめ、瞳が不揃いなことに気がついた。

リカールがサーブを路肩に寄せた。

「どうしてわかったんです？」ハリーは訊いた。

「わかったって、何がですか？」マルティーネがすぐさま訊き返した。

「いや、彼に訊いたんです」ハリーは言った。「どうして私がここに住んでいることがわかったんでしょうね？」

「自分でそう言ったじゃないですか」リカールが答えた。「私はこの辺りに詳しいんです。マルティーネが言ったとおり、私もビスレットに住んでいるんです」

ハリーは舗道に立ち、走り去るサーブを見送った。

あの若者は隠そうにも隠せないほど彼女に夢中だ。先にここへきたのは、このあと数分間でも、マルティーネと二人きりになるために、言わなくてはならないことがあるときの平和と静けさを得るために、自分が何者であるかをはっきりさせるために。自分の気持ちを打ち明けるために、自分自身を知り、若さの一部であるすべてのことを知るために。それとともに、自分が終わったことを喜んで告げるために。すべては優しい一言、抱擁と、行ってしまう前に彼女にキスしてもらいたいという願いのためだ。のぼせ上がった愚か者がやる、愛の乞い方だ。年齢は関係ない。

ハリーはのろのろと玄関へ向かった。手は本能的にズボンのポケットをまさぐって鍵を探し、頭は自分の住処が近づくと必ず鎌首をもたげる、嫌な気持ちにさせる何かを探した。そして、目はどうにかして耳が聞こうとする何かを求めた。それは小さな音だったが、この遅い時間のソフィー通りは静まり返っていた。今日の除雪の名残りの凍った雪溜まりを見下ろした。ひび割れるような音がしていた。溶けているのか。あり得ない。零下三度なんだから。

ハリーは鍵をドアに挿し込んだ。

そのとき、あれは凍った雪が溶けている音ではないとわかった。こ、ち、こ、ち、という音だった。ハリーはゆっくりと振り返って、雪溜まりを透かし見た。きらめきが見えた。ガラスだ。ハリーは引き返して腰を屈め、時計を拾い上げた。メッレルからプレゼントされた時計のガラスが、水面のようにきらめいていた。引っ掻き傷一つついていなかった。時間も一秒まで正確だった。ハリーの時計より二分進んでいた。メッレルは何と言ったっけ？〝遅れたと思っても間に合うように〟だ。

14 暗闇

十二月十七日 夜（水曜日）

ホステルのレクリエーション・ルームの暖房装置(ラジエーター)が、かんかんと石で叩かれているような音を立てていた。バーラップ（黄麻繊維の目の粗い布）の壁紙についた茶色の焦げ痕の上で熱気が揺れた。その壁紙はニコチン、接着剤、ここで暮らして出ていった者たちの脂ぎった臭いを発散させていた。ソファの素材が、ズボンを穿いていてもざらざらと感じられた。

ラジエーターが音を立てながら乾いた空気を暖めているにもかかわらず、彼は壁のブラケットに取り付けられたテレビでニュースを観ながら震えていた。映っている広場は見分けがついたが、言葉はまったく理解できなかった。別の隅では老人がアームチェアに坐って、細い手巻きの煙草を喫っていた。黒い指先に火がつきそうなほど短くなると、急いで箱からマッチ棒を二本取り出し、それで煙草を挟んで、今度は唇が燃えそうになるまで喫うのだった。切り取られた樅(もみ)の木のてっぺんの部分に飾りが施されて隅のテーブルに置かれ、人目を引こうとしていた。

彼はダリでのクリスマス・ディナーのことを考えた。

　戦争が終わり、かつてはヴコヴァルだったところからセルビア人勢力がいなくなって二年目、クロアチア当局は難民をザグレブのホテル・インターナショナルへ集めた。彼はギオルギの一家がどうなったか、誰彼なしに訊いて回った。そして、ある日出会った難民が、ギオルギの母は包囲されているあいだに死に、彼と父親はヴコヴァルからそう遠くない小さな国境の町、ダリへ移ったと教えてくれた。十二月二十六日、彼は鉄道でオシイェクまで行き、そこからダリへの列車に乗り換えた。車掌に確認すると、その列車は終点のボロヴォまで行って、六時三十分にダリへ折り返してくることになっていた。ダリに降り立ったのは二時、道を訊きながら訪ね当てたのは、町と同じように灰色の低層アパートだった。建物に入ると、ドアがあった。留守でないことを胸の内で祈りながらドアベルを押した。向こうで軽やかな足音が聞こえた瞬間、心臓の鼓動が速くなった。

　ギオルギがドアを開けた。ほとんど変わっていなかった。色はもっと白くなっていたが、カールした金髪も、青い目も、いつも若い神を思わせたハート形の口も同じだった。しかし、彼を見たとたん、目に宿っていた笑みが電球が切れたかのように消えた。

「ぼくがわからないかな、ギオルギ？」しばらくして、彼は訊いた。「同じ町に住んでいて、同じ学校に通っていたじゃないか」

　ギオルギが眉をひそめた。「おれたちが？　ちょっと待ってくれ。その声は、そうだ、セルグ・ドラッチだ。もちろん、わかるとも。足が速かったよな。それにしても、ずいぶん変わったじゃないか。でも、ヴコヴァルでの知り合いに会えるなんてすごいな。みんないなくなってしまったからな」

「ぼくは違う」

「そうとも、おまえは違うよ、セルグ」

ギオルギは彼を抱擁し、寒さに凍りついた彼の身体に温もりが感じられるようになるまでしばらくそうしていたあと、アパートへ入れてくれた。

居間は暗く、家具調度も多くなかった。二人はそこで、お互いの身に起こったこと、ヴコヴァルの知り合いのこと、いま彼らがどこにいるかなど、あらゆることを話題にした。犬のティントを憶えているかと訊いたとき、ギオルギはかなり当惑したような笑みを浮かべた。

間もなく父親が帰ってくるけど、一緒に飯でも食うか、とギオルギが訊いた。

彼は時計を見た。列車の時間まで三時間あった。

ヴコヴァルからの訪問者に、父親はひどく驚いた。

「セルグだよ」ギオルギが言った。「セルグ・ドラッチだよ」

「セルグ・ドラッチ？」父親が透かし見るようにして彼を凝視した。「そうだ、どこか見憶えがあるぞ。ふむ。きみのお父さんのことは知らなかったと思うが？　そうだな？」

暗くなり、三人はテーブルに向かってそれぞれの席に着いた。父親が大きな白いナプキンを配り、赤いネッカチーフを緩めて、自分のナプキンを首に巻いた。そして、食前の祈りを捧げ、十字を切って、部屋にある唯一の、額に入った女性の写真のほうへうなずきかけた。

ギオルギと父親がナイフとフォークを手にすると、彼は頭を垂れて詠唱した。

「エドムから来るのは誰か。ボツラから赤い衣をまとって来るのは。その装いは威光に輝き勢い余って身を倒しているのは。『わたしは勝利を告げ大いなる救いをもたらすもの』と主は言われた」

父親はびっくりして彼を見たが、やがて、大きな、色の薄い肉を切り分けた皿を差し出した。

食事は沈黙のうちにつづき、薄い窓が風のせいで苦しげに鳴った。

食事のあとはデザートだった。パラチンカという、ジャムを詰めてチョコレートを塗った薄いパンケーキ。彼が最後にそれを口にしたのは、ヴコヴァルでの子供のときだった。

「もう一つ、どうだ、親愛なるセルグ」父親が言った。「クリスマスだからな」

彼は時計を見た。列車が出るまであと三十分。時間だ。彼は咳払いをすると、ナプキンを置いて立ち上がった。「ギオルギとぼくはヴコヴァルで憶えている人たち全員のことを話しました。でも、一人だけ、まだ話題に上っていない人がいるんです」彼は言った。

「なるほど」父親が何のことだかわからないというような曖昧な笑みを浮かべた。「で、それはだれなのかな、セルグ？」そして、少し顔を横に向け、はっきり見えない何かに焦点を合わせようとするかのように片方の目で彼を見た。

「ボボという人です」

ギオルギの父親の目が、ようやくわかったと言っていた。父親はこの瞬間を待っていたのかもしれなかった。剝き出しの壁に反響する自分の声が聞こえた。「あなたが軍用車のなかから彼を指さして、セルビア人兵士の司令官に教えたんです」彼は唾を呑み込んだ。「ボボは死にました」

部屋は静かだった。父親がナイフとフォークを置いた。「あのときは戦争だったんだ、セルグ。われわれはみんな死ななくちゃならなかった」そう言う父親は冷静で、ほとんど諦めているかのようだった。

父親とギオルギは身じろぎもしなかった。彼はズボンのベルトに挟んである拳銃を抜き、テーブル越しに狙いを定めて引鉄を引いた。瞬間的に乾いた破裂音が弾け、父親の身体が跳ねて、椅子の脚が床を擦る音がした。父親が俯き、自分の胸にぶら下がっているナプキンにあいた穴を見つめた。直後、その穴は胸に吸い込まれたと思うと、血が白い布一杯に、赤い花のように広がった。

「ぼくを見るんです」彼は命令し、父親が反射的に顔を上げた。その額に二発目の銃弾が小さな黒い穴を穿った。父親は前にのめり、額がパラチンカの皿にぶつかって小さな音を立てた。

ギオルギを見ると、彼はあんぐりと口を開けてその場の様子を見つめていた。頰に一本、赤い条が走っていたが、間もなく、それは父親のパラチンカの皿から飛び散ったジャムだとわかった。彼は拳銃をズボンのベルトに戻した。

「おれも撃たなくちゃ駄目なんだろうな、セルグ」

「きみに返してもらう貸しはないよ」彼は居間を出ると、ドアのそばに掛けてあった上衣を取った。

ギオルギがついてきた。「おれには返してもらう貸しができた！　おれを殺さなかったら、必ずおまえを見つけ出して殺してやる！」

「だけど、どうやってぼくを見つけるんだ、ギオルギ？」

「おまえは隠れられない。おまえがだれかはよくわかってるんだ」

「そうかな？　きみはぼくをセルグだと思ってる。だけど、セルグ・ドラッチは赤毛で、ぼくより背が高かった。それに、ぼくは足が速くないんだよ、ギオルギ。でも、ぼくがだれかわからなくてよかったことにしようじゃないか、ギオルギ。だって、きみの命を奪わずにすんだんだから」

そのあと、彼はギオルギの唇にしっかりとキスをし、ドアを開けて外に出た。

その殺人事件は新聞に載ったが、警察は犯人を捜さなかった。三カ月後のある日曜、助けを求めてやってきたクロアチア人のことを母親から聞いた。大した礼はできないけれども、家族の金を掻き集めてきたとのことだった。戦争中に弟を拷問したセルビア人が近くに住んでいることがわかり、小さな贖い主と呼ばれている人のことを聞いてやってきたのだ、と。

老人が細い煙草で指先を火傷し、声高に悪態をついた。

彼は立ち上がって受付へ行った。ガラスの仕切りの向こう側にいる若者の後ろに、救世軍の赤と黄色の旗があった。

「電話を使わせてもらえるかな?」

若者が嫌な顔をした。「市内なら」

「市内だ」

若者が背後の狭いオフィスを指さした。彼はそこの机に向かって腰を下ろすと、電話を見つめ、母親の声のことを考えた。とても心配そうで、怯えている声。同時に、温もりがあって優しい声。まるでおれを抱擁するかのようだ。彼は立ち上がるとオフィスのドアを閉めに行き、それからホテル・インターナショナルの番号を打ち込んだ。彼女はいなかったが、メッセージは残さなかった。そのとき、ドアが開いた。

「ドアを閉めていいとは言ってませんよ」若者が咎めた。「いいですね?」

「わかった、申し訳ない。ところで、電話帳はあるかな?」

若者は呆れたと言わんばかりにぐるりと目を回して見せ、電話の横の分厚い冊子を指さして出ていった。

彼はイェーテボルグ通り四番地のヨーン・カールセンを見つけ出し、その番号をダイヤルした。

テア・ニルセンは鳴り出した電話を見つめた。

ヨーンが渡してくれた鍵を使って、彼のアパートにいるのだった。どこかに銃弾の穴があるという話で、それを探してみたところ、食器棚の扉にあいているのがわかった。

あの男がヨーンを撃とうとした。殺そうとした。そう考えると、妙に気持ちが揺れ動いた。まったく怖くはなかった。ときどき、二度と怖くなることはないのではと思うことがあった。あんなふうに、あのことについて、死ぬことについて。

警察もここを調べたが、それほど長くかからずに引き上げていた。銃弾以外に手掛かりはない、と彼らは言っていた。

病院では自分を見つめるヨーンの息遣いを聴いていた。病院の大きなベッドにいる彼はとても無力に見えた。顔を枕で押さえるだけで息絶えるかに思われた。無力な彼を見ているのは悪くない気分だった。クヌート・ハムスンの『ヴィクトリア　ある愛の物語』の教師の言うとおりかもしれない――〝女性のなかには同情したいが故に健康で強い男を嫌い、夫が障害を抱えて自分の優しさを頼ってくれることを密かに望む者がいる〟。

しかし、いまの彼女は彼のアパートに独りきりで、電話が鳴っていた。時計を見ると、夜半だった。こんな時間に電話をしてくる者はいない、よからぬことを意図している者でない限り。死は怖くなかったが、これは怖かった。あの女だろうか？　わたしが何も知らないとヨーンが思っているあの女。

電話へ二歩近づき、そこで足を止めた。四回目の呼出し音。五回鳴ったら止むのではないか。テアはためらった。また鳴った。飛びつくようにして受話器を取った。

「もしもし？」

一瞬の間があって、男の声が英語で言った。「こんなに遅い時間に申し訳ない。エドムという者ですが、ヨーンはいますか？」

「いえ、いません」彼女はほっとした。「入院しているんです」

「ああ、そうでしたか、今日のことは知っています。昔からの友人で、見舞いに行きたいんですが、どの病院でしょう？」

「ウッレヴォールです」

「ウッレヴォール」

「そうです。英語で何と言うかは知りませんが、ノルウェー語で〝脳神経外科（ネヴロヒルルギスク）〟という科です。でも、病室の前に警察官が立っているから、たぶんなかへは入れないと思いますよ。わたしの言っていること、おわかりですか？」

「わかるとは？」

「わたし、英語はあんまり……」

「大丈夫、完璧にわかります。どうもありがとう」

テアは受話器を置くと、しばらく考えた。そして、捜索を再開した。彼らは銃弾の穴が複数あると言っていた。


彼はホステルの受付の若者に、ちょっと散歩してくると告げて部屋の鍵を渡そうとした。若者は壁の時計を見て十二時十五分であることを確かめると、鍵をそのまま持っているように言った。自分はもうすぐ正面入口の鍵をかけてベッドに入るけれども、その部屋の鍵は正面入口を開けるのにも使えるから、と。

　外に出たとたんに寒さが襲ってきて、嚙みつき、引っ掻いた。彼は俯き、確固とした大股で歩き出した。これは危険だ。明らかに危険だが、やるしかない。


　ハフスルン電力社電力管理部長のオーラ・ヘンモーはオスロのモンテベッロにある送電管理センターにいて、煙草を喫いながら、部屋のあちこちに散らばっている四十のモニターを監視しつづけるのは容易ではないことを思い知らされていた。普段は自分の席にとどまっているのだが、夜間は三人で凌がなくてはならなかった。日中は十二人が詰めているのだが、今夜は外の寒さのせいか、全員が部屋の中央の一つの机の周りに集まっていた。

　ゲイルとエッベは例によって競走馬と最近のレース結果について口角泡を飛ばしていた。八年それをやっているのだが、二人別々に賭けるという考えは思いつきもしないようだった。

　オーラはウッレヴォール通りとソグンス通りのあいだのキルケ通りにある変電所のほうが気になっていた。

「T1、三十六パーセントの過負荷。T2からT4まで二十九パーセントの過負荷」彼は言った。

「くそ、みんな暖房器具を使ってやがる」ゲイルが言った。「凍死するとでも思ってるのか？　真夜中だぞ、上掛けにくるまって縮こまってりゃいいじゃないか。三着がスウィートリヴェンジだ？　おまえ、頭がどうかしたんじゃないか？」

「そんなことまでして電力を節約するような連中であるもんか」エッベが言った。「この国じゃ無理だな。まあ、金を捨ててるようなもんだけどな」

「そして、最後には泣きを見るわけだ」オーラは言った。

「ところが、そうはならないんですよ」エッベが言った。「ばんばん石油を汲み上げるだけですから」

「おれが考えてるのはT1のことだ」オーラはスクリーンを指さした。「いまや六百八十になってる。名目上の上限は五百なんだぞ」

「落ち着いて」エッベが言った直後、警報が鳴り響いた。

「くそ」オーラは吐き捨てた。「やっぱり持ち堪えられなかったか。リストを調べて、当直の連中に電話しろ」

「見てください」ゲイルが言った。「T2もダウンしました。T3もです」

「よし！」エッベが叫んだ。「こうなったら、T4がどうなるか賭けるか――」

「遅かったな、たったいまダウンしたよ」ゲイルが言った。

オーラは小縮尺の地図に目を走らせた。「くそ」彼はため息をついた。「ソグン南部、ファーゲルボルグ、ビスレットで停電だ」

「何があったか賭けてもいいぞ！」エッベが言った。「ケーブル絶縁体の不具合に千だ」

ゲイルが片方の目を吊り上げた。「計器用のトランス。五百だな」

「すぐに遮断しろ」オーラは唸った。「エッベ、消防署に通報しろ。賭けてもいいが、あそこで火災が起こってるぞ」

「受けた」エッベが言った。「二百でどうです？」

病室の明かりが消えたとき、あまりに完全な闇が落ちたために、ヨーンは最初、自分の目が見えなくなったのかと訝った。頭をぶつけたときに視覚神経が損傷し、その影響がいま出てきたということか。しかし、廊下で叫び声が聞こえ、窓の輪郭がぼんやりと浮かび上がって、停電なのだとわかった。

外で椅子を引く音がし、病室のドアが勢いよく開いた。

「いますか？」声が訊いた。

「います」ヨーンは答えたが、思いのほか甲高い声になった。

「様子を見てきます。どこへも行かないでください、いいですね？」

「どこへも行きはしませんが、でも……」

「何でしょう？」

「この病院には緊急のときのための自家発電設備はないんですか？」

「手術室と監視カメラのためのものはあると思いますよ」

「なるほど……」

ヨーンは遠ざかっていく警察官の足音に耳を澄ませながら、ドアの上で緑色に輝いている〝非常口〟の表示を見つめた。それを見ていると、またラグニルのことが思い出された。あれが始まったのも暗闇のなかだった。食事のあと、二人は真っ暗なフログネル公園を散歩し、人気のない庭園のモノリッテンのそばに立って、東のダウンタウンのほうを眺めた。彼はマンダール出身の類を見ない芸術家グスタフ・ヴィーゲランがこの公園を彫刻で飾るに際してどのような条件をつけたか、その物語を彼女に話して聴かせた。それは周囲の教会との関係でモノリッテンが対称の位置にくるようにするため、公園正門がウラニエンボルグ教会に接するまで公園を拡張せよ、というものだった。市議会の代表者が公園を動かすことはできないと言うと、それなら教会を動かせとヴィーゲランは要求した。

その話を聴いているあいだ、彼女は真面目な顔で黙ってヨーンを見ていた。そのとき、この女性はあまりに強く、あまりに聡明であるがゆえにおれを怖がっているのではないかという思いが彼の頭をよぎった。

「凍えそうよ」彼女がコートの下で震えた。

「帰りましょうか……」そう言ったヨーンの後頭部に彼女の片手が置かれて、正面から彼を見上げた。これまで見たなかで最も普通でない目だった。トルコ石のようなライトブルーの瞳が、白い肌に色があることをわからせるほどのさらに白い強膜に囲まれていた。ヨーンはいつもやっていることをし、覆い被さるように腰を屈めた。彼女の熱く濡れた力強い舌が彼の口に進入したかと思うと、謎めいたアナコンダのように彼の舌をからめ捕って放すまいとした。彼女の手が見事な正確さでそこに置かれたとき、彼は〈フレテックス〉で買ったスーツのズボンの厚手の生地を隔てているにもかかわらず、その熱さを感じ取ることができた。

「きて」彼女が耳元でささやき、片足をフェンスにかけた。目を下にやるとストッキングに覆われていない部分の白い肌が垣間見え、彼は思わず身体を離した。

「だめです」ヨーンは言った。

「どうして？」彼女が呻いた。

「神に誓ったんです」

彼女が最初は不可解そうに、探るような目で彼を見た。やがて、その目に涙が溢れ、彼の胸に顔を埋めて静かに泣き出したかと思うと、また会えるとは思わなかったと言った。彼はその意味が理解できなかったが、髪を撫でてやった。そうやってすべてが始まった。いつも彼のアパートで会い、会うといつも彼女が先手を取った。最初の何度かは彼に貞操の誓いを破らせようとしたが、どうしてもというわけでもなく、そのうちに隣りに横になって愛撫したりされたりするだけで満足するようになったかに思われた。ときどき、どうしてなのか彼にはわからなかったが、彼女が急に必死の面持ちで絶対に別れないと口走ることもあったが。お互いに言葉数は多くなかったが、それが二人をさらに近くしているのだろうと彼は感じていた。テアと付き合うようになって、その関係にいきなり終止符が打たれた。ラグニルに会いたくないからではなく、テアが互いに合鍵を持ちたがったからだ。信頼の問題でしょう、というのが彼女の言い分だった。それに対して、彼は言い返す材料を持ち合わせていなかった。

ヨーンはふたたびベッドに横になって目を閉じた。夢を見たかった。夢を見て、忘れたかった。それが可能なら。眠気が訪れはじめたとき、病室の空気が動くのが感じられた。思わず目を開けて、寝返りを打った。〝非常口〟の表示の淡い緑の明かりのなかで、ドアが閉まるのが見えた。暗がりを覗き込み、息を止めて耳を澄ませた。

マルティーネはソルゲンフリー通りのアパートの暗い窓辺に立っていた。そこも停電で真っ暗だったが、それでも眼下の車を見分けることはできた。リカールの車のようだった。

彼女が車を降りるとき、リカールはキスしようとしなかった。子犬の目で彼女を見て、新しい運営管理責任者になると言っただけだった。兆しはある。吉と出そうな兆しが。きっとぼくだ。きみもそう思うかと訊いた彼の顔に、奇妙なぎこちなさがあった。

あなたはいい運営管理責任者になるわと答えて、ドアを開けようと取っ手に手をかけたまま彼がくるのを待った。でも、彼は動かなかった。そして、わたしは車を降りた。

マルティーネはため息をつき、携帯電話を手に取って、教えられた番号をダイヤルした。

「もしもし」ハリー・ホーレの声は電話を通すとまったく別人のようだった。おそらく自宅にいるからだろう。これが普段の声なのかもしれない。

「マルティーネです」彼女は言った。

「やあ」喜んでいるのかそうでないのか、聞き分けられなかった。

「勤務割当てについてだれかが電話をしてきたり訊いてきたりしなかったか、考えて思い出してみてくれとおっしゃったでしょ」彼女は言った。「ヨーンの勤務割当てについてですけど」

「うん？」

「よく考えてみたんです」

「それで？」

「そういう電話もなかったし、質問もありませんでした」長い沈黙。

「それを教えるために電話してきてくれたんですか？」温かい、しかし、しわがれた声だった。もしかして寝ていたとか。

「そうです。電話しないほうがよかったですか？」

「いや、とんでもない、そんなことはありませんよ。協力に感謝します」

「どういたしまして」

彼女は目を閉じ、相手の声がふたたび聞こえるのを待った。

「無事……帰宅できましたか？」

「ええ、まあ。でも、停電してるんです」

「ここもですよ」彼が言った。「もうすぐ復旧するでしょう」

「復旧しなかったら？」

「それはどういう意味です？」

「大混乱になるのかしら？」

「そういうことをよく考えるんですか？」

「ときどきですけど、文明の土台はわたしたちが信じたがっているよりはるかに脆いんじゃないかって考えるんです。どう思われます？」

ハリー・ホーレがしばらく間を置いてから答えた。「そうですね、われわれが信頼しているシステムはいとも簡単に不具合を起こすことがあり、そうなると、われわれは最も深い夜に投げ込まれ、そこでは法律ももはや守ってくれず、寒さと猛獣が支配していて、一人一人が自分を守ろうとしなくてはならない、というところですかね」

「それは」これ以上続きはないとわかって、彼女は言った。「小さな女の子を眠りに誘うにふさわしい話ではありませんよ。あなたは真の悲観論者なんじゃありませんか、ハリー」

「もちろんです、私は警察官ですからね。では、おやすみなさい」

彼女が返事を言葉にするより早く、電話が切れた。

ハリーは上掛けの下に潜り込んで壁を見つめた。

室温が急降下していた。

外の空のことを考えた。オンダルスネスのことを、祖父のことを、母のことを、葬儀のことを、夜、母が本当に優しい声でささやく祈りのことを。〝神はわがやぐら〟。しかし、眠りの前の無重力の瞬間に考えたのは、マルティーネと、いまも頭に残っている彼女の声だった。

居間のテレビが生き返って呻き、雑音を発しはじめた。廊下では電灯が明かりを取り戻し、開け放しの寝室のドアから流れ込んでハリーの顔を照らした。が、そのときには、彼はもう眠っていた。

　二十分後、電話が鳴った。ハリーは無理矢理目を開けて悪態をついた。震えながら摺り足で玄関ホールへ急ぎ、受話器を取った。

「もしもし、静かに話してくれ」

「ハリーですか？」

「まあな。どうした、ハルヴォルセン？」

「何かが起こりました」

「何かとは一つか？　それとも、色々なことが山ほどか？」

「後者です」

「くそ」

15　強制捜査

十二月十八日　未明（木曜日）

サイルはアーケル川の横の小径で震えていた。あのアルバニア人の馬鹿野郎、地獄へ堕ちろ！　この寒さにもかかわらず、川は凍ることなく黒いままで、無骨な鉄橋の下の暗闇をさらに暗くしていた。サイルは十六歳、十二のときに母と一緒にソマリアからきたのだった。そして十四のときにマリファナを売りはじめ、この前の春からヘロインを売るようになった。そしていま、またもやフクスにがっかりさせられていた。売買しないままぶつを持って、一晩じゅうここに立っているなどという危険は冒せない。十回分もあるのだ。十八になっていたら、いつでもプラータへ行って売りさばくことができる。しかし、未成年がプラータで商売していると、警察に引っ張られる。サイルたちの縄張りはここ、川沿いだった。大半がソマリアからきた少年で、やはり未成年か、何かの理由でプラータへ行けない客を相手に商売をしていた。フクスのくそったれ――おれはいま、どうしても金が必要なんだ！

男が一人、小径を歩いてきた。フクスではない――それは確かだ。あいつなら混ぜものをしたアンフェタミンを売ってちんぴらにぼこぼこにされ、まだ脚を引きずっているはずだ。ほかにも何かがあるようだった。もちろん、囮捜査官にも見えないし、多くのジャンキーが着ているような青い上衣を着ているとしても、ジャンキーではなさそうだ。サイルは周囲を見回した。だれも見当たらなかった。

　男が十分に近づいたところで、サイルは橋の下の暗がりを出た。「いるんなら、あるけど？」

　男はちらりと笑みを浮かべただけで首を横に振り、そのまま歩きつづけた。しかし、サイルは小径の真ん中に立って行く手を塞いだ。年のわりには、というか、どの年齢と較べても身体は大きかった。それに、持っているナイフも大きかった。映画『ランボー』でスタローンが使っていたのと同じで、持ち手のなかにコンパスと釣り糸を仕込んだホロウ・ハンドル。アーミー・ショップで買えば千クローネぐらいはするだろうが、サイルは仲間から三百クローネで手に入れていた。

「買うか、ただ金を出すか、どっちだ？」サイルは鋸歯（きょし）状の刃が街灯の淡い光に反射するようにナイフをかざした。

「何だって？」

　外国人だった。サイルの得意とする相手ではなかった。

「金だよ」自分の声が高くなるのがわかった。人からものを盗るときはいつも腹が立ったが、理由はわからなかった。「早くしろ」

外国人がうなずき、身を護るようにして左手を上げながら、右手をサイルを静かに上衣の内側へ入れた。次の瞬間、その手が目にも留まらぬ速さで引き出された。サイルが反応する間もなかった。「くそ」とつぶやいたものの、自分が銃口を見つめていることに気がついた。逃げ出したかったが、黒い鋼鉄の目が足を地面に凍りつかせているかのようだった。

「おれは……」サイルは言おうとした。

「行け」男が言った。「さあ」

サイルは走った。川から上がってくる冷たい湿った空気が肺を焼き、プラータとポスト・シーロ・ビルの明かりが網膜の上で激しく上下した。川がフィヨルドへ注いでいるところまでくると、そこから先はもう走れなくなって、コンテナ・ターミナルを囲っているフェンスの前で絶叫した——いつか、皆殺しにしてやるからな。

ハルヴォルセンの電話で眠りを覚まされてから十五分が過ぎていた。パトカーがソフィー通りの路肩に停まり、ハリーは後部座席の同僚の隣りに滑り込むと、運転席と助手席の制服警官につぶやいた。「やあ」

屈強な同僚である運転手は無表情な警官の顔で、静かにパトカーを出した。

「もっと飛ばしましょうよ」助手席の若いにきび面の警官が急かした。

「で、総勢は?」ハリーは時計を覗いた。

「これを含めて、パトカーが三台です」ハルヴォルセンが答えた。

「つまり、六人とおれたち二人だな。緊急灯はつけるな。なるべく静かにやろう。おまえとおれ、それから制服警官一人と拳銃一挺で逮捕する。残る五人は可能性のある逃走経路を塞ぐんだ。おまえ、武器は持ってるか？」

ハルヴォルセンが胸のポケットを叩いた。

「そりゃ何よりだ。おれは持ってないからな」ハリーは言った。

「まだ火器携帯許可証が再発行されてないんですか？」

ハリーは運転席と助手席のあいだに身を乗り出した。「プロの殺し屋を逮捕するんだが、おまえさんたち、どっちがやりたい？」

「おれがやります！」助手席の若い方が即答した。

「そういうことなら、おまえさんにお願いしようか」ハリーは運転手に言い、ルームミラーを見てゆっくりとうなずいた。六分後、パトカーはグレンランのヘイムダール通りを端まで行って停まり、彼らは今夜もっと早い時間にハリーが立っていた、正面入口をうかがった。

「ということは、テレノルのあいつは確かな仕事をしてくれたわけだ」ハリーは訊いた。

「はい」ハルヴォルセンが答えた。「トルキルセンによれば、五十分ほど前にホステルのなかの電話からホテル・インターナショナルへかけようとした記録があるとのことでした」

「偶然の一致はあり得ないな」ハリーはパトカーのドアを開けた。「ここは救世軍の縄張りだ。ちょっと周辺を見てくるが、一分ほどで戻る」

ハリーが戻ってきたとき、運転手はサブマシンガン――ＭＰ５――を膝の上に置いて坐っていた。このところ規則が変わり、パトカーのトランクに鍵をかけておけば携行することが許されていた。

「もっと目立たないやつはないのか？」ハリーは訊いた。

運転手が首を横に振り、ハリーはハルヴォルセンを見た。「おまえは？」

「かわいらしく愛おしいスミス&ウェッソン三八口径だけです」

「おれのを貸しましょうか？」助手席の若い警官が元気のいい声で言った。「ジェリコ９４１、強力ですよ。イスラエルの警察がアラブの糞野郎の頭を吹っ飛ばすのに使ってるのと同じやつです」

「ジェリコだ？」ハリーは思わず鸚鵡返しに訊き返した。その目が細くなるのがハルヴォルセンにはわかった。

「そんなものをどこで手に入れたか訊く気はないが、一応教えておいてやるべきだろうな。それは百パーセント、銃を密輸している悪党どもが出所だぞ。そしてその首謀者が、おまえの同僚だったトム・ヴォーレルだ」

助手席の警官が振り返った。青い目が花盛りのにきびと明るさを競っていた。「トム・ヴォーレルなら憶えてます。確か、警部でしたよね。いいやつだと、おれたちの大半はそう思ってましたよ」

ハリーは唾を呑み、窓の外を見た。

「おまえたちの大半は間違ってたわけだ」ハルヴォルセンが言った。

「無線をよこせ」ハリーは言った。

彼は手短で要領のいい指示をほかのパトカーの運転手に送り、どこにいてほしいかを通りの名前も建物の名前も明らかにせずに伝えた。警察無線盗聴の常連、たとえば犯罪者とつながっている情報提供者、悪党、お節介屋がこの周波数に合わせていて、何かが起ころうとしているのをすでに知っているのは間違いないからだ。

「よし、始めるぞ」言って、ハリーは助手席を見た。「おまえはここに残って、指令室との連絡役を務めろ。何かあったら、おまえの相棒のウォーキートーキーを鳴らしておれたちに知らせるんだ、いいな？」

若い警官が肩をすくめた。

ホステルの正面入口のベルを三度鳴らしただけで小走りに対応に出てきた若者が、ドアを薄く開けて、眠そうな目で彼らを見た。

「警察だ」ハリーはポケットを探った。「くそ、身分証をうちに置いてきたらしい。おまえのを見せてやれ、ハルヴォルセン」

「なかへは入れませんよ」若者が言った。「それは知ってるでしょう」

「殺人事件だ。ドラッグ絡みじゃない」

「はい？」

ハリーの後ろに立っている警官がＭＰ５をかざして見せると、若者は目を丸くしてドアを開け、ハルヴォルセンの身分証に目もくれずに後ろへ下がった。

「クリスト・スタンキッチという男がここにいるか？」ハリーは訊いた。若者が首を横に振った。

「外国人で、キャメルのコートを着ていませんでした？」ハルヴォルセンが訊いているあいだに、ハリーは受付の机の向こうへ回って滞在者名簿を開いた。

「ここにいる外国人は、移動給食車から連れてきた一人だけです」若者が慌てて言った。「でも、キャメルのコートじゃありませんでしたよ。スーツの上衣を着ているだけでした。リカール・ニルセンがうちの店の冬物の上衣を渡してました」

「その男はここから電話をしなかったか？」ハリーは机の向こうから訊いた。

「あなたの後ろのオフィスの電話を使わせてあげました」

「時間は？」

「十一時半ごろです」

「ザグレブへの電話と一致するな」ハルヴォルセンがつぶやいた。

「部屋にいるか？」ハリーは訊いた。

「わかりません。鍵は持ったままだし、ぼくは寝てしまっていたから」

「マスター・キイはあるか？」

若者がうなずき、ベルトにぶら下げていた鍵束から一本取り外して、ハリーが差し出した手に握らせた。

「部屋は？」

「二六号室、階段を上がって廊下の突き当たりです」

ハリーはすでに歩き出していた。制服警官がサブマシンガンを両手で構えてすぐ後ろにつづいた。

「終わるまで、きみは自分の部屋にいろ」ハルヴォルセンがスミス&ウェッソンのリボルバーを抜いて、若者の肩を叩きながらウィンクした。


彼は正面入口の鍵を開け、受付に人がいないことに気づいた。それはさしておかしなことではない。警官が一人乗っているパトカーが通りの向こうに停まっているのも、同じぐらいおかしなことではない。なぜと言って、ここでは犯罪がありふれていることを身をもって知ったばかりなのだから。

重い足取りで階段を上がり、廊下の角を回ったとき、空電音が聞こえた。ヴコヴァルの塹壕で耳に馴染んだ、ウォーキートーキーの放つ音だった。

こっそりうかがうと、廊下の突き当たり、彼の部屋のドアの前に、私服の男が二人、サブマシンガンを持った制服警官が一人、立っていた。ドアノブに手をかけているほうの私服に見憶えがあった。制服警官がウォーキートーキーに向かって、小声で何かを話していた。

私服の二人は彼のほうを向いていて、撤退するには遅すぎた。

そこにいる三人にうなずき、二二号室の前で足を止めると、近隣の犯罪の多発に絶望していると見えるように首を振りながら、ルーム・キイを探している振りをしてポケットをまさぐった。スカンディア・ホテルのフロントに並んでいた警察官を目の隅に捉えつづけていると、音もなくドアを押し開けて部屋へ入っていった。ほかの二人もすぐあとにつづいた。

三人の姿が見えなくなるや、彼はすぐさま元来た道を引き返し、二歩で階段を下りた。今夜、白いバスでやってきたとき、いつも必ずそうするように、出口はすべて記憶してあった。裏庭へつづくドアを使おうかと一瞬思ったが、それはだれでも思いつく逃走路だった。よほどの見込み違いをしていない限り、警察は人を配置しているに違いない。逃走成功の可能性が一番高いのは正面だ。彼はそこを出ると左へ曲がり、まっすぐパトカーのほうへ歩いていった。そのルートに警官は一人しかいない。そこをこっそり擦り抜けられさえすれば、川へ出て闇に紛れることができる。


「くそ、くそ、くそ！」ハリーは怒鳴った。部屋は空だった。

「散歩に出ているのかもしれませんよ」ハルヴォルセンが言った。

二人は運転手を見た。彼は何も言わなかったが、胸のウォーキートーキーが話していた。

「ちょっと前にそこへ入っていったやつです。いま、また出てきて、こっちへ向かって歩いてきます」ハリーは部屋の空気を吸い込んだ。どこかで嗅いだ記憶がある、特殊な香料の匂いがした。

「あいつだ」ハリーは言った。「おれたちを出し抜きやがった」

「その男だ」運転手がウォーキートーキーの送話口に向かって告げながら、すでに部屋からいなくなっているハリーのあとを追って走り出した。

「すごい。おれが捕まえますよ」無線が言った。「それで一件落着です」

「駄目だ！」三人で廊下を突進しながら、ハリーは怒鳴った。「手出しをするな！　おれたちが戻るのを待て！」

　運転手がその命令を送話口に向かって繰り返したが、言葉ではなくて空電音が返ってくるばかりだった。


　パトカーのドアが開き、若い制服警官が降りてきた。拳銃を持っているのが街灯の明かりで見えた。

「止まれ！」警官が脚を開いて立ち、銃口を彼に向けて命令した。こいつ、初めてだな、と彼は確信した。暗い通りで五十メートルほども隔たっているし、この警官は橋の下の若い強盗と違って、獲物が逃げ道を塞がれてしまうまで待つだけの慎重さがない。ラマ・ミニ－マックスを抜くのは今夜二度目だった。そして、逃げるのではなく、警察官へとまっすぐに走り出した。

「止まれ！」警官が繰り返した。

　隔たりは三十メートルに縮まった。二十メートル。彼は拳銃を構えて引鉄を引いた。

　十メートル以上離れている場合の命中確率を、人は過大に見積もる傾向がある。一方、銃声が及ぼす心理的効果は過小に見積もりがちだ。発射時の破裂音と、銃弾が空気を切り裂き、近くの何かに反響する音を。銃弾がパトカーのフロントガラスに当たり、それが白くひび割れて粉々に崩れ落ちたとき、警官にも同じことが起こった。白くなり、両膝から崩れ落ちて、重たすぎるジェリコ941を必死で取り落とすまいとしていた。

ハリーとハルヴォルセンは同時にヘイムダール通りに戻った。

「あそこです」ハルヴォルセンが言った。

若い警察官はパトカーの横で銃口を空に向けたまま、まだ両膝を突いていた。しかし、通りのもっと向こうに、廊下で見た青い上衣の背中が垣間見えた。

「エイカのほうへ逃げてますね」ハルヴォルセンが言った。

ハリーは追いついてきていた運転手を見た。

「そのMP5をよこせ」

警官が武器をハリーに渡した。「でも、これは……」

しかし、ハリーはすでに走り出していた。背後からハルヴォルセンの声が聞こえたが、ドクターマーチンのゴム底靴は青い氷の上を走るにはいい買い物だった。前を走る男はずいぶん先を行っていて、公園と境を接するヴァールス通りへの角をすでに曲がっていた。ハリーはサブマシンガンを片手に持ち替え、息をすることに集中しながら、何とか動きの効率をよくして走りつづけようとした。そして、走る速度を緩めると、角の手前で射撃の体勢を取った。あまり考えないようにしながら顔を突き出し、右をうかがった。

だれも待っていなかった。

通りにも人っ子一人いなかった。

しかし、スタンキッチのような男は、どこかの裏庭へ逃げ込むような馬鹿ではまずあり得ない。出口に鍵がかかっていて、どこへも行けない袋小路のようなものなのだから。ハリーは公園を透かし見た。雪に覆われた広がりが周囲の建物の明かりを照り返していた。あそこで何か動いていないか？　六十メートルか七十メートル向こう、人が一人、雪のなかをゆっくりと進んでいた。青い上衣。ハリーは道路を突っ切り、雪溜まりを飛び越えたが、また突っ込んで、新雪に腰まで埋まってしまった。

「くそ！」

ハリーの手からサブマシンガンが滑り落ちた。前方の男が振り返り、もがくようにして進みはじめた。ハリーはサブマシンガンを手で探しながらも、スタンキッチから目を離さなかった。彼は足掛かりを得られない緩んだ雪に苦闘し、熱に浮かされたようになって逃げようともがいていた。ハリーの指が硬いものに触れた。あった。サブマシンガンを拾い直して、身体を起こした。片脚をできるだけ大きく前に出し、乗り越えるようにしてもう一方の足を引き抜くと、再度できるだけ大きく前に出す。そうやって三十メートルも進んだころ、腿の筋肉が乳酸で痛みはじめたが、彼我の距離は縮まっていた。相手は歩行者用の小径へたどり着くところで、雪の塊を抜け出そうとしていた。ハリーは歯を食いしばって速度を上げた。結果、十五メートルまで迫ることができた。十分だろう、ハリーは雪の上に俯せになり、サブマシンガンを構えた。照準器についている雪を吹き払い、安全装置を外し、シングルショット・モードにして、男が小径のそばの街灯の明かりの下に出るのを待った。

「警察だ！」次の言葉の滑稽な面をありがたく思っていなかったが、それでも言わないわけにはいかなかった。「動くな！」

前方の男はそれでも雪を掻いて進みつづけ、ハリーは引鉄を絞りはじめた。

「止まれ、さもないと撃つぞ！」

男は小径まで五メートルに近づいた。

「狙っているのはおまえの頭だ」ハリーは叫んだ。「外れることはあり得ない！」

スタンキッチが飛びつくようにして両手で街灯をつかみ、雪のなかから自分の身体を引っ張り出した。ハリーの目に青い上衣が飛び込んできた。息を詰め、進化論の説くところの、人は本来の性質として同類を殺すべきではないという小脳の衝動を教えられたとおりに抑えようとした。そして、技術に集中し、引鉄を強く押したり引いたりしないことだけを考えた。サブマシンガン内部のスプリング・メカニズムが動くのが感じられ、金属と金属がぶつかる音が聞こえた。が、肩にあるはずの反動がなかった。故障か？　もう一度引鉄を引いた。また金属音が聞こえただけだった。

男は周囲に雪をまき散らしながら立ち上がり、小径へ出て、足踏みをした。そして、振り返ってハリーを見た。ハリーは動かなかった。男はだらりと両腕を下げて立っていた。夢遊病者みたいだな、とハリーは思った。スタンキッチが片手を上げた。その手に拳銃が握られていて、俯せになったままのハリーになすすべはなかった。スタンキッチの手がさらに上、額まで上がった。皮肉な敬礼をして見せたということだった。そのあと、くるりと踵を返し、小径を走り出した。

ハリーは目を閉じた。肋の下で心臓が激しく打つのがわかった。

何とか小径へたどり着いたときには、男が闇に呑み込まれてずいぶん経っていた。ハリーはMP5の弾倉を抜いて調べてみた。思ったとおりだった。いきなり獰猛な怒りが突き上げて、ハリーはマシンガンを高く放り投げた。それは醜い黒い鳥のように宙を飛び、彼の足元の黒い水面に小さなしぶきを上げて落下した。

ハルヴォルセンが追いついてきたとき、ハリーは煙草をくわえて雪のなかに坐っていた。

「走れるじゃないですか」彼が喘いだ。「どこかへいっちゃったんですか？」

「消えたんだよ」ハリーは言った。「戻ろう」

「MP5はどこです？」

「おまえ、いまそれを訊いたんだろ？」

ハルヴォルセンはハリーを見て、それ以上は深追いしないことにした。

二台のパトカーが青い緊急灯を点滅させてホステルの前に停まり、長いレンズを胸から突き出した男たちが、施錠されているらしい正面入口の前に群れをなしていた。ハリーとハルヴォルセンはヘイムダール通りを歩いていた。ハルヴォルセンは携帯電話の会話を終えようとしているところだった。

「これを見ると、おれはいつも、ポルノ映画を見ようと行列を作っているやつらを思い出すんだが、なぜだろうな」ハリーは言った。

「新聞記者ですか」ハルヴォルセンが応じた。「それにしても、どうやって嗅ぎつけたんですかね？」

「ウォーキートーキーの若造に訊いてみろ」ハリーは言った。「おれの推測じゃ、あいつがうっかり漏らしたんだろうよ。指令室は何と言ってたんだ？」

「投入可能なパトカーすべてを、直ちに川へ急行させたそうです。制服組も十数人、徒歩でそこへ向かっています。どう思います？」

「あいつは抜け目がない。見つからないだろうな。ベアーテに電話して、ここへくるよう頼んでくれ」

新聞記者の一人がハリーとハルヴォルセンに気づいてやってきた。「どうも、ハリー」

「ずいぶん遅くまで起きてるんだな、イエンネム」

「何があったんです？」

「大したことじゃないさ」

「そうですか？　だれかがパトカーのフロントガラスを撃ち砕いたそうですね」

「だれかが杖で叩き割ったんじゃないって、だれが言ってるんだ？」ハリーはまだつきまとってくる新聞記者に言った。

「なかにいる警官。自分が狙われたと言ってます」

「まったく、あいつとちょっと話したほうがいいな」ハリーは言った。「失礼、道を空けてくれ、諸君！」

新聞記者の列が渋々といった様子で横へ動き、ハリーは正面入口をノックした。カメラのシャッター音とモーター音が響き、フラッシュが瞬いた。

「これはエーゲルトルゲ広場の殺人に何か繋がりがあるんですか？」記者の一人が大声で訊いた。「救世軍が関わっているんですか？」

ドアがかちんと音を立てて開き、運転手の顔が視界に入った。ハリーとハルヴォルセンは一歩下がった彼を押しのけるようにしてなかに入り受付を通り過ぎた。そこでは若い警官が椅子に坐って虚ろに宙を見つめ、前にしゃがんだ同僚と小声で話していた。

上階では、二六号室のドアがいまも開けっ放しになっていた。

「なるべく手を触れるなよ」ハリーは運転手に言った。「ベアーテ・レンが指紋とDNAを採取するからな」

彼らは室内を見て回り、食器棚を開けて、ベッドの下を覗いた。

「いやはや」ハルヴォルセンが呆れたように言った。「何一つないですね。あいつ、荷物ってものを持ってなかったのかな」

「いや、スーツケースか何か、銃をこの国へ持ち込むためのものを持っていたはずだ」ハリーは言った。「もちろん、処分した可能性はある。あるいは、どこかに隠してあるのかもしれん」

「オスロで荷物を預けられる場所はもう多くありませんよ」

「考えるんだ」

「わかりました。あいつが泊まったホテルの手荷物預かりとか、もちろん、オスロ中央駅のコインロッカーとかもあり得ますね」

「この線に沿って考えを進めてみろ」

「どの線です？」

「やつはいま、荷物を取りに向かっている、という線だ」

「そうですね、あいつはいま、それを必要としているかもしれませんね。指令室へ連絡して、スカンディア・ホテルとオスロ中央駅へ人を派遣してもらいます。それから……宿泊客リストにスタンキッチの名前があったほかのホテルはどこでしたっけ？」

「ホルベルグス広場のラディソンＳＡＳだ」

「ありがとうございます」

ハリーは煙草を喫いに外へ出ないかと運転手を誘った。一緒に階下へ下りて裏口を出た。一面雪に覆われた静かな裏庭では、老人が一人、彼らに気づく気配もなく、黄色く汚れた空を見上げて煙草を喫っていた。

「相棒はどうだ？」ハリーは運転手の煙草にも火をつけてやった。

「大丈夫ですよ。メディアのことはすみませんでした」

「おまえさんが悪いんじゃないさ」

「いや、おれが悪いんです。だれかがホステルに入ったとあいつが無線で言ってきたときのことです。そういう場合にどうするかをあらかじめ教えておいてやるべきでした」

「あといくつか、おまえさんに関わることがあったよな」

運転手がはっとした様子でハリーを見直し、二度、続けざまに瞬きした。「すみません。注意しようとしたんですが、あなたはもう走り出していて」

「わかった。だけど、なぜだ？」

運転手が強く煙草を吸いつけ、火先が明るさを増して、恥ずかしそうに赤くなった。「ほとんどの犯罪者はＭＰ５を向けられたとたんに降参するんです」

「それはおれの質問の答えじゃないな」

運転手の顎が強ばり、また緩んだ。「古い話です」

「ふむ」ハリーは警察官を見た。「おれたちはみんな語るべき古い話を持ってる。だが、だからといって、弾倉を空にしておいて、同僚の命を危険にさらしていいことにはならんだろう」

「おっしゃるとおりです」運転手が吸いさしの煙草を捨て、それは新雪のなかに消えてしゅうと低い音を立てた。彼は深呼吸をして、ふたたび口を開いた。「今回のことであなたが面倒に巻き込まれることはありませんよ。報告書は正当だと私が立証します」

ハリーは体重を移し替え、自分の煙草を見つめた。こいつは五十ぐらいか、とハリーは見当をつけた。その年でいまもパトカーに乗ってるやつは多くないな。「その古い話というのは、おれが聞きたいような話なのかな？」

「以前に聞いてるはずですよ」

「ふむ。子供か？」

「二十二歳、前科はありませんでした」

「殺したのか？」

「胸から下の麻痺です。腹を撃ったんですが、銃弾が貫通してしまって」

老人が咳をし、ハリーはそのほうを見た。老人は二本のマッチ棒で煙草を挟んでいた。

受付では、若い警察官がいまも椅子に坐り、慰められていた。ハリーは慰め役をしている同僚に外してくれと首を振って合図をし、彼に代わってしゃがんだ。

「トラウマはカウンセリングを受けたって無駄だ」ハリーは若い警官に言った。「自分をしっかりコントロールするんだ」

「はい？」

「おまえが怯えているのは、自分が危うく死ぬところだったと思っているからだ。だが、実はそうじゃない。あの男はおまえを狙ってなんかいなかった。狙ったのはパトカーだ」

「はい？」先と同じ感情のない声が返ってきた。

「あいつはプロだ。警察官を殺したら絶対に逃げ切れないことを知っている。あいつが発砲したのは、おまえを怖がらせるためだ」

「どうしてそうだとわかるんですか……？」
「あいつはおれも撃たなかった。おまえはそれを自分に言い聞かせろ、そうすれば眠れるから。それから、精神科なんかへ行くなよ、あいつらを必要としているほかの人たちがいるからな」ハリーは立ち上がった。膝の関節が腹立たしげに音を立てた。「上級警察官はおまえさんより判断力があることになっているからな、次からは命令に従うんだぞ、いいな？」

彼の心臓は、狩られている動物のように激しく打っていた。細いワイヤーで吊されている通りの上の明かりを、突風が揺らし、彼の影が舗道に躍った。もっと大股で歩を進めたかったが、舗道が凍って滑りやすく、転ばないよう、できるだけ慎重に足を運ばなくてはならなかった。

ホステルのオフィスからザグレブへかけた電話が警察をあそこへ呼び寄せたに違いない。しかも、あんなに短時間で！　おかげで、彼女に電話できなかった。背後に車が近づく音が聞こえ、振り返りたい衝動を何とか抑えて、代わりに耳を澄ませた。いまのところブレーキを踏んだ様子はない。車はそのまま追い抜いていき、その勢いで空気がかき乱されて、青い上衣の襟と首のあいだにうっすら積もっていた粉雪が巻き上げられた。この上衣もあの警官に見られてしまったから、もう着ているわけにはいかない。捨ててしまおうかとも思ったが、シャツ姿というのも不審に見えるだろうし、それどころか、凍死してしまう恐れがあった。時計を見ると、街が目を覚まし、逃げ込めるカフェや店が開店するまで、まだ何時間もあった。それまでにどこか見つけなくてはならない。安全な場所（ボルト・ホール）、夜が明けるまで休める暖かいところを。

汚れた黄色い家の前を通りかかった。落書きだらけのそこの壁に書かれたある言葉が目に留まった――〝ヴェストブレッデン〟。西岸？　通りの少し先にある入口で、身体を二つ折りにしている男がいた。遠くから見ると、ドアに額を預けて休んでいるようだった。近づくにつれて、指がベルの上に置かれているのがわかった。

彼は足を止めて待った。ここが救いの場になってくれるかもしれない。

ベルの上のスピーカーからひび割れた声が応え、身体を二つ折りにしていた男が腰を伸ばすと、猛烈な口調で答えらしきものを叫びはじめた。酒焼けして赤く傷んだ皮膚が弛（たる）んでいる顔は、中国のシャーペイ犬を思わせた。男は叫ぶのをやめ、静まり返った夜の街に反響していた声の名残りが消えた。電気的な低い唸りが聞こえると、男は何とか身体の重心を前方に移動し、ドアを押し開けてよろよろとなかへ入っていった。

ドアが閉まりはじめた瞬間、彼は目にも留まらぬ速さで反応した。速すぎて、青い氷の上で足を滑らせ、焼けるように冷たい舗道に叩きつけるように両手を突いて身体を支えようとしたが、結局は転倒を避けられなかった。もがくようにして立ち上がると、ドアがいまにも閉まってしまいそうだった。慌てて突進して足を突き出すと、ドアの重みが挟まった足首に感じられた。こっそりなかに入り、立ち止まって耳を澄ませた。こそこそと床を擦るような足音。それがいったん止まり、また聞こえた。ノックの音、ドアが開く音、女が叫ぶように何か言っているのが聞こえた。気味の悪い歌を歌っているような彼らの言葉だった。その叫びがいきなり、まるで喉を掻き切られたかのように止まった。数秒の静寂の後、子供が痛みや辛さをこらえようとするときのような、低い泣き声らしきものが聞こえた。そして、上階のドアが音を立てて閉まり、静かになった。

彼は背後でドアが閉まるに任せた。階段の下のごみに交ざって新聞紙がいくらか捨ててあった。ヴコヴァルでは、だれもが靴のなかに新聞紙を入れていた。断熱と吸湿の効果があるからだ。凍えて白い息はまだ見えていたが、とりあえずは安全だった。

ハリーはホステルの受付の奥のオフィスで受話器を耳に当て、いま電話しているアパートを具体的に思い浮かべようとした。電話の上の鏡に友人たちの写真が貼りつけてある。パーティでもしているのか、あるいは外国旅行かもしれないが、笑顔だ。主に女友だち。家具調度は簡素だが居心地がいい。冷蔵庫のドアに名言が留めてある。バスルームにはチェ・ゲバラのポスター。彼はいまも忘れられていないのか？

「もしもし？」眠そうな声が返ってきた。

「またもや申し訳ない」

「お父さん？」

いいい、お父さん？　ハリーは息を呑み、顔が赤くなるのを感じた。「さっきの警察官です」

「あら、ごめんなさい」くぐもった、明るくて深い笑い声。

「おやすみのところを恐縮ですが――」

「かまいませんよ」

ハリーが避けたかった間があった。

「いま、ホステルにいるんですが」彼は言った。「ある容疑者を逮捕しようとしていましてね。受付の青年によると、あなたとリカール・ニルセンが、今夜、その男をここへ連れてきたとのことなんですが」

「外の寒さを防ぐ服を持っていなかった、あの気の毒な男性のことですか？」

「そうです」

「彼は何をしたんです？」

「ロベルト・カールセン殺しの容疑者と考えています」

「大変、何てこと！」

ハリーは彼女がその二つの言葉を同じ強さで発音したことに気がついた。

「よかったら、警察官を一人そちらへやるので、話を聞かせてほしいんです。彼が何を言ったか思い出してみてくれませんか」

「いいですけど、でも……」間があった。

「もしもし？」ハリーは促した。

「彼は何も言いませんでした」彼女が答えた。「まるで戦争難民みたいでしたね。彼らの歩き方を見ればわかります。夢遊病者のようですもの。意志がないというか、もう死んでいるというか」

「ふむ。リカールは彼と話したんですか？」

「話したかもしれません。電話番号をお教えしましょうか？」

「お願いします」

「ちょっと待ってください」

彼女は正しい。ハリーは雪のなかから立ち上がった男のことを考えた。雪が身体から落ちる様子、だらりと下がった両腕、虚ろな顔。『ナイト・オブ・ザ・リビング・デッド』の墓から立ち上がってくるゾンビのようだった。

咳払いが聞こえ、ハリーは椅子に坐ったまま振り返った。オフィスの入口にグンナル・ハーゲンとダーヴィド・エークホフが立っていた。

「お邪魔かな？」ハーゲンが訊いた。

「どうぞ」ハリーは答えた。

二人が入ってきて、机の向かいに腰を下ろした。

「われわれは報告を聞きたいんだが」ハーゲンが言った。

〝われわれ〟とはだれのことかとハリーは訊こうとしたが、それより早くマルティーネの声が戻ってきて、リカールの電話番号を告げた。ハリーはそれを書き留めた。

「ありがとう」ハリーは言った。「では、おやすみなさい」

「気になっていることがあるんですけど――」

「もう切らなくちゃならないんですよ」

「そうですか。おやすみなさい」

ハリーは受話器を置いた。

「大急ぎでやってきたんです」マルティーネの父親が言った。「大事のようでしたが、何があったんです？」ハリーはハーゲンを見た。

「話せ」ハーゲンが言った。

ハリーは逮捕に失敗したことを可能な限り簡潔に明らかにし、パトカーが撃たれたこと、公園内を追跡したことを説明した。

「しかし、そこまで接近して、しかもＭＰ５を持っていたんだろう、どうして撃たなかったんだ？」ハーゲンが訊いた。

ハリーは咳払いしたが、すぐには答えず、エークホフを観察した。

「どうした？」ハーゲンが促した。声に苛立ちの前兆が感じられた。

「暗くて狙いを定められなかったんです」

ハーゲンは警部を見つめていたが、やがて言った。「きみがここの二一六号室に入ったとき、そいつは外にいたわけだ。零下四度の真夜中に出歩いていた理由は何だ？　心当たりはないのか？」刑事部長が声をひそめた。「ヨーン・カールセンは二十四時間態勢で守られているんだよな？」

「ヨーンですか？」ダーヴィド・エークホフが訊いた。「しかし、彼はウッレヴォール病院に入院しているんですよ」

「病室の前に警察官を一人配置してあります」ハリーは応え、その声が状況はきちんと把握されているという印象を与えてくれることを祈った。「何事もないかどうか、いま確認しようとしていたところです」

　ザ・クラッシュの「ロンドン・コーリング」の最初の四つの音が、ウッレヴォール病院の脳神経外科病棟の廊下の剝き出しの壁に反響した。髪が頭にぺたりと張りついたバスローブ姿の男が点滴スタンドを押しながら、警備に当たっている警察官を咎めるような目で一瞥して通り過ぎた。その警察官は携帯電話で話していて、病院の規則を破っていた。

「ストランネンです」

「ホーレだ、何か報告することはあるか？」

「大したことはありません。不眠症の患者が一人、廊下をうろうろしています。気にならないことはありませんが、まあ、無害だと思います」

　その男は鼻を鳴らしながら、点滴スタンドを押して徘徊しつづけていた。

「今夜、早い時間にも何もなかったか？」

「ありました。スパーズがホワイト・ハート・レーンでアーセナルに大負けを喰らい、それから、停電が発生しました」

「患者は？」

「ことりとも音がしません」

「何事もないことを確認したか？」

「痔が痛むようですが、それを別にすれば、あとは何ともないようです」

ストランネンは電話の向こうの沈黙に険悪さを感じ取った。「ほんの冗談です。いますぐ確認しますから、電話を切らずに待っていてください」

病室は砂糖の匂いがした。菓子だな、と彼は推測した。ドアを開けたときに病室に流れ込んだ明かりが、閉めたとたんに遮断された。それでも、枕に乗っている顔は見分けることができた。彼は近づいた。静かだった。静かすぎた。音がなくなっているかのようだった。一つの音が。

「カールセンさん？」

反応がなかった。

ストランネンは咳払いをして、もう一度、今度はもう少し大きな声で呼びかけた。「カールセンさん」

あまりの静けさに、電話を通したハリーの声が大きくはっきりと聞こえた。「どうした？」

ストランネンは携帯電話を耳に当てた。「赤ん坊のように眠っています」

「確かか？」

ストランネンは枕の上の顔を観察し、気になっていたことの正体に気がついた。カールセンは本当に赤ん坊のように眠っていた。成人はもっと大きな寝息を立てることが多い。彼はカールセンに覆い被さるようにして、呼吸しているかどうか聞き耳を立てた。

「もしもし！」携帯電話の向こうで呼ぶハリー・ホーレの声が遠く聞こえた。「もしもし！」

16　難民

十二月十八日（木曜日）

太陽が彼を温め、砂丘を渡るそよ風が草を小さく波立たせて、ありがとうというようにうなずかせていた。身体の下に敷いてあるタオルが濡れていたから、泳いでいたに違いなかった。「見てごらん」母が指をさした。彼は手をかざして陽をさえぎり、きらきらと輝く、信じられないぐらい青いアドリア海を見渡した。一人の男が陸に向かって笑顔で歩いてくるのが見えた。父だった。その後ろにボボ、さらにギオルギがつづいていた。ギオルギの横では、小さな犬が尻尾をマストのように立てて泳いでいた。それを見ているあいだに、大勢が海から上がってきた。よく知っている者もいた。ギオルギの父親もその一人だった。ほかにも見たことのある顔があった。パリの玄関口で見た顔のように。見分けがつかないほどに変形して、グロテスクな仮面のようになった顔が、いくつも彼を睨んでいた。太陽が雲に隠れ、気温が急激に下がった。仮面が叫びはじめた。

脇腹の激痛で目が覚めた。彼はオスロにいた。玄関ホールの階段の下の床に。人が一人、彼を見下ろすように立って、口を大きく開けて何かを叫んでいた。一言だけ、母国語と同じだったので理解できる言葉があった――〝ジャンキー(ナルコマン)〟。

　丈の短い革のジャケットを着たその男が一歩下がり、片足を上げた。痛みがつづいている脇腹に蹴りが入り、彼は苦悶して転がった。革のジャケットの男の後ろにもう一人いて、笑いながら鼻をつまんだ。革のジャケットの男がドアを指さした。

　彼は二人を見ると、上衣のポケットに手を入れた。そこは濡れていて、いまも拳銃が入っていることがわかった。弾倉には二発残っている。しかし、拳銃を使って脅せば、警察に通報される恐れがある。

　革のジャケットのほうが、また何か叫んで手を上げた。

　彼は頭の上へ腕をかざして身を護ろうとしながら、よろよろと立ち上がった。鼻をつまんでいる男がにやりと笑ってドアを開け、彼の背中を蹴って外へ追い出した。

　背後でドアが閉まり、二人の男がどすどすと階段を上がっていく足音が聞こえた。彼は時計を見た。午前四時。まだ暗く、彼は骨の髄まで凍えきっていた。それに、濡れていた。触ってみると、上衣の背中が水分を含み、ズボンはびっしょり濡れているのがわかった。小便の臭いがした。失禁したのか？　違う、だれかのした小便が溜まっているところで寝てしまったのだ。床で。凍っていた小便が、おれの体温で溶けたんだ。

　彼は両手をポケットに入れると、小走りに通りを進みはじめた。追い抜いていく車も、もう気にならなかった。

「ありがとうございました」患者がつぶやくように言って出ていくと、マティアス・ルン＝ヘルゲセンは診察室のドアを閉め、椅子にどすんと腰を落とした。欠伸をして時計を見る。六時。深夜の勤務が終わるまであと一時間。あと一時間で家に帰れる。何時間か寝て、ラケルのところへ行こう。いま、彼女はたぶん、ホルメンコーレンの板張りの大きな家で、上掛けの下で横になっているはずだ。彼女の息子とはまだ完全に波長が合っているとは言えないが、時間の問題だろう。マティアス・ルン＝ヘルゲセンの場合は大抵そうなる。オレグに嫌われているわけではない。あの子と前任者との繋がりが強すぎるのだ。あの警察官との繋がりが。しかし、奇妙なことだ。明らかに精神の不安定なアルコール依存者を父親役として認め、ためらいなく手本として崇めることが、どうして子供にはできるのか？

そのことをラケルに話してみようかとしばらく思案して、結局やめることにした。自分を救いようのない馬鹿に見せるだけだ。あるいは、彼女と息子にとっておれがふさわしい人間かどうかを疑わせることにさえなるかもしれない。それこそがおれの望みなのに、ふさわしい人間であることが。彼女を自分のものにしつづけられるなら、どんな人間になるのもやぶさかではない。その答えを知るためなら、もちろん訊くことも厭わない。そう考えたから、訊いてみた。あの警察官のどこがどうよかったのか？　特にどこがどうということはない、と彼女は答えた。彼を愛していただけだ、と。彼女がそういうふうにきちんと答えてくれなければ、自分にはその言葉を一度も使ってくれたことがないという事実と向き合うことはなかったかもしれない。

マティアス・ルン＝ヘルゲセンはそれらのどうにもならない思いを振り捨て、コンピューターで次の患者の名前を確認すると、中央の、看護師が最初に患者を迎える通路を歩いていった。が、夜中のこの時間は人気がなかったから、待合室へ向かった。

五人が彼を見て、自分の番であることを目で懇願した。例外は奥の隅の男で、彼は口を開け、頭を壁に預けて眠っていた。きっと薬物中毒者だろうと思われた。青い上衣と波のように漂ってくる小便の悪臭が、そうであることの間違いのない印だった。そして、辛いと訴え、錠剤をくれと頼んでくるのも、同じぐらい間違いなかった。

マティアスはその男に歩み寄ると、鼻に皺を寄せて強く揺すり、急いで一歩下がった。中毒者のなかには、何年ものあいだ、薬をやって夢見心地でいるときに薬や金を盗まれつづけた結果、起こされたときに自動的な反応を示すものがいるのだった。嘔吐するか、ナイフを突き出すか、である。

その男は瞬きをすると、驚くほどはっきりした目でマティアスを見た。

「どうしました？」マティアスは訊いた。もちろん標準的な手続きとしては、患者にこの質問をしていいのは二人きりのときに限られていた。しかし、マティアスは疲れ果てていたし、ジャンキーや酔っぱらいにはほとほとうんざりだった。時間ばかりかかって、ほかの患者にかけるべき手間を削ってしまうだけだった。

男は上衣をさらにしっかり身体に巻きつけただけで、何も言わなかった。

「もしもし！　どうしてここにきたのか、理由を教えてください」

男が首を横に振り、別の男を指さした。自分の番ではないと言っているかのようだった。

「ここはラウンジじゃないんです」マティアスは言った。「眠ることは認められていません。いますぐお引き取りください」

「何を言われているかわからない」男が言った。

「出ていくんです」マティアスは急かした。「さもないと、警察を呼びますよ」

マティアスは自分でも驚いたが、この悪臭を放っているジャンキーを力ずくででも椅子から引きずり出してやろうかという衝動に駆られ、それを抑えなくてはならなかった。そこにいる全員が二人を見た。

男がうなずき、よろよろと立ち上がった。ガラスのドアが閉まったあとも、マティアスはその背中を見ていた。

「あの手の連中を閉め出すのはいいことだよ」背後で声がした。マティアスは上の空でうなずいた。おれは彼女に、愛しているともっとたくさん言わなくてはならないのではないか。回数不足、それだけのことかもしれない。


七時三十分、脳神経外科病棟と一九号室の外はまだ暗かった。ストランネン巡査は整頓されてだれもいない、さっきまでヨーン・カールセンが横たわっていたベッドを見下ろしていた。すぐに別の患者がやってくるだろう。それは奇妙な考えだった。だが、いま必要なのは、自分が横になるベッドだった。しかも、長時間。欠伸をし、ベッドサイド・テーブルに何も置き忘れていないことを確認すると、椅子から新聞を取り上げて病室を出ようとした。

入口に男が立っていた。ホーレ警部だった。

「彼はどこだ？」

「退院です」ストランネンは答えた。「十五分前に迎えがきて、車で連れていきました」

「そうか。だれが許可したんだ？」

「ソーシャル・ワーカーです。これ以上、彼をここに置いておきたくないとのことでした」

「だれが移送を許可したかと訊いているんだ。移送先はどこだ？」

「刑事部の新しいボスです。彼が電話してきたんです」

「ハーゲンが？　自分で？」

「そうです。移送先はカールセンの弟のアパートです」

ホーレが首を振って立ち去った。

東の空が白みはじめるころ、ハリーはキルケ通りとファーゲルボルグ通りのあいだのアスファルト舗装が穴ぼこだらけになっている短い区間、イェルビッツ通りの赤褐色の煉瓦の建物の階段を、重い足取りで上っていた。正面入口のインターフォンの指示通り、二階で足を止めた。細く開いているドアに取り付けられた淡青色のプラスティックの細い板に、白い浮出し文字で名前が記されていた——〝ロベルト・カールセン〟。

ハリーはなかに入り、アパートを素速く品定めした。狭いワンルームで、散らかっていて、ロベルトのオフィスを見たときの印象と同じだった。もっとも、オフィスに関しては、リーとリーが捜索のときに役に立ちそうな手紙や書類を捜して引っかき回しているかもしれないから、必ずしもロベルト本人が散らかしていたとは断言できなかったが。キリストのカラー・プリントが一方の壁を支配していた。ハリーはそれを見て、茨の冠をベレー帽に換えたらチェ・ゲバラになるのではないかと一瞬思った。

「では、グンナル・ハーゲンがあなたをここへ連れてくるべきだと判断したんですね？」ハリーは窓際の机についている人物の背中に向かって言った。

「そうです」ヨーン・カールセンが振り向いた。「殺し屋が私のアパートの住所を知っているので、ここのほうが安全だとのことでした」

「ふむ」ハリーは室内を見回した。「よく眠れましたか？」

「いや、特には」ヨーン・カールセンが当惑したような笑みを浮かべた。「聞こえもしない音に耳を澄ませて横になっていて、ようやく眠りに落ちたんです。でも、ストランネン巡査が入ってきて、私を震え上がらせてくれたというわけです」

ハリーは椅子に積んであった漫画をどかして、そこに腰を下ろした。「あなたの恐怖はよくわかります、ヨーン。あなたの命を狙いそうな人物について、さらに考えてみてもらえましたか？」

ヨーンがため息をついた。「昨夜からこっち、そのことばかり考えていましたよ。でも、答えは同じです。まったく心当たりがありません」

「ザグレブへ行ったことがありますか？」ハリーは訊いた。「あるいは、クロアチアへ？」

ヨーンが首を横に振った。「ノルウェーから一番遠くまで行ったのがスウェーデンとデンマークです。しかも、ほんの子供のときですよ」

「クロアチア人に知り合いは？」

「私たちが宿泊施設を提供している難民だけです」

「ふむ。あなたを避難させる場所は色々あるのに、どうしてここを選んだか、警察から説明はありましたか？」

ヨーンが肩をすくめた。「ここの鍵を持っていると、私が言ったんです。それに、いまはもちろんだれもいないともね。それで……」

ハリーは顔を拭った。

「以前はここにコンピューターがあったんですが」ヨーンが机を指さした。

「われわれが押収しました」ハリーはふたたび立ち上がった。

「もう行くんですか？」

「ベルゲン行きの飛行機に乗らなくてはならないんですよ」

「ほう？」ヨーンが虚ろな目でハリーを見た。

ハリーはヨーンの不格好で華奢な肩に手を置いてやりたくなった。

空港行きの急行は予定通りに出なかった。しかも、続けざまに三回。〝遅延のせいで〟というのが素っ気ない、責任逃れとも取れる説明だった。ハリーの幼馴染みの悪友でタクシー運転手のエイステイン・エイケランの話では、電車の動力であるモーターはこの世で最も単純なものの一つで、自分の妹だって扱える程度の代物であり、スカンジナヴィア航空の技術スタッフとノルウェー国有鉄道の技術スタッフを一日入れ替えたら、列車はすべて時間通りに動くし、飛行機はすべて空港から飛び立てずにいるだろうとのことだった。ハリーはいまのままのほうがまだよかった。

ハリーはトンネルを出てリッレストレムへ向かう列車のなかから、グンナル・ハーゲンの直通回線に電話をした。

「ホーレです」

「どうした」

「おれはヨーン・カールセンを二十四時間態勢で警備下に置くことは許可しましたが、ウッレヴォール病院を退院させていいという許可は出していません」

「後者は病院の判断だ」ハーゲンが応えた。「それに、前者は私が決めたんだ」

ハリーは白い景色のなかの家を三軒数えてから言った。「捜査責任者はおれですよ、あんたがそう決めたじゃないですか、ハーゲン」

「捜査に関してはそのとおりだが、残業手当についての責任者にはしていない。きみも知っているはずだが、残業手当はもう何年ものあいだ予算を超過しているんだ」

「あの男は恐怖に怯えきっている」ハリーは言った。「それなのに、あんたは彼を最初の犠牲者である弟のアパートに移した。ホテルに移したって一日にかかるのはせいぜい数百クローネなのに、それを浮かせるために」

車内放送が次の停車駅を告げた。

「リッレストレム？」ハーゲンが驚いて訊き返した。「空港行きの急行に乗ってるのか？」

ハリーは声に出さずに悪態をついた。「ベルゲンに急ぎの用ができたんです」

「本当か？」

ハリーはごくりと唾を呑んだ。「今日の午後には戻ります」

「頭がどうかしてるんじゃないのか？　こっちでは、われわれは注目の的になっているんだぞ。メディアが――」

「トンネルに入ります」ハリーは〈終了〉ボタンを押した。

ラグニル・ギルストルプはゆっくりと夢から覚めた。部屋は暗かった。朝なのはわかったが、何の音かがわからなかった。大きな発条(ぜんまい)式の時計のようだった。しかし、寝室にそんな時計はなかった。寝返りを打ったとたんにぎょっとした。だれかがベッドの足元に裸で立って自分を見ているのが、薄闇のなかでわかった。

「おはよう、ダーリン」彼が言った。

「マッツ！　脅かさないでよ」

「脅かしたか？」

彼はシャワーを浴びて出てきたばかりで、背後ではバスルームのドアが開いたままになっていた。時計が時を刻んでいるように聞こえたのは、彼の身体から滴る水滴が寄木張りの床に跳ね返る小さな音だった。

「一体いつからそんな格好でそこに立ってたの？」彼女は上掛けをしっかりと身体に巻きつけながら訊いた。

「それはどういう意味かな？」

彼女は肩をすくめたが、内心ではびっくりしていた。彼の言い方に何かがあった。陽気で、ほとんどからかっているような口調。そして、小さな笑み。そんなふうだったことはこれまで一度もない。彼女は欠伸をしながら伸びをした。いかにも嘘っぽいわね、と彼女は内心で認めた。

「昨夜は何時に帰ったの？」彼女は訊いた。「わたし、気がつかなかったけど」

「きっと無邪気な夢でも楽しんでいたんだろう」そして、また小さな笑み。

ラグニルは夫を観察した。この数カ月で本当に変わった。昔は痩せていたのに、いまはもっと力強く引き締まって見える。それに、態度にも何かがある。前より勃起に力があるように思われる。もちろん浮気を疑ったけれど、それに関してはもうどうでもいい。あるいは、そう思おうとしている。

「どこにいたの？」彼女は訊いた。

「ヤン・ペッテル・シッセネルと飯を食っていたんだ」

「あの株のブローカーの？」

「ああ。彼によると、マーケットの先行きは明るいらしい。それに、不動産もだ」

「彼と話すのはわたしの仕事じゃないの？」ラグニルは訊いた。

「ぼく自身も情報を更新したいじゃないか、それだけだよ」

「わたしがあなたの情報を更新してあげているじゃないの。ちがう？」

　マッツは彼女を見て、視線を逸らさなかった。ついに、これまで彼と話しているときには一度もなかったことが彼女に起こった。顔が真っ赤になったのだ。

「ぼくが知る必要のあることは必ず教えてくれているよな、ダーリン、それは疑っていないよ」彼はバスルームへ戻った。蛇口を捻る音が聞こえた。

「不動産に関していくつか興味深い考えがあるんだけど、それを調べてみているのよ」彼の最後の言葉につづいたぎこちない沈黙を破るためだけに何か言おうとして、彼女は叫んだ。

「ぼくもだ」マッツが叫び返した。「昨日、イェーテボルグ通りのアパートの建物を見にいったんだ。あの、救世軍が持ってるやつだよ」

　ラグニルは凍りついた。ヨーンのアパートだ。

「いい物件だけど、一つ教えてやろうか。アパートの部屋の一つに警察が規制線を張っていたんだ。住人の一人が教えてくれたんだが、銃撃があったんだとさ。信じられるか？」

「冗談よね？」彼女は叫んだ。「その規制線って何のためなの？」

「警察の通常の仕事だよ。現場にだれも立ち入らせないようにして、部屋を隅から隅まで捜索し、指紋やＤＮＡを採取して、そこにだれがいたのかを突き止めるためさ。いずれにせよ、あの建物で銃撃があったのなら、救世軍は売値を下げるにやぶさかじゃないかもしれないぞ。そう思わないか？」

「言ったでしょう、彼らは売りたくないのよ」

「売りたくなかった、だよ、ダーリン」

ある疑問がラグニルの頭をよぎった。「玄関の外から銃撃されたのなら、警察はどうして部屋のなかを捜索するの？」

水の音が止まり、彼女は顔を上げた。彼がバスルームの入口に立ち、片手に剃刀（かみそり）を持って、白いシェービング・フォームを塗った顔に疑い深い笑みを浮かべていた。もうすぐ、わたしには耐えられない、あの高級なアフターシェーブローションをはたくのだろう。

「一体何の話だ？」彼が言った。「ぼくは玄関のことなんて一言も口にしてないぞ。それに、どうしてそんなに真っ青なんだ、ダーリン？」

透明で冷たい朝の霧がまだソフィーエンベルグ公園を覆っている時間に、ラグニルはボッテガ・ヴェネタのスカーフを口元まで引き上げてヘルゲセンス通りを急いでいた。ミラノで買った九千クローネ相当のウールをもってしても寒さは防げなかったが、少なくとも顔を隠してくれてはいた。

指紋。ＤＮＡ。そこにだれがいたかを突き止める。そんなことをさせてはいけない。破滅的な結果を招くことになる。

角を曲がってイェーテボルグ通りへ入った。ともあれ、アパートの前にパトカーはいなかった。

建物の正面入口の鍵を開け、なかへ入ってエレベーターへ急いだ。ここへくるのは久し振りだったが、当然のことながら予告なしで訪ねるのは初めてだった。

エレベーターで上がっていると心臓が早鐘を打ちはじめた。彼女はシャワーの排水口の自分の髪の毛、敷物に落ちた衣服の繊維、いたるところについている指紋のことが心配だった。

玄関の前に人はいなかった。ドアの前に張られた規制線がなかにだれもいないことを示していたが、ともかくもノックをして待った。そのあとで、鍵を取り出して試してみた。合わなかった。もう一度やってみた。鍵の先端がシリンダーのなかに入っただけだった。どういうこと？　ヨーンが鍵を換えた？　深呼吸をし、内心で祈りながら鍵を上下逆にしてみた。

鍵が奥へ滑り込み、かちんという低い音とともに解錠された。

彼女はよく知っているアパートの匂いを吸い込み、クローゼットへ向かった。そこに掃除機がしまってあるはずだった。黒いシーメンスＶＳ０８Ｇ２０４０。二千ワット、市場で買える最も強力な掃除機、自宅にあるのと同じモデル。ヨーンは何でもきれいにするのが好きだった。壁のコンセントにつなぐと、掃除機はしわがれた唸り声を上げた。いまは十時。すべての部屋をきれいに掃除し、壁や色々なものの表面を拭き取る。一時間もあればできるはずだ。閉まっている寝室のドアを見て、そこから始めたものかどうか思案した。思い出と証拠が一番多く残っている可能性が高いところだ。いや、やめておこう。彼女は掃除機の吸い込み口を自分の前腕に当てた。咬まれたような感触があった。吸い込み口を腕から離すと、すでにそこが充血していた。

掃除を始めて何分かしたところで思い出した。手紙！　大変、危うく忘れるところだったけど、警察はわたしの書いた手紙を持っていっているかもしれない。最初のころは胸の奥深くに秘めた夢や欲望を記した手紙、最後のほうは連絡をくれと必死でなりふりかまわず懇願する手紙。掃除機のスイッチを入れたままホースを椅子にもたせ掛けると、ヨーンの机へ走っていき、引き出しを開けていった。一段目はペン、テープ、穴開けパンチ。二段目は電話帳。三段目は鍵がかかっていた。当然だ。

整理箱にあったペーパーナイフを手に取ると、鍵の上に挿し込み、全体重をそこにかけた。乾燥した古い木材が軋んだ。ペーパーナイフが折れてしまうのではないかと心配になりはじめたとき、引き出しの前面が横に裂けた。彼女は一気に引き出しを抜き、木の破片を払いのけて束になっている封筒を見下ろし、一通ずつ差出人を検めた。ハフスルン電力、ノルウェー銀行、インテリジェント・ファイナンス、救世軍、宛名のない封筒。その中身を確かめてみた。一行目に〝親愛なる息子〟とあった。仕分け作業をつづけていくと、あった！　その封筒の右下の隅には、目立たない淡いブルーの文字で投資会社の名前が——〈ギルストルプ証券〉と——記されていた。

彼女はほっとしてその手紙を手に取った。

文面を読み終えて手紙を置くと、涙が頬を伝うのがわかった。自分の目がふたたび開いたかのような、これまでは見えなかったものがいまは見えていて、何一つ変わることなく昔のままだとわかったような気がした。信じていて、一度は拒否したあらゆることが、ふたたび真実になったような感じだった。短い手紙だったが、それを読んだあとでは、すべてが変わっていた。

掃除機が容赦のない唸りを上げ、何もかもを呑み込んだ。ただし、あの便箋に記された簡単で誤解の余地のない文章、二人の馬鹿げているけれども、同時に自明でもある論理を除いて。通りの車の音も、ドアが開く音も聞こえず、自分が坐っている椅子の真後ろにあの人物が立ったことにも気づかなかった。気づいたのは、首筋の毛が逆立つあの匂いが鼻を打ったときだった。

スカンジナヴィア航空便は西からの強風に逆らいながらフレースラン空港に着陸した。ベルゲンへ向かうタクシーはワイパーを忙しく働かせ、冬用のスタッド・タイヤで湿った黒い舗道を噛みつづけながら、濡れた草が横倒しになり、木々が葉を落として裸になっている切り立った崖のあいだを走っていった。西ノルウェーの冬だった。

フィリングスダーレンに着いたとき、スカッレから電話があった。

「あるものを見つけました」

「何だ、早く教えろ」

「ロベルト・カールセンのハードディスクを調べたんですが、怪しげなのはネットのいくつかのポルノ・サイトにつながるクッキーだけでした」

「そんなものはおまえのコンピューターでも見つかるんじゃないのか、スカッレ。要点を言え」

「書類にも手紙にも、不審な人物は出てきていません」

「スカッレ……」ハリーは警告した。

「一方で、興味深い切符の半券が見つかったんです」スカッレが言った。「行き先はどこだと思います？」

「ぶちのめすぞ」

「ザグレブです」スカッレが急いで付け加え、ハリーが応えないので、さらに付け加えた。

「クロアチアの」

「ありがとう。彼がそこにいたのはいつなんだ？」

「十月です。十月十二日に出発して、同日の夜に戻っています」

「ふむ。十月のザグレブに一日だけか。休暇じゃなさそうだな」

「キルケ通りの〈フレテックス〉へ行って彼の上司に当たったんですが、彼女が言うには、彼は救世軍の仕事で外国へ行ったことはないそうです」

ハリーは電話を切ったあとで考えた。どうしてよくやったと言ってやらなかったんだろう？　言ってやってもいいはずなのに。年とともにけちになっていっているのか？　いや、違う。そう思いながら、四クローネの釣りを運転手から受け取った。おれは昔からけちなんだ。

ハリーはしとしとと降り続く哀しいベルゲンのスコールへと足を踏み出した。神話によると、そのスコールは九月のある午後に始まり、三月のある午後に終わるという。数歩歩いて〈ベルス・カフェ〉の入口にたどり着き、なかに入って店内を見渡しながら、もうすぐ施行される喫煙に関する法律がこういう店ではどうなるのだろうと思わざるを得なかった。この店には二度ほどきたことがあり、本能的な寛ぎと同時に、部外者であることを感じさせるところでもあった。ウェイターは赤い上衣を着て忙しく動き回り、顔には自分たちは高級店で仕事をしているのだと書いてあったが、提供しているのは半リットルのビールと乾ききった冷かしであり、その相手は地元の蟹漁師、引退した漁師、戦時中の水兵の生き残り、生活が転覆してしまったその他大勢だった。ハリーが初めてここにきたときは、忘れられた有名人が漁師を相手にテーブルのあいだでタンゴを踊り、盛装した年配のレディがアコーディオンの伴奏でドイツのバラードを歌い、楽器が休んでいるあいだは、〝r〟を強く巻いて発音して、猥褻な言葉を淀みなく繰り出していた。

ハリーは探していた相手を見つけると、長身で痩せた男がまったく空とほとんど空のビールのグラスを見下ろしているテーブルへ向かった。

「ボス」

ハリーの声を聞いて男の顔がひょいと上がり、わずかに遅れて目がそれにつづいて、酔いに曇っている瞳孔が小さくなった。

「ハリーか」意外にもはっきりと明晰な声だった。ハリーは隣りのテーブルの空いている椅子を引き寄せた。

「通りがかりか？」ビャルネ・メッレルが訊いた。

「ええ」

「どうやって見つけた？」

ハリーは答えなかった。覚悟はしていたが、それでも、いま目の当たりにしていることがほとんど信じられなかった。

「つまり、本部じゃおれのことが色々と話の種にされているわけか？　いやはや」メッレルがグラスを呷った。「奇妙な立場の逆転というわけだ、そうだろ？　昔はこんなふうなきみを私が見つけていたんだから。ビールでいいか？」

ハリーはテーブルに身を乗り出した。「一体何があったんです、ボス？」

「成人男性が仕事時間中に酒を飲んだときに普通にあることさ、違うか、ハリー？」

「仕事を馘になるか、女房に逃げられたときにもあることですがね」

「まだ馘にはなっていないぞ。私の知る限りでは、だけどな」メッレルが嗤った。肩が震えたが、声は出てこなかった。

「カーリは……」ハリーは言いかけてやめた。どう言葉にすればいいかわからなかった。

「妻も子供たちも一緒にこなかったんだ。まあ、それはいい。あらかじめ決まっていたことだからな」

「何ですって？」

「子供たちに会いたいよ——当たり前だけどな。それでも、まあ何とかやってるよ。これは単なる……世間じゃ何と言ったかな……通過段階なんだろう……だけど……もっと優雅な言葉がある……変化……違うな」メッレルがグラスに顔がつかんばかりにうなだれた。

「外へ出て、ちょっと歩きましょう」ハリーは勘定をしてくれと合図をした。二十五分後、ハリーとメッレルはフレイエン山の手摺りを前に、さっきと同じ雨雲の下に立って、ベルゲンと思われるものを見下ろしていた。ケーキの一切れのような、太い鋼鉄のワイヤーに引っ張られるケーブルカーが、二人をダウンタウンからそこまで運び上げてくれたのだった。

「それがあなたがここへきた理由なんですか？」ハリーは訊いた。「カーリと別れることになるからなんですか？」

「世間で言われているとおり、ここは雨が多いよ」メッレルが言った。

ハリーはため息をついた。「酒を飲んでも何も解決しませんよ、ボス。悪化させるだけです」

「それは私の台詞だ、ハリー。グンナル・ハーゲンとは上手くやっているのか？」

「大丈夫です。色々講義をしてくれる、いい先生です」

「あいつを過小評価すると、ことを間違うぞ、ハリー。あいつはいい先生なんてものじゃない。ＦＳＫに七年いたんだからな」

「特殊部隊ですか？」ハリーはびっくりした。

「そのとおりだ。署長に教えてもらったんだが、ハーゲンは一九八一年、北海のわが国の油井を守るためにＦＳＫができた時点で、そこに転属になったんだ。このことは厳秘になっていて、どんな履歴書にも載っていない」

「ＦＳＫですか」ハリーは氷のように冷たい雨が上衣から肩に染み通るのを感じた。「あそこの忠誠心は尋常でないほど強固だと聞いたことがあります」

「血を分けた兄弟のようにな」メッレルが言った。「第三者には絶対に理解できないよ」

「そこにいた人間をほかに知ってるんですか？」

メッレルが首を横に振った。もう素面に戻ったようだった。「捜査に進展はあったのか？私にも内部情報が届かないわけじゃないからな」

「動機もわからない状態ですよ」

「動機は金だよ」メッレルが咳払いをした。「強欲。金さえあれば状況が変わる、自分を変えられるという幻想だ」

「金ですか」ハリーはメッレルを見て、やがて認めた。「そうかもしれません」

メッレルが視界を妨げる濃霧に悪態をついてから言った。「金を見つけるんだ。金を見つけて、それを追跡しろ。そうすれば、必ず答えに導いてくれる」メッレルがそういう言い方、しかも、まるでそんな洞察力は持たないほうがよかったかのような、これほど苦い確信を込めた言い方をするのは、ハリーの知る限り初めてだった。

ハリーは深呼吸をすると、思い切って言ってみた。「ボス、持って回った話し方をおれが好きでないことはあなたも知ってるでしょうから、率直に言います。あなたもおれも友人は多くない。あなたはおれを友人と見なしていないかもしれないけれども、そうだとしても、ともあれ、おれはあなたの友人のようなものではあるんです」

ハリーはメッレルを見つめたが、応えは返ってこなかった。

「おれがここへきたのは、何かできることはないか、それを突き止めるためなんです。あなたが話したいことがあれば、それを聞くとか、あるいは……」

依然として応えはなかった。

「まあ、おれがここにきた理由はどうでもいいんです。だけど、いま、ここにいるんですよ」

メッレルが顔を上げ、背中を反らして空を見た。「われわれの後ろにあるものをベルゲンの連中が山岳地帯と呼んでいるのを知っていたか？　実際、そうなんだ。本物の山岳地帯なんだよ。ノルウェー第二の都市の中心からケーブルカーで六分なのに、そこで道に迷って死ぬ者が少なからずいるんだ。面白いだろ？」

ハリーは肩をすくめた。

メッレルがため息をついた。「雨はやみそうにないな。ブリキの箱で戻るとするか」

山を下りると、タクシー乗り場へ向かった。「いまならラッシュアワーの前だから、フレースラン空港まで二十分で行けるだろう」メッレルが言った。

ハリーはうなずいたが、タクシーがやってくるのを待たなくてはならなかった。上衣がびしょ濡れになった。

「金を追いかけろ」メッレルがハリーの肩に手を置いた。「やらなくてはならないことをすべてやるんだ」

「あなたもですよ、ボス」

メッレルが片手を上げてから歩き出したが、ハリーがタクシーに乗り込むと、振り返って何か叫んだ。だが、車の音にかき消されて聞こえなかった。ダンマルク広場を渡る車の轟きのなかで、ハリーは携帯電話の電源を入れた。連絡が欲しいというメールがハルヴォルセンから届いていた。ハリーはハルヴォルセンの番号をダイヤルした。

「スタンキッチのクレジットカードを捕まえました」ハルヴォルセンが報告した。「昨夜の十二時ごろ、ヨングストルゲ広場のATMで使われていました」

「ということは、おれたちがホステルに踏み込んだとき、あいつはそこからやってきたんだ」ハリーは言った。

「そうですね」

「ヨングストルゲ広場からホステルまでは結構な距離がある」ハリーは言った。「あいつがそんなところまで行ったのは、ホステルの近くでクレジットカードを使ったら足がつくと考えたからに違いない。それはまた、やつがどうしても金を必要としていたことを示してることにならないか?」

「もっといい情報もあるんです」ハルヴォルセンが言った。「ＡＴＭにはもちろん監視カメラがありますよね」

「それがどうした?」

ハルヴォルセンが間を置いて気を持たせた。

「早く教えろ」ハリーは急かした。「あいつは顔を隠していなかった――そういうことか?」

「カメラにまっすぐ向かって、まるで映画スターのように微笑んでいましたよ」ハルヴォルセンが答えた。

「そのテープをベアーテに渡したか?」

「いま、〈苦痛の家〉で分析の真っ最中です」


ラグニル・ギルストルプはヨハンネスのことを、すべてがどんなに変わり得たかを考えた。気持ちに従ってさえいればよかったのに。いつだって心は頭より賢いのだから。奇妙なことに、これまでこんなに不幸せだったことはなく、いまほど生きたいと思ったこともなかった。もう少しだけ長生きしたいと。

なぜなら、いま、すべてがわかったのだから。

彼女は黒い穴を見つめ、何を見ているかを知り、何が起こるかを知った。

彼女の悲鳴はシーメンスＶＳ０８Ｇ２０４０のとてもシンプルなモーターの唸りに呑み込

まれた。椅子が床に倒れ、強力な吸引力を持った黒い穴が彼女の目に近づいてきた。彼女は固く目を閉じようとしたが、それを見せたい力強い指にこじ開けられた。彼女は見た。そして、知った。何が起ころうとしているかを。

（下巻に続く）

S 集英社文庫

贖(あがな)い主(ぬし) 顔(かお)なき暗殺者(あんさつしゃ) 上(じょう)

2018年1月25日 第1刷　　定価はカバーに表示してあります。

著 者　ジョー・ネスボ
訳 者　戸田裕之(とだひろゆき)
編 集　株式会社 集英社クリエイティブ
東京都千代田区神田神保町2-23-1　〒101-0051
電話　03-3239-3811
発行者　村田登志江
発行所　株式会社 集英社
東京都千代田区一ツ橋2-5-10　〒101-8050
電話　【編集部】03-3230-6095
【読者係】03-3230-6080
【販売部】03-3230-6393(書店専用)
印 刷　中央精版印刷株式会社　株式会社美松堂
製 本　中央精版印刷株式会社

フォーマットデザイン　アリヤマデザインストア　　マークデザイン　居山浩二

ISBN978-4-08-760744-4 C0197